暁に濡れる月

暁《あかつき》に濡《ぬ》れる月《つき》 上

和泉《いずみ》 桂《かつら》

ILLUSTRATION
円陣《えんじん》 闇丸《やみまる》

CONTENTS

暁に濡れる月 上

暁に濡れる月 上

「本当に可愛《かわい》いなあ、おまえは」

中年に差しかかった男のかさかさに乾いた手指が、敷嶋泰貴《しきしまやすたか》の頬《ほお》を撫《な》でる。狭い和室の黴臭《かびくさ》く湿った布団に押し倒された泰貴は、それでも抗《あらが》わずに男を見上げた。

「おれが？」

「そうだ。顔だってえらく綺麗《きれい》だ」

戦争でも徴兵されず、上手《うま》い具合に生き延びたこの男に泰貴が拾われたのは、先週の話だ。

——男のくせに別嬪《べっぴん》だなぁ。食わせてやるから、うちに来いよ。

拾われたその晩には男の寝床に引き込まれて躰《からだ》を奪われたが、そのことには特に異論はなかった。

泰貴の膚《はだ》の上を這《は》い回る手。ぬめぬめと蛞蝓《なめくじ》のように動く舌。どれも気味が悪いが、寝床と食べ物のためだ。

「泰貴、おまえ、親はいないのか？」

「……いないよ、そんなもの」

昂奮《こうふん》して鼻息を荒くする男に性器を握るように促されて、泰貴は無感動な顔つきで大きく逞《たくま》しい性器に手を添える。輪を作るようにして上下に器用に動かしてやると、男は快楽に呻《うめ》いた。

「だったらおまえ、俺の養子になるか？」

「だって、菊子姐《きくこねえ》さんが」

「あいつは悋気《りんき》が酷《ひど》すぎるからな。おまえはその点、ちょうどいい。よけいなことは言わねぇし、膚なんて吸いつくみたいで……」

……が。

男はそう言ったものの、いざとなると彼が菊子の尻に敷かれるのは目に見えている。だから、菊子を味方につけなくては、泰貴の居場所は確保できない。

「何をしてるのさ、あんたたち！」

唐突にがらりと戸が開き、まさに般若のような恐ろしい形相の菊子が踏み込んできた。

「な、何だ、菊子……早かったな」

「人に毛唐の情婦をやらせておいて、あんたたちはお楽しみかい？」

真っ赤な口紅を塗りたくり、手作りの洋装に身を包んだ菊子は怒りに燃え滾《たぎ》る瞳で二人を睨《にら》んだ。好きでもない連合国軍の兵隊を相手に売春して日銭を稼いでいる菊子にしてみれば、自分の情人《イロ》がこんなところで油を売っているのは気に食わないのだろうと、泰貴はやけに冷静に考える。

「こいつは端《はな》っから気に入らなかったんだよ！　出ておいき！」

「待て、菊子」

狼狽《ろうばい》するように男が言葉を差し挟んだが、菊子は一層目をつり上げる。

「何よ、あたしに文句があるの？」

きつい目つきで睨まれて、男がたじたじになるのがわかった。菊子はこのあたりの娼婦《しょうふ》を束ねているので、彼女と別れれば上前をはねている男には大きな損失になるはずだ。

「でもよ、いきなり追い出すのも可哀想《かわいそう》だろう」

「いいんだよ！　こいつは呪われた家の餓鬼そっくりだって言うじゃないか！」

「呪われた家？」

いったい何を言いだすのかと、男は怪訝《けげん》な顔つきで動きを止めた。どうやら菊子の不機嫌の原因は、そこにあったようだ。

「ナントカ家って華族様だよ。雑誌に載ってたってユキが言ってたよ。ほら、出ていきな！」

乱暴に腕を摑まれた泰貴は、一言も弁明できずに玄関へ引き摺《ず》られていく。奇蹟《きせき》的に空襲で焼けずに済んだ家の玄関から蹴り飛ばされ、道路に転がった。強《したた》かに膝を打ちつけて痛みに動けずにいたところ、泰貴の残した持ち物を投げつけられた。

「この疫病神！　さっさと行っちまいな！」

薄汚れた国民服の上着が手近に落ち、シャツ一枚だった泰貴はそれを拾い上げる。上着のポケットの中に大事な封筒があるのを確かめ、ほっと息をついた。

泰貴は腰を上げ、菊子が勢いで一緒に投げつけたと思《おぼ》しき雑誌に気づいてそれを取り上げた。こんなものでも、売ればきっと金になる。

今夜のささやかな寝床を求め、泰貴は重い足取りで歩きだした。

　野宿するのは、すっかり慣れた。神戸《こうべ》の空襲で家が焼かれて家族とはぐれたあとから、泰貴の生活はずっとこのようなものだ。一夜の宿を運良く得られるのは廃墟《はいきょ》に潜り込んだときか、先ほどの男のように躰目当ての奴《やつ》に拾われたときのどちらかだ。どうせ長居をするつもりはなかったが、犬猫のように追い出されたとなると腹が立つ。

　駅の近くにある街灯の周囲には同じような浮浪児が横になっており、泰貴も小さな隙間《すきま》を見つけてそこに寝転ぶ。しかし、夕食を摂《と》りそびれたせいで腹がぐうぐう鳴り、泰貴は眠れなかった。

　……くそ。

　苛立《いらだ》ちつつも、丸めたままだった上着を広げる。上着と巻き込んでいた雑誌が出てきたので、手持ち無沙汰《ぶさた》にページを捲《めく》った。

　カストリ雑誌は戦後間もなくから続々出版され始め、菊子が買ってきたのはそのうちの一冊で、泰貴には興味がない記事ばかりだ。

　だが、ページを捲る手が不意に止まる。

「！」

　そのページを見た瞬間、心臓が生き物の如《ごと》く飛び跳ねたような気がした。

　自分が載っている——一瞬そう誤解したのも無理はないほどに、粗悪な紙に印刷された人物の顔は泰貴に似ていた。

　年の頃《ころ》といい、顔立ちといい、瓜《うり》二つだ。

　まさか。

　身を乗り出した泰貴が灯《あか》りの下で記事に書かれた文字を辿《たど》ると、『焼け残った麻布《あざぶ》の森・清澗寺家《せいかんじけ》の不思議』との見出しが目についた。

　——此度《こたび》の戦争でも、麻布のあの洋館は焼け残った。当主の清澗寺和貴《かずたか》伯爵は二人の養子と暮らしており、貴郁《たかふみ》君は学徒出陣したが特攻を免れ、弘貴《ひろたか》君は学徒動員で軍刀の鞘《さや》を作っていたという。現在清澗寺家は戦後の貧窮とは無縁の生活を送っており、人々からは何か違法な稼業に手を染めているのではないかと疑われるほどだ——。

食い入るように、その文字の一つ一つを読み耽《ふけ》る。

清潤寺弘貴。

泰貴にそっくりなくせに、何も失った経験などない様子で微笑《ほほえ》んでいる美少年。

こいつか……！

十数年前、一歳で生き別れになった、双子の兄。

こいつさえいなければ、今頃、この雑誌に載っていたのは泰貴だったかもしれないのだ。

「何だ、そいつ。おまえにそっくりじゃねえか」

いつから覗《のぞ》き込んでいたのか背後から声が聞こえ、泰貴はびくっと肩を震わせた。

垢《あか》じみた浮浪児が、にやにやと笑っている。

「そんなに似てるか？」

「そっくりってより、本人じゃないか？」

「そうか……そう、だよな……」

——お母さんは昔、お姫様だったのよ。森の奥、千年の孤独を閉じ込めたお城で、美しいお兄様たちと暮らしていたの。

どこか浪漫《ろまん》すら感じさせる母の言葉が、脳裏でわんわんと響く。

——どうしても助けたい人がいたから、私は選んだの。私を助けてくれる子と、それから、あの人を助けてくれる子を。あの人を救うには、弘貴が必要だったのよ。

母は人目を忍び、こっそり産んだ双子のうち片割れを兄に預け、泰貴のみを手許《てもと》で育てたのだ。

どうしておれを選んだの、とは聞けなかった。さすがにそれは残酷な質問だ。母が泰貴を選んだことを、責めているように受け取れるからだ。

けれども、その母さえも最早《もはや》いない。

これまで泰貴は己とは無縁の一族については、考えないようにしていた。煌《きら》びやかで違う世界のできごとだと思い定め、連中には一切頼らないと密《ひそ》かに決めていた。

だが、写真の中で笑みを浮かべる少年の姿に、泰貴の心は常にないくらいにぐらぐらと揺すぶられたのだ。

——十日後。

泰貴は鉄道の貨物車にこっそり潜り込み、帝都に向けて旅立った。

御上りさんだと思われて掏摸《すり》に狙われたくないと、泰貴は東京《とうきょう》駅で汽車を降り、都電に乗り込むまでは周囲をろくに見回さなかった。

それでも視界には、噂《うわさ》に違《たが》わぬ瓦礫《がれき》の山と焼け野原が飛び込んでくる。

写真や映画ニュースで知っていた華やかなりし都は、この地上のどこにもない。時折ぽつぽつと背の高い建物が残っているのが、ひどく惨めだ。

そのうちに都電が速度を落としたので、泰貴はぼんやりとそちらに目を向けて、はっと息を呑《の》む。

「………」

遠目に見ても、幻ではないかと疑うほどに完璧《かんぺき》に焼け残った森が出現したのだ。

何だ、あれは。

木々の向こうに仄見《ほのみ》えるのは、洋館だろう。

あからさまに異様な光景を見せつけられ、期せずして背筋が冷えた。

「見ろよ。清潤寺の屋敷だ」

ぼそりと乗客が声を上げるのが、耳に届く。

あれが。

この焼け野原に忽然《こつぜん》と現れたあの異域の城こそが、清潤寺家なのか。

恐怖とも高揚感ともつかぬものに襲われ、泰貴は軽く身震いをする。

この醜悪な世界、何もかもが焼き尽くされた世界で唯一変わらない場所。

そこで暮らす自分の半身。

彼が清潔で純白な存在であるのなら、地上に引き摺り下ろして泥塗《どろまみ》れにしてやりたい。そのためにも、この家を手に入れるべきなのだ。

そうすれば、泰貴の片割れにもわかるはずだ。生きていくのがどれほど悲惨で、虚《むな》しいものか。

昭和《しょうわ》二十年　夏。

そこから泰貴の新たな人生は始まったのだ。

1

燃え残った薪《まき》、煤《すす》塗れの煉瓦《れんが》。饐《す》えて悪臭を放つ食べ滓《かす》。ごみごみした焼け跡を徘徊《はいかい》するのは、空襲や何やらで親を失った浮浪児たちだ。上野《うえの》駅の地下道は浮浪児の溜《た》まり場《ば》で、住人の一人となった泰貴《やすたか》は、うるさく騒ぐ腹をそっとさすった。

「平治《へいじ》。おい、平治！」

仲間が平治と呼ばれていた少年の肩を揺すっているが、真っ黒になった顔は既に生気がない。

「だめだな、死んでる」

泰貴が告げると、仲間の亮太《りょうた》は「だから腐ったものを食うなって言ったんだ」と肩を落とした。

「死体、捨ててこいよ、この暑さじゃ腐っちまう」

「……ああ。ヤス、おまえも手伝ってくれよ」

「おれは約束があるんだ。悪いな」

三十人前後の子供たちが地下道を塒《ねぐら》にし、肩を寄せ合って暮らしているが、総じて仲間意識は希薄だ。どこから流れ着くのか新しい奴は次々やって来るし、幼い子ほどすぐに死んでいく。

一月ほど前にここに潜り込んだ泰貴は、今ではすっかりまとめ役の一人だ。しかし、ここに居着くつもりはなく、あくまで借り暮らしにすぎない。

泰貴は地下道を這い出し、約束の場所である不忍《しのばずの》池《いけ》のほとりに向かう。目印の木の下に人待ち顔で立っていると、のそのそと足音が聞こえてきた。

「――情報を欲しがってるヤスって餓鬼は、おまえか」

垢《あか》じみたいかにも小ずるそうな顔つきの中年男で、薄汚れたハンチングを被《かぶ》っている。

「そうだけど、あんたが松本《まつもと》さん？」

「ああ、清潤寺家《せいかんじけ》について質問があるって聞いたぜ。ついこの前も同じ用件で学生が来たが、いつの時代もあいつらは金の成る木ってところか」

「最初に言っておくけど、理由を詮索しない約束だ。

守れないなら、今回の話はなしだ」

帝都に辿《たど》り着《つ》いた日、外から見るだけで済ませて清潤寺家の門を叩《たた》かなかった理由は、あの不気味な異界ぶりに惹《ひ》かれる反面、柄にもなく恐れをなしたせいもある。

あそこに足を踏み入れれば、取り殺されて食われてしまうのではないかと胴震いさえ生じた。

暫《しばら》く様子見をするのであれば、帰る家のない泰貴は、必然的に浮浪児に仲間入りするほかない。

それに、駆け落ちした妹の子など受け容れてもらえない可能性もある。もしかしたら別人が身分を騙《かた》っていると、疑われるかもしれなかった。門前払いされるくらいなら弱みを握って強請《ゆす》ってやったほうがせいせいするし、泰貴の心中での帳尻も合う。

「悪かった。あの家について、最初っから講義するか？」

「そうだね、そうしてよ」

よし、と頷いた男は地べたに直《じか》に腰を下ろす。

松本はカストリ雑誌の編集者で、じつは泰貴が菊《きく》子《こ》に投げつけられた雑誌に清潤寺家の記事を書いた人物だ。そんな男が知り合いにいると年上の浮浪者に言われ、泰貴は松本との対面をお膳立てしてもらった。清潤寺家の内情を調べておくことは、あとあとに役に立つと踏んだからだ。

「ほらよ」

意外にも松本は数枚の色褪《いろあ》せた写真を持っており、それを泰貴に寄越した。

「清潤寺家ってのはもともと京都《きょうと》のお公家《くげ》さんだな。明治《めいじ》維新を機に初代の伯爵が上京して、麻布《あざぶ》に家を建てた。それが今の清潤寺邸だ」

「家は見たことがある」

一枚目は、木々の狭間《はざま》からはわずかにしか見えなかった洋館の鮮明な写真だ。

「清潤寺は色狂いの一族で知られてる。初代の伯爵は比較的まともで清潤寺財閥を作り上げたが、二代目はひ弱なぼんぼんですぐ死んじまった。三代目はこれまた色狂いで有名な冬貴《ふゆき》だ」

写真を順繰りに並べられて、泰貴は食い入るようにそれを見つめた。全員が代々の清潤寺伯爵らしいが、いずれも劣らぬ美形揃《ぞろ》いで泰貴は驚愕《きょうがく》するほかない。

「四代目は今の伯爵の和貴《かずたか》だな。刃傷沙汰《にんじょうざた》を起こすわ心中騒ぎに巻き込まれるわで若いときから大層評判が悪かったんだが、長兄が事故死して家を継いでからはぴたりと乱行が止《や》んだ。それで、次の当主は本来ならば養子で帝大生の貴郁《たかふみ》のはずで、こいつは学徒出陣したくせに運良く生き延びた」

松本の言葉を聞き咎《とが》め、泰貴は眉を顰《ひそ》める。

「待って、どうして養子なんだ？　伯爵は女しか子供がいないのか？」

清潤寺家のように爵位を自動的に受け継げる家は、じつは華族でも一握りだ。栄誉ある貴族の一家が廃絶しないよう、嫡男が生まれるまで子作りをするのは、子供にもわかる常識だった。

「いや、四代目はそもそも妻帯してないんだよ。昔から両刀の噂もあるし、隠し子の一人や二人がいてもおかしくはないけどな」

「……もう一人、子供がいるだろ？」

ここが本題だ。微《かす》かに緊張しつつも、泰貴はできるだけ悠然と口を開いた。

「ああ、弘貴《ひろたか》だな。そっちはどうやら妹の子供みたいで、伯爵が目の中に入れても痛くないくらいに可愛がってるって話だ」

一つ一つの言葉を、泰貴は自分の心に刻み込んでいく。

「事情通は、こっちが跡継ぎになるんじゃないかって言ってる。何しろ、清潤寺家の三兄弟は全員、妹をお姫様みたいに大事にしていたからな。どうせ後を継がせるのなら、妹の子供がいいに決まっている」

「……ふうん」

腹の中で俄《にわか》に湧き起こった感情を堪《こら》えるため、わざと気のない返事をする泰貴の態度に気づいていないらしく、松本はぽんと手を打った。

「だけど、この弘貴ってのは、どうもあの一族らしくないんだよな。学習院《がくしゅういん》の高等部に通っていて、評判もすこぶるいい。何せ生粋の御曹司だし、嫌みなところがないらしい。出会った連中をみんな骨抜きにしちまって、学徒動員のときも鬼軍曹にさえ可愛がられたってさ」

胃のあたりがむかむかし、尚手が熱くなってくる。

自分とはまるで違う生き方をしている、双子の兄。聞けば聞くほど、彼の恵まれた境遇が妬《ねた》ましくなる。

「清潤寺家の奴らに会ったことは？」

「それぞれ取材を申し込んだが、断られた」

「じゃあ、あの家に弱みとか、ないの？」

それを聞き、彼は首を横に振る。

「あったら今頃強請ってるさ。このご時世で、あれだけ羽振りのいい華族も珍しいぜ。叩いて埃《ほこり》が出るなら、いくらだって叩きたいよ」

「そんなに品行方正なんだ」

「そうだ。清潤寺家の養子の一人……深沢直巳《ふかざわなおみ》って奴が、またやり手でね。こいつがいる限り、清潤寺家は安泰だ」

「深沢って……苗字《みょうじ》はどうしてこのままなんだ？」

女性的で優しく感じられる印象の名前だった。

「深沢ってのは通称だ。昔から財界にいて、そっちのほうが通りがいいんだと。二十年前は典型的な没落貴族だった清潤寺家を、今の地位にまで押し戻したのが深沢だ。こいつがまたお堅くて、まともな取材以外は一切受けてくれない」

頭を掻《か》く松本に、泰貴は「ふうん」と呟《つぶや》く。

「さて、このくらいでいいか？」

「うん。じゃあ、報酬だよ」

そう言って泰貴は、自分の薄汚れた胴巻きから配給券を差し出した。

「有り難ぇ、こいつでやっと飯が食える」

松本はにやっと笑った。

「その写真はおまけだ。取っておきな。しかしおまえ、こんな貴重品をどうやって稼いだ？」

「……聞くだけ野暮だ」

松本は訝《いぶか》しげに泰貴の顔を見やり、そして、「おまえさ」と唸《うな》った。

「……なに？」

「誰かに似てる気がするんだよなあ」

どきりとして、泰貴は咄嗟《とっさ》に目を伏せる。相手が記者で清澗寺一族の顔を知っているため、泰貴は事前にかなり念入りに顔を埃や泥で汚してきたが、それだけでは足りなかったかもしれない。

「そ、そんなのはいいだろ」

「まあ、そうだな」

松本はしたり顔で頷《うなず》くと、配給券を大切そうにポケットに押し込んだ。

「どっちにしても、清澗寺家に近づくには用心したほうがいいぜ」

「え？」

いったいどういう意味かと、泰貴は眉を顰める。

「あの家はまともな人間には毒だからな」

「……平気だよ、おれは」

一転し、泰貴は歪んだ笑みを口許《くちもと》に浮かべた。まともなんて形容は、泰貴に相応《ふさわ》しくない。

とっくに自分はおかしくなっている。いや、きっと、最初からおかしかったに違いない。

だから、今更清澗寺家の暗部を知らされたところで心には漣《さざなみ》一つ立たない。ただ、その印象から彼らは己の同族だと実感するだけだ。

なのに、話に聞く弘貴だけは、どうも清澗寺一族らしくない清潔感を漂わせるようだ。それが泰貴を必要以上に苛立《いらだ》たせていた。

弘貴に会ってみたい。

そしてもし彼が泰貴と真逆の清楚《せいそ》な人形であったなら、その心をずたずたに引き裂いてやりたい。それだけでなく、彼の幸福の源である清澗寺家を奪い取ってやりたかった。

これが、泰貴なりの見せしめだ。

自分は違った。清澗寺の名は、泰貴にとっては常に枷《かせ》であり、苦痛の源だった。

——おまえ、清澗寺なんだろう……？

物心がついたときには、泰貴は既にその言葉を浴びせられていたせいだ。

悪意に満ちた、その五つの音。

清澗寺の名は、泰貴に生まれつき押された烙印《らくいん》のようなものだった。

大抵次に来るのは、値踏みのための視線。

自分の服を引き剝《は》がし、見透かすような目つき。どんなに隠しても、血の中に澱《よど》む腐臭を嗅ぎつける者はいる。そういう連中は母の鞠子《まりこ》ではなく、つけ入りやすい泰貴を狙《ねら》った。

父が肩入れしていた共産主義運動の関係で、一家は官憲に狙われるたびに各地を転々としていた。両親は仕事が長続きせずに一家は貧しく、また運動のためにしばしば子供たちだけを置いて家を空けた。運動は何かと金がかかり、泰貴と妹はいつも腹を空《す》かせていた。

そんな日々で、人の躰を触り、また己に触らせれば金や食べ物をもらえるという法則を発見した泰貴が、手や口を使って男を悦《よろこ》ばせる術《すべ》を覚えるまで、そう時間はかからなかった。

育ちがいい鞠子はどこか無邪気で、泰貴が近くの商店の手伝いをしているとの嘘《うそ》を信じ込み、家計の足しになると稼ぎに感謝していたくらいだ。

泰貴自身も清潤寺の人間だと知られて痛い目に遭ったのは、一度や二度ではない。その原因は大抵、清潤寺家の人間は色狂いだと決めつけられる点から生じていた。

男なんて、気持ち悪い。一線を越えようとする連中は皆不気味で、吐き気がする。

なのに、彼らに縋《すが》らなくては食べ物さえ事欠く惨めな有様で、こんな日々が連綿と続いていたのだ。

きっと弘貴は、まったく違う境涯にあるはずだ。まだ見ぬ兄を思い、泰貴は皮肉げに唇を歪《ゆが》める。弘貴は自分と違って穢《けが》れなく美しい存在に違いない。その相手をどうすれば、自分と同じように醜悪な人間にできるのか——想像するだけで、昏《くら》い喜びが臓腑《ぞうふ》を満たした。


「だいたい、おかしいよな。清潤寺だけどうして特別なんだよ」

都電に乗っていると、すし詰めの車両の窓から清潤寺家が垣間見《かいまみ》える。周囲が焼け野原なので建物がひどく目立ち、その光景を目にした人々の囁《ささや》きが清潤寺弘貴の耳を打った。

「俺の知り合いなんか、家屋敷を取られて引っ越したのに。奴ら、贅沢《ぜいたく》な暮らしをしてるらしいぜ」

「引っ越す場所があるならいいだろ。食い物欲しさに、内職してる宮様もいるご時世だからな」

「それはあれだろ。連中がさ……」

悪意の籠もった口調で紡がれる噂の大半は弘貴には理解できない言葉で構成されており、自然と関心を失う。

大正《たいしょう》時代には一時は没落した清潤寺家は、昭和になる頃には見事に返り咲き、今もまた独特の空気を保っている。だから人は妬みや嫉《そね》みをぶつけてくるのだと、深沢に聞かされた記憶がある。

どうでもいいことなのに。

自分は清潤寺家の人間だけど、それは弘貴自身の本質とは関係がない。

二か月前に、戦争は終わった。

灯火管制は解除されても、電力不足から街は以前のような明るさを取り戻すには至らず、東京《とうきょう》の様子はがらりと変わった。

焦土のあちこちに進駐軍が溢《あふ》れ、アメリカ人を中心とした外国人の姿を見る機会が格段に増えた。

焼け跡の復興も始まったが、それは同時にこれまでの秩序が役に立たなくなることでもある。

実際、ポツダム宣言の実行のために置かれた連合国軍最高司令官総司令部《GHQ》は、日本を変えるために矢継ぎ早に指示を出した。

陸海軍解体指令、主要戦犯容疑者の逮捕、言論および新聞の自由に関する覚書、皇国史観の禁止。

戦犯指定を免れた資産家や有力者は、今度は己の立場を守るのに腐心しなくてはいけなかった。

しかし、庶民はそういう改革に目を向けられぬほどの飢餓と貧困に喘《あえ》いでいる。

戦争中から政府は食糧を配給制にしていたが、終戦を迎え、移住地を追われた多くの人々が海外から戻ってきた。配給の分量も目に見えて減り、政府の配給だけでは一日に必要なカロリーすら保てない。

この冬には餓死者は一千万人になるだろうと首相は平気で言う体たらくで、人は命を守るためには闇物資に手を出さなくてはいけなかった。

けれども、それは清潤寺家の外の世界の話だ。

折しも兄の貴郁が学徒出陣から帰還し、清潤寺家は歪だが元の生活を取り戻しつつあった。

都電を降りた弘貴が門を潜《くぐ》って邸内に入ろうとすると、立哨《りっしょう》の米兵が「ん」と言いたげに眉を顰めた。それに目礼し、弘貴は屋敷に向かう。自宅を米兵が警護しているのは、進駐軍でも地位の高い中将が住んでいるからで、泥棒避《よ》けにもなって清潤寺家にとっては一石二鳥だった。

車寄せにジープは停《と》まっていないし、まだ社交倶《しゃこうく》楽部《らぶ》は開いていないのだろう。

「ただいま、箕輪《みのわ》」

重々しい扉を開けた弘貴は、薄暗い玄関ホールの片隅にいる人影に声をかける。

いや、箕輪とは背格好が違う。

誰なのか聞いてみようかと迷ったそのとき、持て余し気味に佇《たたず》んでいた人物が身を翻した。

明り取りから落ちる光の中に一歩踏み出し、相手が弘貴に一歩近づく。

「あ……」

舞い落ちる埃が線を描く中、国民服に身を包んだ人影が彫像のようにくっきりと浮かび上がった。

茶色い髪、意志の強そうな茶色い瞳。くっきりした眉、尖《とが》った鼻梁《びりょう》、淡い桜色の唇。

そこにいたのは、弘貴自身にほかならない。

鏡か？

否《いな》。

髪の長さが違う。相手の膚は弘貴よりも陽《ひ》に焼けているし、弘貴が今身につけているのは学習院高等部の制服だ。

――同じ顔……？

息を呑《の》むほど、彼は自分とそっくりだった。

「…弘貴兄さん？」

「！」

兄さん、だって……？

相手の爆弾発言に、弘貴の舌は凍りついたように動かなくなった。

「僕は泰貴。双子の弟だよ」

己と瓜二つの少年がはきはきと自己紹介するのを、弘貴は呆然《ぼうぜん》と見つめていた。

それから、ややあってやっと我に返る。

「お、弟？」

「母さんについて、聞いてないの？」

「君が……？」

「そうだよ」

衝撃的な事実を聞かされ、息が止まりそうだ。

「嬉《うれ》しい……！」

押し寄せてくる感情の波に衝《つ》き動かされ、弘貴は勢いよく泰貴に抱きついていた。

「うわっ！」

驚いたように彼が蹌踉《よろ》めいたけれど、抱き締めるこの腕を離したくない。

無論、実母が和貴の妹で、駆け落ちしたのは知っている。なぜ和貴が鞠子の結婚に反対したのか、十四歳の誕生日に教えられた。

和貴の基準では、その歳はもう大人なのだと。

幼い頃から不思議だったのは、自分に『お母さん』がいない点だった。

母親どころか、この家は女中を除くと女っ気がまるでない。当主である和貴に妻がいないのが、弘貴には不思議でならなかった。とはいえ、和貴の兄弟たちは誰も結婚していないのだから、自分の実母の鞠子が例外だったのかもしれない。

母親は恋しいけれど、自分には和貴がいる。血の繋《つな》がった母に捨てられた弘貴に対して和貴は優しく、二人分の愛情を注ごうと努力してくれた。それゆえに、弘貴は母の不在を受け容《い》れられたのだと思っている。

和貴の兄弟のうち弘貴が会った記憶があるのは、伯父の道貴《みちたか》だけだ。

泰貴の言葉が本当ならば、彼は弘貴が初めて出会う、同じ血の持ち主ということになる。

「お母さんのことは、父様に聞いていたよ。でも、僕が双子なのは知らなかった」

「え？　本当に？」

訝しげに紡がれた泰貴の言葉に頷こうとしたそのとき、急ぎ足で箕輪がやって来た。

「弘貴様！　お帰りでしたか」

「ただいま。誰か戻ってる？」

「いえ、それがどなたも……」

困惑を滲《にじ》ませた箕輪の言葉に、彼がこの予想外の客を扱いかねていると容易に想像できた。

「じゃあ、僕は泰貴…君と一緒に二階の書斎にいるよ。誰かが帰ってきたら、書斎に来るように伝えておいて」

「——かしこまりました」

心中では狼狽《うろた》えていたであろう箕輪に頼み、「一緒に来てくれる？」と弘貴は泰貴に笑いかける。

「うん」

泰貴もまたにこりと笑みを浮かべて首肯したので、弘貴は無性にほっとした。

まずは彼を書斎に案内し、着替えのために一人で自室に戻った弘貴は、大きく息を吐き出した。

「嘘みたい……」

信じられなかった。

すべての感覚が凍《い》てついていたのに、今になって漸《ようや》く、心臓がばくばくと激しく脈を打ち始める。

自分と血の繋がった弟。

あの戦争で、民間人を含めて三百万人もが死んだと言われている。まさか、行方不明だった自分の弟と再会できるなんて、夢にも思わなかった。

制服のフックを外す指が、緊張で震えてしまう。

仕方なく上着だけ脱いで書斎へ向かった弘貴は、ノックのあとすぐに扉を押し開いた。

泰貴は書架の前に立ち、両手を後ろに組み、興味津々な様子で本を眺めていた。

大変な生活をしてきたのだろう。国民服は垢抜けないし丈《たけ》も短く、栄養状態が悪いのか髪もぱさぱさだった。

でも、なぜだかわかる。

彼を知っている。

これは、引き裂かれた自分の半分だ。

「泰貴君」

「ああ、戻ってきたんだね」

ゆっくりと振り向いた泰貴は、意外にも落ち着き払っている。

顔は似ているのに、いかにも利発そうで、自分よりもずっと老成した態度で物怖《ものお》じしない。言葉遣いは丁寧だったが、どこか言い慣れていないような硬さがあった。

やはり、緊張する。

どうしよう。何から話を切りだそう？

「あの、母さんは……」

やっとの思いで口を開いたのに、いきなりノックの音が響き、会話は中断された。

扉を開けたのは、背広姿の和貴と深沢だった。学生服の貴郁の姿もある。ちょうど三人が同時に帰宅したのだ。

「お帰りなさい、父様」

「…………」

声にはならなかったものの、和貴の唇が戦慄《わなな》くように動く。それから彼は表情を引き締め、蒼褪《あおざ》めたまま口を開いた。

「僕はこの家の当主の清澗寺和貴だ。後ろにいるのが、義理の兄にあたる深沢直巳。そしてこの家の長男の貴郁だ。弘貴、おまえは自己紹介をしたのか？」

「はい」

泰貴は姿勢を正し、正面から和貴を見据えた。泰貴の唇が綻《ほころ》びると、魅惑的な笑みが浮かぶ。

「敷嶋《しきしま》泰貴です」

「まずはご用件を伺いましょう。座っていただけますか」

和貴に有無を言わせず、深沢が威圧的な低音で場を支配してしまう。感情が籠もらぬ彼の声はひどく冷たく、まるで氷点下の空気のようだった。

既に陽は落ちており、どこかで野良犬が鳴く声が聞こえる。社交倶楽部目当ての将校が集まり始め、階下の喧噪《けんそう》が耳に届いた。

「それよりも鞠子の話だ。鞠子はどうした？」

箕輪が運んできた茶を口にし、和貴は問う。

泰貴をあまりじろじろ見てはいけないとわかっているのに、つい彼を注視してしまう。先ほどから早鐘を衝《つ》くように高鳴っていた胸は、それでも漸く平静になりつつあった。

「わかりません」

「わからない？　どうして？」

「父を結核で五年前に亡くしたあとも、僕は、母と妹と一緒に各地を転々としていました」

その言葉に、和貴の表情が痛ましげに歪む。彼は何かを言おうとしたが、傍らに腰を下ろした深沢がその手を握り締めたため、堪えるように唇を震わせるに留《とど》めた。

「でも、神戸《こうべ》で母の知人のお宅に妹と三人で身を寄せていたとき……空襲に遭って……」

「鞠子はどうなったんだ！」

耐えられぬ様子で、和貴が声を揺らがせた。

「六月の空襲で、僕は二人と別れ別れになりました。行方はわかりません。遺体だけでもと思って焼け跡を捜したけど……」

濁された言葉の先は容易に見当がつき、頭がくらりとした。

「——そうか……」

完全に血の気を失った和貴が、息を吐き出すようにしながら、つらそうな顔で相槌《あいづち》を打つ。

「結局、神戸では誰とも再会できなくて、どうしようもなくなってここに来ました。生前、母から清澗寺家については聞いていたので」

自分だったら、こんな悲しい体験を滔々《とうとう》と述べられない。きっと途中で泣いてしまうだろう。おっとりとした弘貴に比べ、泰貴は随分しっかりしているのだと確信した。

「信用なさるのですか、和貴様」

「……おまえは信じないのか」

むっとしたように和貴は深沢を軽く睨み、逆に聞き返す。

「確かに話としてはよくできています。弘貴様と顔立ちも似ておられる。しかし、客観的な証拠がなければいけません」

「僕は信じるよ」

弘貴は声を上げ、隣に座った泰貴の手を取った。

「だって、こんなにそっくりだもの！」

なすがままにされる泰貴の指は弘貴のものよりも太く、手は信じ難いほどに冷たかった。

「初めて見たとき、知ってるって思った。絶対にどこかで繋がってるって。だから僕は、泰貴君を信じる。貴郁兄さん、何か言ってよ」

「似ているのは認めるよ。でも、彼は身分を証明するものを何も持っていない。顔立ちだけで血縁を認めるのは早計だ」

情に流されがちな弘貴たちとは違い、深沢は冷静でなおかつ頑《かたく》ななのはわかるが、兄の貴郁まで落ち着き払っているとは。

泰貴は弘貴の手をそっと振り解《ほど》く。

「証拠になるかわかりませんが、これを」

彼が懐から出したものは黄ばんだ封筒で、身を乗り出した和貴にそれを手渡した。

表書きは『清澗寺鞠子様』となっており、封筒の中身を広げた和貴の瞳が、微かに和む。

封筒には一葉の写真が収められていた。父の手許を覗いた弘貴の目に映ったのは、和貴や親族の若かりし頃の姿だった。写真の中央、椅子に座る美しい令嬢が母の鞠子だ。同じ写真が和貴の部屋に飾られており、弘貴にも見覚えがある。

「信じるほかなさそうだな」

「写真の入手くらい、どうとでもなります」

「でも、僕は信じると決めたんだ。深沢、おまえは僕に従え」

和貴は尖った声で言い放ち、深沢が黙り込む。

これで、決まりだ。

「よかった！」

喜びを止められず、出し抜けに声を上げた弘貴は改めて泰貴の手をぎゅっと握った。

「僕、弟が欲しかったんだ」

「本当に？」

怪訝そうに問い返されて、弘貴は元気づけるように「うん！」と大きく頷いた。

　明るい反応を示した弘貴に、深沢が冷然たる視線を向ける。しかし、これが弘貴の本心なのだから仕方がない。それに、疑義を質《ただ》すのは深沢たち大人の役割のはずだ。

「ねえ、父様。泰貴君の部屋はどうするの？」

「……当面は、父の部屋を用意させよう。今、空いているのはあそこだけだ」

　和貴はそう言い、音もなく立ち上がった。

「話はまた明日に。深沢、あとは任せた」

「かしこまりました」

　階下へ行くために席を立った和貴を見送り、深沢が軽く目礼をした。

「泰貴さんは長旅でお疲れのようですし、食事の前に湯を使いますか？」

「ありがとうございます」

「じゃあ、僕が案内するよ。服も貸してあげる！」

　深沢が何か言うより先に、弘貴は「来て」と泰貴の腕を引いた。

「あっ」

　こうして触れ合う手の先にいる相手が、自分の血の繋がった弟なのだ。

　こんなに幸せなことがあっていいのだろうか。

　躊躇《ためら》いがちな泰貴を自室に引っ張り込むと、弘貴は己の衣裳箪笥《いしょうだんす》を指した。

「どれでも……ううん、全部あげる。僕のものは泰貴君のものだよ」

　早口で捲《ま》くし立てる弘貴に、泰貴は「全部もらったら君の服がなくなるよ」と冷静に告げる。

「あ、そうか」

　泰貴の落ち着きぶりに感心しつつ、弘貴はぺろりと舌を出した。

2

手触りのいい寝具。さらりとした寝間着。

高い天井に、磨き込まれ飴色《あめいろ》に光る床。どこからともなく、時計が時を刻む音が聞こえてくる。

大きな寝台の端に腰を下ろした泰貴《やすたか》は、落ち着かない気分で足をぶらぶらとさせていた。

外観からして異様な印象を与える清潤寺家《せいかんじけ》に一歩足を踏み入れると、同年代の連中よりずっと肝の据わったはずの泰貴でさえも圧倒された。

欠伸《あくび》は出てくるのに、昂奮しているのか眠気は起きないが、仕方なく布団に潜り込む。

何か月も縁遠かった――いや、生涯初めてであろう安逸《あんいつ》を与えられ、泰貴は逆に寝つけなかった。

戦前の威容をそのまま残した麻布《あざぶ》の森。屋敷の調度は豪奢《ごうしゃ》だったし、室内でも靴で過ごす習慣は西洋風だ。出された食事は品数こそ少なかったが、満腹になるには十分で、何よりも美味《おい》しかった。先ほど掛け布団を摑《つか》んだときも、そのやわらかさに瞠目《どうもく》してしまったくらいだ。

すべてが、これまでの泰貴の生活とは正反対だ。

そして、写真で見た以上に麗しい一族の佇《たたず》まいは独特で、ここは異界だと強く思った。

母の鞠子《まりこ》も外見が若々しく、あまり加齢が外見に現れないと苦笑していたものだ。二十代にこそ見えないが、当主の和貴《かずたか》は四十代にしては娟麗《けんれい》で、泰貴は目を奪われずにはいられなかった。

それにしても、顔が同じだけで斯《か》くも簡単に信頼を寄せるとは、華族様は無邪気なのにもほどがある。

確かに自分は一族の血を引いているが、ここまであっさり信用されるとは思わなかった。

当初、鞠子の写真をなかなか出さなかったのは、彼らを観察して気質を把握したかったからだ。財産狙いと決めつけられて追い出されたときのためにも、誰が敵で誰が味方なのか摑んでおきたかった。あの謎めいた深沢《ふかざわ》という男と貴郁《たかふみ》は泰貴に注意を払っていたが、強くは反対しなかった。

母が、時折懐かしそうに語っていた家。

けれども、政治犯の妻である鞠子が実家に戻れば、一族に迷惑がかかる。夫が亡くなったあとも、鞠子は子供たちを連れて逃げ回るほかなかった。

ここに来たのは、母の実家を一目見たいという好奇心だけが理由ではない。

寧《むし》ろ、自分の代わりに一心に幸運を享受しているであろう弘貴《ひろたか》を見てみたかった。そして、彼の手にするはずのものを手に入れたかったのだ。

控えめなノックの音に身を固くすると、返事を待たずに扉が開く。

「——泰貴君？」

弘貴の声だった。

「なに？」

室内履きの足音が近づき、それは傍らでぴたりと止まった。

「あの……あのね。一緒に寝て、いい？」


闇に慣れた目に映るのは、弘貴の邪心のない笑顔だった。

初めて顔を見たときあまりに似ているのに驚き、ついでその上品な物腰に打たれたものだ。

本当に彼は自分と双子なのだろうか？

穢れない澄んだ目、肌理《きめ》の細かい膚。荒《すさ》んだところが欠片《かけら》もない彼は、いくら顔立ちが似ているといっても、泰貴の分身とは到底思えないのだ。

「いいよ」

「よかった！」

ほっとした面持ちで、弘貴が布団に潜り込んでくる。二人分の体重を受け止めた寝台は、揺るぎもしない。

この寝台がやけに広く頑丈なのは、自分たちの祖父にあたる冬貴《ふゆき》の持ち物だからだとか。冬貴は今は秘書と一緒に大磯《おおいそ》で暮らしており、滅多な用事でもなければ都内に戻らないそうだ。

「ねえ、これからは泰貴って呼んでもいい？」

「……うん」

「僕のことも、弘貴って呼んでね」

「わかった」

そんなやりとりのあとで不意に弘貴が沈黙したので、寝たのだろうかと泰貴も目を閉じる。すると、いきなり彼が口を開いた。

「——お母さんって、どんな人？」

突然問われて、泰貴は眉根を寄せた。

弘貴の質問の意図が、わからなかったからだ。

「え？」

「お母さんについて、教えてくれる？」

「………」

「僕にとっても、お母さんなんだよ！」

すっかり忘れていた。

言われてみれば、そうだ。

彼は双子の兄で、同じ父と母を持つ相手なのだ。

「優しくてしっかりしてて、器量よしで……自慢の母さんだったよ」

布団の中で、弘貴が小刻みに震えるのが伝わってくる。小さな嗚咽《おえつ》が、やがて耳に届いた。

「と、父さんは？」

「あまり家に帰ってこなかったけど、優しかったよ。穏やかで、絶対おれを叩いたりしなかった」

「——せめてお母さんに会いたかったな……」

ちりっと小さな火花が胸の奥で散る。

お母さん、か。

泰貴は母と妹を見失った喪失感に打ちのめされたが、弘貴には最初から母も妹もいなかったのか。

だけど、いいじゃないか、せめて母さんくらいは自分のものにしても。

さっきも、泰貴にとっては信じられないくらい豪華な夕食なのに、弘貴は「折角のお祝いなのに、いつもと変わらない」と頻《しき》りに残念がっていた。

泰貴が食事のために躰を売り、浮浪児たちと肩を寄せ合って野宿していたときにも、弘貴はこの館でのうのうと暮らしていたのだ。何ら苦労せず、美しい義父と義兄に守られてきたに違いない。

着替えのことだって、そうだ。

こちらに着替えがないと知ると、惜しげもなく自分の服を全部与えようとする彼の鷹揚《おうよう》さに、泰貴は苛々した。

それでもしゃくり上げる弘貴の背中を申し訳程度に撫でてやると、彼は気を許した様子でそっと躰を寄せてくる。清潔な石鹸《せっけん》の匂いは、長らく泰貴の暮らしと無縁のものだった。

「ごめんね……ごめん……」

謝り続ける弘貴が、涙に濡れた目で泰貴を見上げる。その信頼しきったまなざしに、総毛立つような感覚に襲われた。

「泰貴は優しいね」

はにかんだように微笑まれて、一瞬にして、負の感情が毛穴から吹き出しそうになる。

それは羨望を通り越して憎悪にも近い、どす黒いものだった。

——何なんだ、こいつは！

あたたかく清潔で、純粋で無垢《むく》な兄。

泰貴とはまったく違う、それでも否定しようのない己の片割れ。

手を伸ばせばすぐに触れられる距離に、これまで巡り会うこともなく生きてきた半身がいる。

皮肉なことに、その幼く素直な兄こそが、泰貴の心に燻《くすぶ》っていた邪悪な感情に火を点《つ》けたのだ。

会ったばかりなのに、早くも弘貴を疎ましく思い、妬みや嫉みが増幅されていくのを如実に感じてしまう。

眠りに落ちるその瞬間まで、泰貴は弘貴の寝顔を見つめ続けていた。


「転入生を紹介します。入りなさい」

教師の紹介で教室に現れた泰貴を目にした瞬間、同級生たちは一斉にざわめいた。あまりの反応に、泰貴も内心でぎょっとしたほどに。

「あれ……清潤寺君？」

「どうして？」

窓際の席に腰を下ろしていた弘貴と、教壇に立つ泰貴を交互に見やってざわつく生徒たちに、老教師がこほんと咳払《せきばら》いをする。

「清潤寺泰貴君だ。弘貴君の双子の弟で、事情があって転校してきたんだ」

よけいな詮索をさせまいとの配慮ゆえの簡潔な説明が、生徒たちの好奇心をますます煽《あお》り、休み時間になると、すぐさま泰貴たちは級友に取り巻かれた。

「ねえ、清潤寺君、本当なのか？」

少年たちに口々に問われ、弘貴は「本当だよ。僕も先週初めて会ったんだ」と誇らしげに答えた。

こんなに早く転入できたのは、和貴が円滑にことが運ぶよう各方面に働きかけたからだ。今は役所の仕事も滅茶苦茶になっているので、かえって養子の手続きやら何やらは簡単に済んだ。

ほかの教室からも、世にも希《まれ》な再会を果たした双子を見に来ており、級友に取り巻かれる弘貴の表情は輝き、その瞳は昂奮に煌《きら》めいている。弘貴は、純粋に泰貴の登場を喜んでいるのだ。

兄弟が増えれば遺産の分け前が減るとか、そういう発想はないらしく、大したお人好《ひとよ》しだった。

「双子なんて言ってなかったじゃないか」

「見れば見るほどそっくりだ。君たちみたいな美形が二人並ぶと、人形みたいだ」

もともと弘貴は人気があるのだろう。級友たちは口々に再会を祝い、中には感激したのか涙ぐむものもいた。内心ではすっかりしらけきっていたが、一応は作り笑いくらいは浮かべているべきだろうと、泰貴は懸命に欠伸を堪える。

「泰貴君はどこに住んでいたの？」

今度は生徒たちが質問をぶつけたが、泰貴はできるだけぼろが出ないよう口数を少なく答えるのが関の山だ。

「神戸だよ」

「じゃあ、洋館とかたくさんあるだろう？」

「おれは普通の、長屋で育ったから……」

「長屋？　月島《つきしま》みたいなところかな」

「たぶん」

泰貴はそれ以上会話を広げられなかった。質問される内容があらかじめわかっていた清潤寺家への訪問とは違い、今はどう口を利いても育ちの悪さが出てしまいそうだ。ならば、おとなしくし弘貴の身の処し方を参考にするほうがよい。

泰貴は人見知りをすると勝手に解釈したのか、級友たちは弘貴を質問攻めにしている。

「今度から、清潤寺君じゃなくて弘貴君って呼ばなくちゃいけないな」

「弘貴君、か……何だか緊張してきた」

「べつに、弘貴でいいのに」

弘貴の提案に、「いくら何でも恐れ多いよ」と意味のわからない台詞《せりふ》を言った者がおり、彼らは楽しげにどっと沸いた。

まるで可憐《かれん》な姫君を相手にするかのように、級友たちは弘貴に対して騎士の如《ごと》く忠実に振る舞っていた。それこそ、通学には弘貴の鞄《かばん》でも持ちかねないほどだ。

弘貴が一身に集めるのは、親愛と崇拝だ。

色狂いの血筋だと蔑《さげす》まれて育ってきた泰貴と、弘貴は何が違うのか。


「弘貴君」

同級生に囲まれた弘貴に溌剌《はつらつ》と声をかけたのは、一際背の高いすらりとした人物だった。おとなびた顔つきといい体格といい、少年のやわらかさを失い、青年に近いといっても差し支えなさそうだ。

「瑞沢《みずさわ》君」

「君の大事な弟に、僕を紹介してもらえないか」

やわらかで優雅な物腰は貴公子然としており、そんな彼に弘貴はくすぐったそうに破顔する。

「勿論《もちろん》！　——泰貴、彼は瑞沢君だよ」

「瑞沢峻《しゅん》だ。よろしく」

弘貴の紹介は簡素なもので、瑞沢が自分で名乗ったほうがよほど早い。だが、瑞沢は弘貴と少しでも話をしたかったのかもしれない。

「君のお兄さんには仲良くしてもらってるよ」

「それは僕のほうだよ」

ごく自然に弘貴は瑞沢と会話を始め、級友たちはそれを機に各自の席に戻っていく。

「仲いいよなあ、あの二人」

「本当に。でも、清潤寺君に釣り合うのは瑞沢君くらいだよ」

釣り合うって、恋人同士でもあるまいに。

泰貴は鼻白んだが、弘貴から離れざるを得なかった級友たちの声には、隠し難い羨望《せんぼう》が混じっている。おそらくあの瑞沢もまた、弘貴とは違う意味で憧憬の的なのだろう。

同じ顔、同じ声、同じ背格好。

互いに見分けがつかないほど似ているのに、弘貴のいる場所は、どれほど恵まれていることか。

ずるい。

様々な感情同士が胸中でぶつかり合い、ちりっと火花が散るが、泰貴はそれを理性で抑え込んだ。

弘貴が何もかも持ち合わせているのは、よくわかった。その事実に優越感も何も抱かず、すべてを当然のものとして甘受しているのも。

錯覚などではない。

出会ったばかりの弘貴を、己は憎み始めている。

それも、ぬるい嫌悪感ではない。掛け値なしの憎悪そのものだ。

無論、噂を聞いた段階から心証は悪かったが、実際に弘貴と出会ってその不快さは増幅された。

絶対に自分とは相容《あいい》れないと、ほんの数日でよくわかったのだ。

弘貴にも自分と同じ惨めさを味わわせるには、どうすればいいだろう？

それも含めて、これからじっくりと腰を据えて、計画を練るつもりだった。

帰宅した泰貴と弘貴は箕輪《みのわ》に書斎に行くように言われ、身繕いを済ませてそちらへ向かった。

長椅子に腰を下ろして書斎で楽しげに談笑していたのは、帝大の制服姿の貴郁と見知らぬ青年だった。

「お帰り、二人とも」

「兄さん、早かったんだね。お客さん？」

きょとんとして弘貴は目を丸くする。

泰貴は学生服の男性を値踏みするように素早く見

たが、眼鏡をかけた人物は優しげに笑み、疑念の籠もったまなざしを軽く受け流して目礼した。

「はじめまして。藤城《ふじしろ》と申します」

長身だが線が細い藤城は、黒髪に黒い瞳。顔のつくりは端整で、涼やかな容姿の人物だった。

にこやかに笑うと少し眦《まなじり》が下がり、いかにも人が好さそうだ。

「弘貴です。よろしくお願いします！」

途端ににこにこする弘貴に倣い、泰貴は笑みを作って「泰貴です」と名乗り頭を下げる。

「藤城は僕の大学の友人で、とても優秀な男だ」

貴郁の話によると藤城は帝大の誇る秀才で、何としてでも徴兵を回避できないかと教授陣が頭を悩ませ、対策を練ったほどの傑物だそうだ。

藤城は貴郁の話を止めることも謙遜《けんそん》することもないので、それなりに己の才覚に自負を持っているのだろう。しかし、彼が清澗寺家を訪れた目的は、已《い》然《ぜん》として不明だった。

「貴郁、二人とも怪訝そうな顔をしているけど、話していないのか？」

そこで初めて少し困ったように首を傾《かし》げ、藤城がのんびりとした声音で問うた。

「そういえばそうだ。父さんに言われて、おまえたちの家庭教師を探したんだ。やはり藤城しかいないと思ってね」

「家庭教師？」

弘貴が問い返すと、藤城は優しく唇を綻ばせる。

「そうだよ。教科は主に英語と数学と言われてるけれど、だいたい何でもわかるから、試験前などは特にあてにしてくれていい」

ここ半年以上まともに学校に通えていなかった泰貴には、個人教授は願ってもない話だ。

「弘貴君はとても優秀で家庭教師はいらないという話だけど、泰貴君は転入してきて履修した範囲が違うと聞いているからね。勉強の遅れを取り戻すためにも、協力させてもらいたいんだ」

語り口は滑らかで、頭でっかちが多い帝大生にしては場慣れしている。そうした連中とは一線を画すのだろうと、泰貴は期待に目を輝かせ頷いた。

「僕、家庭教師なんて初めて！　嬉しいです！」

「弘貴君は、勉強が嫌じゃないのかい？」

「全然。僕たちだけで先生を独り占めできるなんて、すごく贅沢《ぜいたく》です」

「泰貴君は？」

藤城と目が合った刹那《せつな》、息を、呑《の》んでしまう。圧《お》されたのだ。

男の持つ、静かな迫力に。

黒よりもずっと昏い色の瞳だった。

ともすれば、その漆黒に引き摺り込まれそうだ。底なしの湖のような、その深い深い色。

「泰貴君？」

「あ、いえ……その、僕も嬉しいです。きちんと勉強できるチャンスをもらえたので、全力で頑張ります」

何だろう。

藤城の目を見つめた瞬間、自分の躰を不可思議なものが貫いた気がした。

妙な胸騒ぎを覚えたものの、それを口にしては面倒な雲行きになりそうだ。それに、泰貴の胸の内側に押し隠したものを他人に悟られては、この家を手に入れようとの野望が潰《つい》えかねない。

「二人とも前向きで嬉しい意見だ。では、授業の日程と教科を決めてもいいかな」

藤城は土日は都合が悪いそうで、週二日、夕方の三時間を授業にあてることで決まった。

話し合いが終わったので、弘貴が藤城を見送るために玄関に下りていく。泰貴も一応は行こうとしたのだが、藤城に「一人でいいよ」とさらりと拒まれたのだ。

まるで、藤城までもが弘貴を可愛がっているかのように見えて、気分が悪い。藤城と弘貴が知り合ったのは、泰貴同様、今日が初めてなのに。

泰貴は貴郁と二人きりで書斎に残された。

「今まで聞かなかったけど、なぜ、ここへ来た？」

沈黙していた貴郁に出し抜けに問われ、泰貴は面食らって顔を上げた。

「この家は君の心を蝕《むしば》む。君を不幸にする。真っ当に生きたければ、生活費を受け取って自立すべきだ」

いきなりの言葉に、泰貴はむっとする。

「おれは招かれざる客ですか？　追い出したいなら、どうして家庭教師を選んだりしたんですか」

貴郁は泰貴を見据えて、静かに口を開く。

「違うよ。兄弟が増えれば、父も安心するだろう。だが、この家の犠牲を増やすのは忍びない」

安心？　犠牲？　どういう意味だ？

「君は自分が思っているほど擦れた人間でもないし、強い人間でもない。この家にいれば、きっとつらい思いをする」

それは彼なりの優しさかもしれないが、泰貴には無用の思いやりで、偽善にしか見えなかった。

「……兄さんは、わからないんです」

圧し殺した声で、泰貴は吐き出した。

「食うものにも困り、寝る場所もなく……屋根のあるところで寝られるのがどれほど嬉しいか。家族と一緒にいられるのが、どれほど幸せか……」


貴郁は端整な外見とはいえ、黒髪に黒い瞳と和貴たちにはまるで似ていないが、所詮《しょせん》は清潤寺の人間だ。最下層の貧民の事情などわかるものか。

「そうか。君がこれを幸せだと思うのなら、それでいい。僕としても、異論はない」

謎かけのような返答の意味がわからずに立ち尽くす泰貴を置き去りにし、貴郁は席を立った。

和貴、弘貴、泰貴の三人は血が繋がっているが、分家出身の貴郁は物静かで思慮深くともどこか異質で、人には言えない鬱屈があるのかもしれない。

あるいは、泰貴が鞠子の子供であるという理由から、心証的には跡継ぎには不利な貴郁に警戒されているのだろうか。

一つ屋根の下で、男しかいない家族ごっこを繰り広げる人々。幸せそのものという構図はうんざりするし、反吐《へど》が出そうだ。

清潤寺家で幸福に暮らす連中に、とりわけ弘貴に目にものを見せ、惨めさを味わわせてやりたい。

そのためには――やはり、家だ。これを己のものにするほかない。

弘貴の幸福を生み出す源泉である清澗寺家を手中に収め、次の伯爵の座を我が物にしてやる。

逆に、清澗寺家が双子の弟のものになれば、さすがの弘貴も惨めさを覚えるだろう。

弘貴に惨めさを味わわせること、そして、清澗寺家を手に入れること。

二つの命題は両立し得る、背中合わせのものだ。弘貴と鞠子の血を引くことは十分に利点となる。弘貴と貴郁の二人を、まとめて蹴落《けお》とせばいいのだ。

――君がこれを幸せと思うなら……か。

確かに自分は住処《すみか》を得て安心はしたけれど、これが幸せかどうかはまだわからない。

だが、以前とは違い未来への希望はある。

幸せになってみせるとも。

弘貴を排除し、この家を手に入れれば、泰貴は誰よりも幸福になれるはずだった。

3

宿題を終えた弘貴《ひろたか》が書斎の窓から外を眺めていると、鉄製の門を潜った米軍将校たちの姿がちらほらと見えてくる。徒歩あるいはジープでやって来る彼らに、弘貴は未《いま》だに慣れなかった。

「弘貴、外に何かあったのか？」

「ううん。父様がお出迎えしているところ」

貴郁《たかふみ》が部屋を覗いたので、窓際にいた弘貴は振り返らずに口を開いた。

「今日はまた、客が多いみたいだね」

「父様、一人で疲れちゃわないかな」

「彼らの目当てが父さんなのだから、仕方がない。いずれにしても、うかうかとしていたら、とんでもない事態になるからね。父さんが頑張るのは大事な意味がある」

貴郁は懶《ものう》げな表情になり、低い声で告げた。

「とんでもないって？」

「マッカーサー元帥は財閥を目の仇《かたき》にしている。もしかしたら、財閥を解散させせられるかもしれない。それに、下手をすれば僕たち華族も……」

「そうなの⁉」

驚愕した弘貴は目を瞠《みは》った。

そうでなくとも華族の大きな家屋敷や会社のビルディングは進駐軍に接収され、将校や米政府高官の住処やあるいはオフィスに使われている。華族たちは押《お》し並《な》べて、苦しい暮らしを強いられる時代へとなっていた。

「ほんの一例だよ。そういう話があるっていうだけだから、心配しないでいい」

「ぼ、僕たちどうするの？　路頭に迷うの？」

GHQは日本を民主国家に変えていく方針なのだということ。だが、それはどのような方法で行われるのか、日々に追われる国民の多くには未だにぴんと来なかった。

「それはないよ。何かあったとしても、この家には直巳《なおみ》さんがいる」

深沢《ふかざわ》の名前を呼ぶときだけ早口になった貴郁は、なぜかそこで俯《うつむ》いた。

尤《もっと》も、深沢と貴郁は仲が悪いわけではなく、どちらかといえば似たもの同士にも見える。

「そうだよね、社交倶楽部だけでうちが許されてるのが信じられないんだ。僕の同級生なんて、進駐軍に屋敷を接収されたうちが多いんだよ」

「それがあの人のすごいところだ」

清澗寺《せいかんじ》家が並外れて運がいいのは、この邸宅を接収した進駐軍の中将が、母屋《おもや》にあたる洋館ではなく和風建築である離れでの生活を望んだ点だ。日本《にっぽん》かぶれの中将はそれ以上を求めず、代わりに清澗寺家の一階の小応接室《サロン》や居間、大食堂を和貴《かずたか》が主催する社交倶楽部で開放するよう要求した。また、そこで供する酒食の算段を深沢がつけてきたのには、あまり感情を表に出さない貴郁も感服していた。今の食糧事情で上質の酒を手に入れるのは相当難しいと、誰もが知っていたからだ。

将校たちが夜遅くまで滞在するのはうるさくてたまらないものの、中将が厳格なせいか、彼らは零時前には必ず帰宅する。ほかの華族のように家屋敷を追われて狭い長屋に押し込められるより、ずっとましだった。

このご時世では華族がこうした倶楽部を開くこと自体、珍しくはない。貴族制度のないアメリカ人にとっては、高貴な階級の人々が接待をする倶楽部は物珍しいらしく、持て囃《はや》され、貧窮する華族が金を稼ぐ手段として流行していた。

清澗寺家にとっての僥倖《ぎょうこう》は、家族が家屋敷に残るのを許されただけではなかった。丸《まる》の内界隈《うちかいわい》のビルディングは殆《ほと》どが接収されたが、深沢はどのような手立てを講じたのか、清澗寺重工《じゅうこう》のビルディングの半分は死守したのだ。その噂が広まり、弘貴は家の前で知らない相手から、「おまえの家族は進駐軍のスパイだろう」などと謂《いわ》れない中傷を受けてひどく傷ついたものだ。


「さあ、食事にしないか」

「そうだね。僕、泰貴《やすたか》を呼んでくる！」

一階の小食堂は台所の隣にあり、以前より日常はここで食事をしていた。進駐軍の将校たちも入り込まないので、ここは数少ない家族の聖域だ。

決して贅沢ではないが、日々の食事には事欠かない。社交倶楽部で出される軽食の余りもあるし、それらで凌《しの》げる自分たちは幸運なのだろう。

泰貴だけでなく、深沢も食事のために現れた。

「直巳さん、父様は？」

「和貴様はまだ暫くかかります」

「そう。一人で平気かな？」

英語が堪能な和貴はホスト役として彼らを接待し、日本語や日本の文化を教えている。深沢は倶楽部には一切関わらず、その時間は書斎に籠もって持ち帰った仕事を片づけていた。

「平気でなかったとしても、あなたには手伝えないでしょう」

深沢は自分たちに対しても慇懃《いんぎん》な言葉遣いをする

が、だからといって優しく接するわけではない。

「ねえ、直巳さん。どうしてうちは特別扱いなの？」

「特別扱い？」

「よそと違って家が接収されてないし、中将と同居っていっても実質的には別々だし……僕の友達は皆、家を追い出されちゃったよ」

「過去の因縁は、こういうときに役立つのですよ」

何を思い出したのか、深沢は微かに唇を綻ばせる。誰と誰のあいだに因縁があるのか、聞かないほうがよさそうだ。

「父様、大丈夫かな……」

「大丈夫ですよ、弘貴さん。あの方は清澗寺だ」

「え？」

「清澗寺家の正しい後継者……という意味です」

深沢の言葉は、時に謎めいている。

その言葉を聞いて、泰貴はスプーンを動かす手を止めた。

「泰貴、どうしたの？」

「いや、何でもない」


見れば泰貴はうっすらと微笑んでいるようだった。

「泰貴、早く早く！　藤城《ふじしろ》先生が待ってるよ」

「わかってるよ」

小走りになる弘貴と対照的に、急ぐ気になれない泰貴は落ち着いた足取りのままだ。今日は体育の授業で炎天下をさんざん走り回ったくせに、弘貴ときたら元気でそういうところも子供っぽい。

「先に行っててていいよ、弘貴」

「嫌だよ。僕、泰貴と一緒がいいんだもの」

そう言った弘貴は、泰貴の右手をぎゅっと握って人懐っこく笑った。

同級生や教師が弘貴を可愛がるのもわかるほどに、弘貴は愛くるしくてあどけない。弘貴には負の感情や、悩みが皆無なのではないか。それが、一月近く一緒に暮らしての泰貴の結論だった。

「一緒って、いつも一緒にいるくせに」

冗談めかしているが、これが泰貴の本音だ。

弘貴は惜しみなく親愛の情を示しているのかもしれないが、泰貴にとっては鬱陶しいだけだ。

それを我慢してやっている泰貴の不快感など、弘貴には計り知れないだろう。

「当たり前じゃないか。今まで泰貴と離れていた分を、取り返したいんだ。厠《かわや》にだってついていきたいくらいだよ」

「……それは、勘弁してくれ」

事実、弘貴は泰貴が行くところにはどこにでもついて回りたがった。学校の行き帰りは勿論《もちろん》一緒だし、教室から抜け出そうとすると目敏《めざと》く見つけて追いかけてくる。おかげで転入して七日もすると、他の生徒たちから「あの双子はいつも一緒だ」と認識される始末だった。

「おまえ、藤城先生をどう思う？」

「教え方が上手いよね。すごくわかりやすいよ」

十一月。

ＧＨＱにより財閥解体が指示され、日本の変革は進んでいた。これまで泰貴が当たり前のように信じていた秩序が、音を立てて崩れていく。

なのに、清澗寺家は違う。

夕映えに清澗寺家の洋館は照り輝き、焼け野原に聳《そび》え立つ禍々《まがまが》しい城のようだ。

門前では連合軍の立哨二人がおしゃべりに興じており、泰貴たちの姿を認めて「やあ」と英語で声をかけてきた。

「こんにちは」

英語で返す泰貴に、彼らは陽気に続ける。

「おまえたち、相変わらずそっくりだな。英語、少しは上達したか？」

「ちょっとだけ。まだ練習中だから」

簡単なフレーズを使った会話だったが、泰貴の語学力に弘貴はすっかり目を丸くしている。

一頻《ひとしき》り会話をしたあと内心では得意げになって弘貴に向き直ると、彼は昂奮に頰を紅潮させた。

「すごいね、泰貴！　英語しゃべれるの？」

「あれくらい普通だよ」

「あの人たち、何て言っていたの？」

戦後間もなく一番売れたという『日米会話手帳』で覚えた英会話は、それなりに役立っている。なけなしの八十銭を叩《はた》いて本を買い求めた甲斐《かい》があったものだ。実際、自分より英語を勉強していたはずの弘貴にはあまり理解できていないようで、泰貴は密かに得意になった。

「そっくりな双子だねって」

「そうなんだ！」

素晴らしい事実を聞いたとでも言いたげに、弘貴は目許《めもと》を上気させた。

自分に瓜二つの人間がいるのが、そんなに嬉しいのだろうか。

このわずかな期間に、たとえどれほど顔が似ていても、弘貴と自分の内面はあまりにも違うと、いやというほど思い知らされた。これから先も、光があたる場所を歩くのは、おそらく弘貴のほうだろう。自分は彼のような人物には決してなれないし、なりたいとも思えないから、その点は諦めている。

だが、跡取りの座に関しては絶対に妥協はすまい。譲りたくはなかった。

「お帰りなさいませ、お二人とも」

「箕輪《みのわ》、藤城先生はもう来てる？」

玄関に立っていた箕輪に問うと、彼は咳払いを一つしてから頷いた。

「ええ、五分ほど前にお見えです」

「わ、急がなきゃ！」

弘貴が促したので、泰貴は「そうだね」と頷いて二人で階段を小走りに駆け上がる。

階段の途中で、弘貴がぴたりと足を止めた。

「どうかした？」

「ねえ、泰貴。今日は机、反対にしない？」

「え？」

「僕たち、さっきもそっくりだって言われたけど、入れ替わっても先生にはわかるかな？」

先ほどの米兵の話を思い出したのだろう。弘貴は目を輝かせ、悪戯《いたずら》っぽく笑った。

「……いいよ」

もともと一卵性の双子だし、生活が一緒になれば服装や髪形も似通ってくる。今の泰貴は、どこからどう見ても良家の御曹司だ。

見た目はともかく、態度はどうだろう。自分は弘貴のように無邪気な御曹司を演じきれるのか。

藤城の授業を楽しみにしている泰貴には気が進まなかったが、この家にどれだけ溶け込めているかを確認する意味でも、試す価値はあった。

「じゃあ」

階段の中ほどで二人とも身なりを整え、深呼吸をして子供部屋へ向かう。一月前まで弘貴の部屋だったが、机を増やし、ベッドを大きなものにして二人部屋に変えたのだ。

「先生、遅れてごめんなさい」

軽やかなノックのあとに扉を開けた泰貴が極力朗らかに謝ると、窓のそばで外を眺めていた藤城は振り返り、にこやかに微笑んだ。

「こんにちは。お帰り、二人とも」

四つ年上の藤城は秀才の評判に違わず頭の回転は速く、常に温厚だ。雇われた身の上だが媚《こ》びたり阿《おもね》ったりするところはまるでなく、弘貴と泰貴には丁寧に接してくれた。

嬉しいのは、藤城がどちらかを贔屓《ひいき》しない点だ。二人を平等に扱い、いいところはきちんと褒めてくれる。藤城のその一貫した姿勢は好ましく、泰貴は彼の授業を心待ちにしていた。

「学校から急いできたんだろう？　座って」

「はい」

泰貴は最初は片笑んでいたが、それではいけないと、普段の弘貴のような満面の笑みを作る。

それから、お互いに普段と逆の席に腰を下ろした。藤城は椅子は必要ないと言っているので、二人の中間に立つ。

「さあ、今日は英語からだ。まずはこの前の文法のおさらいだよ」

藤城の落ち着いた声が、鼓膜を心地よく擽《くすぐ》った。教科書を捲った泰貴がちらと相手を窺《うかが》うと、弘貴は神妙な顔をして教科書を眺めている。

「教科書を読んでもらおうか、泰貴君」

呼びかけられても、泰貴は答えなかった。今の自分は弘貴と場所を交換しており、返事をするわけにはいかないからだ。

「泰貴君？」

もう一度名前を呼んだ藤城が、眼鏡のレンズ越しに泰貴の瞳を覗き込んできた。

「は、はいっ」

それ以上の嘘は許さぬとでも言いたげな毅然《きぜん》とした声に、思わず返事をしてしまう。

「結構」

にこりと笑った藤城が姿勢を正したので、こちらを咎めるように見ている弘貴と目が合った。これで悪戯はお終《しま》いじゃないか、弘貴のまなざしはそう言っていた。

でも、今は——怖かった。

藤城は、なんて冷徹な目で人を見るのだろう。

射殺されるのではないかと思うくらい、鋭い視線だった。ほんの一瞬で、自分の奥底にあるものを、見透かされた心持ちにさえなる。

初めて会ったときに自分を貫いたあの衝撃を、泰貴は反芻する。

藤城は、最初から気づいていたのか。

弘貴の取り巻きの小林《こばやし》や瑞沢《みずさわ》でさえ時に二人を見間違え、担任の教師すら「見分けがつかない」と舌を巻く。なのに、週に二度しか会わない藤城に、なぜ二人の区別がつくのだろう？

もしかしたら、この男はその眼力をもって泰貴の魂胆をも見抜いているのかもしれない。

清澗寺家を手に入れようとする、醜悪な野望を。

「あれ、驚いたのかい？　悪戯してもだめだよ。見分けくらいちゃんとつくんだから」

藤城がわかったような口ぶりになるので、泰貴はますます狼狽して黙りこくった。

「……ごめんごめん、今のは冗談」

明るい口調で藤城が言ったので、泰貴は「え」と目を瞠った。

「種明かしだよ。弘貴君、ノートを見てごらん」

ノートに視線を落とした弘貴は、すぐに顔を赤らめる。つられて覗き込むと、表紙には滑らかな筆記体で弘貴の名が書かれていた。

「なーんだ、びっくりしちゃった」

弘貴がころころと笑う。

安堵《あんど》の念が心を満たし、泰貴は考えすぎだったようだと力を抜く。

「弘貴、それ、いつの間に書いたんだ？」

「昨日だよ。瑞沢君が上手だから、書いてもらったんだ」

それを即座に読み取るとは、藤城の鋭い観察眼には舌を巻く。双子の見分けがつかなかったとしても、やはり、藤城は油断のならない人物だ。

「例文を読んでもらえば、それを見なくともわかったかもしれないな。弘貴君はキングス・イングリッシュだからね」

自分の付け焼き刃の英語の発音は拙《つたな》く、いくら努力しても、育ちのいい弘貴には何一つ敵《かな》わないと宣告されたかのようだ。

臓腑がかっと熱くなったようだ。


わかっている。これはただの僻《ひが》みだ。

藤城は平等主義で、今の発言にも他意はない。

怒りを抑えようと努める心情とは裏腹に、喉元《のどもと》まで強い負の感情が迫《せ》り上《あ》がってくる。

「泰貴、どうかしたの？」

弘貴に問われ、泰貴ははっとする。

「あ、うん」

ぎゅっと鉛筆を握り締め、泰貴は押し寄せてくる強い感情の波を耐えた。

弘貴はまるで綺麗な人形だ。彼は優しくて甘い感情だけでできている。怒りや憎しみとは無縁で、誰からも傅《かしず》かれるのを受け容れ、それが特権的なものとの意識すらないのだ。

無邪気さは無神経さの裏返しだ。

弘貴は、何も知らない。

たとえば、時に泰貴が兄のぬくもりに不快感を覚え、真夜中に飛び起きることも。

他者の体温を意識すると、自分が躰を売っていた事実を思い出し、時折吐き気すら覚えるのだ。

なのに、弘貴は無邪気に自分に懐いてくる。清潔な躰を擦り寄せ、甘い匂いを撒《ま》き散らして抱きついてくる。夜ごと己の傍らですやすやと眠る弘貴は、悪夢に苛《さいな》まれる泰貴の苦痛になど、まるで気づいていないのだ。

都電を降りた泰貴は薄暗い路地を曲がる。人気がないのを確かめたあと、風呂敷包みの中からかつて身につけていた古い国民服を取り出した。洗っていないため泥に塗《まみ》れたそれに手早く着替え、泥と靴墨を顔や手足、髪にまで塗りつける。

これでいい。先月まで上野を徘徊《はいかい》していた、浮浪児であるヤスのできあがりだ。

鞄と制服はまとめて風呂敷に包み、軽やかに泰貴は路地から抜け出す。

上野の地下道を緩歩していると、どんよりした顔で座っていた子供たちが微かに反応を示した。

「ヤス！」

そのうちの一人が、驚いたように声を上げた。

「ヤス、どうしたんだよ！　急に消えちまって、心配したんだ」

泰貴と同じくらいの背格好の少年の名は亮太《りょうた》と言い、正義感があり、何といっても読み書きができる。面倒見がいいため自然と彼を慕った子供たちが集まったが、それと彼らに食事を与えられるかどうかは別問題だ。

「ちょっと仕事を頼まれて」

「俺たちみたいな餓鬼が？　やばい奴らに関わってるんじゃないだろうな？」

人のいい亮太は心配そうに表情を曇らせ、泰貴を凝視する。おかげで泰貴は、彼に顔をよく見られないよう、視線を避けなくてはいけなかった。

「食えれば何でもいいさ」

泰貴は蓮《はす》っ葉《ぱ》な口調で言うと、唇を歪める。

「おまえらに頼みがあるんだ。仕事を受けてほしいんだが、人を集められないか？」

「仕事？　食えるのか？」

「当たり前だ。そのために繋ぎをつけてきたんだ。内容はちょっとした調べ物だ」

「有り難い。何人くらいだ？」

亮太はきらきらと目を輝かせている。

「差しあたっては五人。分け前が減ってもいいなら、人数を増やすのは自由だ」

「あんまり危ない橋を渡るのは……」

「ぼんやりしてても、どうせ今日死ぬか、明日死ぬかだろ。だったら、飯の種が稼げたほうがいいはずだ」

「かもな」

大きく頷き、亮太は「任せろよ」と胸を叩いた。

「で、どうする？　みんなを集めて説明するか？」

「いいや、おれはしょっちゅうここに来られるわけじゃないし、おまえに責任者になってほしいんだ。それで、随時おれに報告をしてほしい」

そのために苦労して用意したのが帳面と鉛筆だ。これを使って、報告の趣旨をまとめてもらうつもりだった。

「わかった。それで、調べるって何を？」

「聞き込みだ」

「聞き込み？」

もっと危険な依頼と思ったのだろう。亮太はあからさまに拍子抜けした様子だ。

「そうだ。おれが指定する華族の家を、順繰りに調べてほしいんだ。怪しい動きをする奴がいたら尾行したり、噂話を聞いたりしてほしい」

「いいけど、ばれないか？」

「大丈夫だ。だいたい、帝都に浮浪児が何人いると思ってるんだ。家の周りをうろうろされたくらいで、気にする奴なんていないよ」

泰貴は笑み綻び、安心させるように亮太の胸を叩いた。

「まずは、どこの誰だ？」

クラスメイトの家名をいくつか挙げ、帳面に書き取ってやる。これは小手調べで、彼らの能力を見てから、いずれ清澗寺家を調べさせるつもりだった。

「おれは来週、ここに来る。そのときまでに目鼻をつけておいてくれ」

「わかった」

亮太が元気よく同意したので、泰貴はポケットに入れてあった小銭を彼に握らせた。

「え、いいのか？」

「それは手付けだ」

亮太は感激に目を潤ませている。

手始めは華族たちの状況把握だ。

内側にいるだけでは見えないような部分も、外側からならばわかるはずだ。

たとえば清潤寺家も、泰貴には不可解な部分だらけだ。弘貴は気にしていないようだが、なぜか養子としてともに暮らす深沢の存在など、最たるものだ。和貴ともさして親しいわけでなく、二人の関係は冷たさを滲ませているのも不可解だ。また、和貴があしてGHQの高官を接待するのには、何かしら理由があるはずだ。現段階で生活には不自由しないほどの食糧の備蓄があるらしいし、食糧が目的ではないだろう。


けれども、それが何のためなのか、和貴は勿論、深沢も貴都も明らかにしない。当然、弘貴はその理由を考えもしないようだった。

仮に金に困っているのならば、自分に金を稼ぐ才覚があると示すのは有効なはずだ。ほかの事情があるのなら、それに応じた手段を示せばいいのだ。

世の中なんて、簡単だ。

大人なんて甘っちょろい。

鞠子《まりこ》の子でありながらも、泰貴には悪事に手を染める資質があったのだ。そう考える泰貴にとって世の中のすべては実験場のようなもので、罪悪感など皆無だった。

4

先生への挨拶《あいさつ》を最後に、今日もつつがなく授業は終了した。

「清潤寺《せいかんじ》君！」

張り詰めた声をかけられた弘貴《ひろたか》が振り返ると同時に、傍らの泰貴《やすたか》もその方角を見やる。

「あ、えっと、弘貴君……のほう……」

「小林《こばやし》君、なに？」

小林の眼鏡の奥の目はどこかおどおどしていて、こちらを阿《おもね》っているようだ。

「いや、この頃、あまりゆっくりしゃべってないし……たまには一緒に帰りたくて」

「ごめん、今日は泰貴と用事があるんだ」

泰貴はまだ学校に馴染《なじ》んでいるとは言い難いからこそ、弘貴が自分の友達を紹介すべきだ。でも、大事な兄弟を今だけは独り占めしたくて、それすら怠っていた。

「また？　あ……ごめん」

「いいんだ。君たちが呆れるのもわかるから」

「呆れてないよ。仲がよくて羨ましくなるけど」

「ありがと。またね、小林君」

「うん……また、明日」

小林の淋《さび》しげな背中を見送り、弘貴は息をつく。

自分は泰貴に対しても、小林に対しても、不実で残酷な真似《まね》をしている。けれどもその反省の気持ちは、泰貴の顔を見た途端に吹き飛んでしまう。

「ねえ、泰貴。今日はどこに行くの？」

「新橋《しんばし》だよ」

何の躊躇いもなく泰貴が口にしたその地名に、弘貴は凝然と目を丸くする。

「でも、新橋って……」

新橋には大きな闇市があると聞くが、そんな恐ろしい場所に足を踏み入れる気なのだろうか。

「もうすぐ試験だし、その前に一度冒険しようよ。

いつも机に噛《かじ》りついてるだけじゃつまらないだろ」

和貴《かずたか》に知られたらどうしようかと、弘貴は迷った。冒険心から自分たちが危険な目に遭えば、父の花顔は悲しみで曇るだろう。

「嫌ならいいんだよ。おれ一人で行くから」

「行くよ」

反射的に断言してしまった以上は、もう、後には退《ひ》けなかった。

新橋の駅を出てすぐのところに、闇市の看板が見える。闇といいながら看板があるのはおかしいが、ここが行政に黙認されている証拠だ。

『消費者ノ最モ買イ良イ民主的白由市場』

頭上に高々と掲げられた看板には、そう大書され、下のほうにはこのあたりを取り締まる関東松田組《かんとうまつだぐみ》の名が並記されている。

「わあ……」

すっかり御上りさんの気分で、弘貴は珍しい光景に見入った。

人の流れに押されていくうち、青空市場なる言葉の意味はすぐにわかった。建物どころか屋根も何もないのに、粗末な身なりの人々が品物を並べ、それらを売り買いしている。板の上に並べられているのは衣服、野菜、食器など、種々雑多なものばかりだ。中には家財道具を持ち出しているらしく、骨董《こっとう》や書画を売っている者もいた。

客も洗いざらしの軍服の復員兵、和装の中年男性、国民服の男、もんぺ姿の女性と様々だ。

ラジオからは『リンゴの唄』が流れ、猥雑《わいざつ》を絵に描いたような眺めにたじろぎつつも、弘貴は持ち前の好奇心がふつふつと湧き起こるのを感じた。

「泰貴、ねえ、いい匂いするよ」

駆け出そうとする弘貴の手を、泰貴が力強く握り締めて引き留めようとした。

「待って、弘貴」

下手に動けばはぐれてしまいそうだが、自分の心には抗えなかった。

「あっ」

誰かがぶつかった拍子に泰貴の手が解け、弘貴は人波に押されていく。だが、これならきっと泰貴も同じ方向に流されているはずだ。

　さっきからのいい匂いの正体は、市場の一角で売られるシチューだった。中年男が杓子《しゃくし》で大鍋《おおなべ》を掻き混ぜ、その周囲を客が取り巻いている。

「ねえ泰貴、シチュー売ってるよ」

「やめときな」

　頭上から低い声が降ってきたので、弘貴は慌てて振り返った。

「あれっ？」

　後ろにいるはずの泰貴の姿はなく、代わりにがっしりとした体軀《たいく》の着流しの男が立っていた。男がじっと自分を見つめるので、弘貴は訝しげに首を傾げる。すると、それを機に彼が口を開けた。

「食えば腹を壊すぜ。そいつは、占領軍の払い下げた残飯でできたシチューだ。中には何が入ってるかわかったもんじゃない」

　男に上背があるのは視認できるが、逆光ですぐには顔がわからない。


「だから安いんだよ！　文句があるなら買わなきゃいいだけだ！」

　寒いのに汗だくになって鍋を混ぜていた痩せぎすの男が、唾を飛ばして訴える。

「そうだ、俺らみたいな連中にはご馳走《ちそう》だ。でも、お坊ちゃんの口には合わないだろ」

　店主に同意した着流しの男はやけに威圧的で、肩幅の広さが目立つ。

　回り込むと、やっと相手の顔が見えた。

　顔をかたちづくる要素の一つ一つは大ぶりで彫りが深い男前だが、惜しいことに左目を黒い眼帯で隠しており、それが独特の異相をなしていた。おそらく隻眼なのだろう。年の頃は三十前後か。

「……お坊ちゃんって……」

「その制服、学習院のお坊ちゃんだろ」

　顎で示され、弘貴は羞恥《しゅうち》に頰を染めてしまう。

「社会勉強したいんなら、このあたりは向いてない。帰んな」

　頭ごなしの口調に、弘貴は珍しくむっとした。

今までの人生において、弘貴にこんなふうに叱《しか》った人間などいなかったからだ。

「入り口の看板に、自由って書いてありました！」

「自由ってのは、誰かが隙だらけのお坊ちゃんを狙うのも自由ってことだ」

男は突如手を伸ばし、弘貴の脇《わき》を足早に通り過ぎようとした青年の腕をぐっと摑んだ。

「いてて……旦那《だんな》、何するんで……」

粗末な国民服の青年は、大袈裟《おおげさ》に顔を顰めた。

「しらばっくれるんじゃねぇよ」

有無を言わせずに、男は青年の懐を探る。

「あっ！」

彼の手にあるのは、弘貴の財布だった。

「こ、これは、出来心で……」

「わかったよ。失せな」

弁解を試みる掏摸を突き飛ばし、隻眼の男はもう一度弘貴に向き直った。

「まったく、呆気《あっけ》なく鴨《かも》にされやがって。ここで事件でも起こされちゃ、迷惑だ。警察の手入れがあっちゃぁ、商売上がったりなんでな」

反論できなくなった弘貴は黙り込み、俯いた。

「危険だってわかったろ。——おまえ、連れは？」

「いるけど、はぐれちゃって……」

この人混みでどうやって会えるだろうと、弘貴は急に不安になってきた。

「だったら入り口に戻って待ってろ」

「入り口って、どこですか？」

「……ついてきな」

ついさっきまでの楽しい気持ちは消え失せてしまっていて、今は一刻も早く家に帰りたかった。

男が先導して歩きだすと、自ずと人垣が割れて道ができる。

体格のいい彼はひどく目立つので、見失わずにその逞しい背中を追いかけられた。

男の背中は広くて、頼もしくて、なぜか、いつまでもずっと見ていたいという気分になった。

「弘貴！　止まれ！」

シチューの匂いに引かれて駆けだした弘貴に呆れつつ、彼を追いかけようと泰貴は歩を早める。

と、暗がりからぬっと伸びた薄汚れた手が、泰貴の細い腕を背後から摑んだ。

「!?」

垢と埃で汚れた、無骨な指。

完全に油断していた泰貴は、そのまま相手に抱き込まれた。

悲鳴を上げてみたものの、闇市の喧噪では通行人に届くはずもない。

「うわっ」

激しい抗いの甲斐もなく、バラックのあいだの狭い路地に引き込まれ、勢いよく突き飛ばされた。無様に転んだ泰貴のすぐ後ろは、行き止まりだ。どうあっても逃げようがない。

「やっぱりおまえ、ヤスじゃねぇか」

聞き覚えのある声にぞくりとして、おずおず視線をそちらへ向けた。


「小綺麗になりやがって。いい尻してたろ、商売はもうやめちまったのか？」

下品な物言いと、地方出身の独特の訛《なま》り。

そうだ、雑誌記者の松本《まつもと》との仲介を頼んだ相手だ。

あのときは金が勿体《もったい》なかったので、この男と寝るのを仲介料代わりにしたのだ。

あれは夏だから……三か月近く前のできごとなど、すっかり脳裏から消えてしまっていた。

「どこの家に潜り込んだんだ？」

「うるさい！　放せよ！」

「まあ、いいか。前みたいに愉《たの》しませろよ」

男が突然泰貴の下肢に手を伸ばし、乱暴に付け根に触れる。縮こまる性器を宥《なだ》めるように、布の上から優しく揉《も》んできた。

「あ！　やだ……よせっ……」

「おまえの味を忘れられなかったからな。見つけられてよかったぜ」

だめだ。久しぶりの刺激に、舌にじわりと唾液が溜まってきて、麻痺《まひ》したように動きが鈍くなる。

「いやだ……」

嫌だ。

こんなのは……いくら何でも、嫌だ。

なのに、乱雑な愛撫から生じた快楽の信号が、全身に少しずつ伝わっていく。

――気持ちいい……。

「白くてすべすべだな、おまえの膚。腿《もも》のあたりなんざ、吸いつくみたいだ」

酷いことをされてるのに、躰に力が入らなくなりかけている。

「…よせ…ッ…もう……」

「口ばっかりだな。こういうのに弱いのか」

男の指摘に、ぴくっと泰貴は身を震わせる。

こんな自分は、おかしいとわかっていた。

犬のように口を半開きにし、だらしなく拒絶の言葉を吐くしかできないなんて。

「やだ……やめろ……」

確かに泰貴は己の躰を切り売りしていたが、だからといって喜んでやっていたわけではない。寧《むし》ろ、同性に躰を開くのは嫌悪感のほうが強かった。それでも肉体を使わねば生きられない惨めさ、そして結局は行為でいくばくかの快楽を得てしまう自分自身に、忸怩《じくじ》たる思いを抱いていた。

けれども、やっとそこから抜け出せそうなのだ。

折角、細い蜘蛛の糸を摑み、躰を使わずに生きていける生活を得た。

肉の地獄に突き落とされるくらいなら、足搔《あが》いて、踠《もが》いて、のし上がってやる。

もう、どこにも墜《お》ちたくない……！

「放せ！」

渾身《こんしん》の力を込めて相手を突き飛ばすと、男は壁にぶつかり、「いてて」と呻いたきり動かなくなった。

その隙に泰貴は服の乱れを直し、路地から急いで走り出る。

表に出ると、闇市は相変わらずの人の群れだ。一歩脇道に逸《そ》れたところで泰貴が犯されかけていた事件になど、誰も気づいていない。いや、知っていても誰も気に留めないだろう。

「弘貴。弘貴！」

先ほどはぐれたあたりには見当たらないし、シチューの鍋に群がる連中を掻き分けて弘貴を呼び、懸命に捜したものの、やはりどこにもいない。

弘貴なんて捜さなくて、いいじゃないか。このまま彼がいなくなってしまったほうが、いっそせいせいする。

そうわかっていても、泰貴は汗だくになって弘貴を捜し求めた。

「おい、まだうろついてんのか」

尖った声が聞こえて泰貴が顔を上げると、正面には眼帯をした厳《いか》つい男が立っていた。

「あの……？」

不機嫌そうな男は泰貴に手を伸ばしかけたが、泰貴は急いで身を捩《よじ》り、男の接触を避けた。

今、触れられたらどうにかなってしまう。

彼ははっとしたように自分の手を引っ込め、もう一度腕組みをする。

「折角連れてってやったのに、何で戻ってきた。入り口で連れを待ってろって言っただろ」

「すみません、それは兄のことですか？」

「ん？　おまえたち、兄弟か？」

「はい」

じろじろと泰貴を見つめた男は唸り、「連れは入り口だ」と端的に告げた。

「ご丁寧に、ありがとうございました」

泰貴が丁重に一礼すると、相手は拍子抜けしたような顔をして踵《きびす》を返した。

闇市の入り口へ急行した泰貴は、看板の下で手持ち無沙汰そうに佇む弘貴の背中を見つけてほっとした。

けれども、弘貴は一人ではなく、傷痍《しょうい》軍人に絡まれている。次から次に厄介なことだと、泰貴は眉をつり上げて大股で二人に近づいた。

「おい！」

回り込むようにして声をかけると、意外なことに弘貴は楽しげに相手と話をしていた。

「よかった、泰貴。はぐれちゃって心配したんだ」

それから弘貴は再び傷痍軍人に顔を向け、「もう平気だよ」と言って頭を下げる。

「気をつけて帰れよ」

忠告した男は相好を崩し、足を引き摺りながら雑踏に消えていく。

「悪かったな、弘貴。ちょっと、人に流されて」

「ううん。思ったより早く会えてよかった」

「帰ろう。ここにいたら、だめだ」

昔馴染《むかしなじ》みと鉢合わせてしまった以上、奴に再び見つかれば面倒に巻き込まれかねない。そうでなくとも、二人とも目立つのだ。泰貴が強引に弘貴の背中を押して歩きだしたので、彼も慌てて従った。

「さっきのあいつ、何？」

「兄弟とはぐれたって言ったら、一緒に待っててくれたんだ。さっきから、いろいろな人に絡まれそうになって。闇市って怖いところだと思ったのに、親切な人ばかりだね」

「……何で」

どうして弘貴がそんな結論になったのかと、泰貴は疑問を覚えた。

「さっきもシチュー屋さんで、知らない人に注意されちゃった。僕が食べたらお腹《なか》を壊すって」

「……ふうん」

「その人が、出口を教えてくれたんだよ。道に迷ったら大変なことになってたし、助かっちゃった」

まただ。こうして弘貴は、泰貴との違いを無邪気に見せつける。泰貴に近づいてくるのは、常に鬱陶しい害虫ばかりだ。なのに、食い詰めた連中が欲望を振りまく闇市にいてもなお、弘貴には他者からの救いの手が伸ばされるのだ。

自分と弘貴の、何が違うというのか。

「お礼、言ったのか？」

道を教えてくれたというのは、さっきのあの男だろうか。

「あ！　忘れちゃった」

「だめだろ、世話になったのに。そういうところ、気が利かないな」

八つ当たりから、責めるような口調になると、弘貴は目に見えておろおろし始めた。

「どうしよう、探して言ったほうがいいかな」

「……またにすればいい」

「うん、そうだね」

弘貴を不安にさせてすっとするはずが、胸の奥から苛立ちが込み上げてくる。怒りを吹き飛ばす方法を知りたいのに、すぐには思い浮かばない。

澱《おり》のようにべったりとした黒いものが、じわじわと心中に溜まっていく。それは少しずつ少しずつ泰貴の内側に蓄積され、この心を更にどす黒く染め上げるのだ。


「泰貴、そろそろ寝ない？」

先にベッドに横たわった弘貴に催促されるが、泰貴は明日の予習をもう少ししておきたかった。闇市を歩き回って疲れていたけれど、勉学を疎かにしては困るのは自分だ。

「まだ勉強するから、先に寝てて」

「はーい」

彼はすぐに引き下がったものの、じっと見つめているらしく、背中に痛いほどの視線を感じる。

「泰貴、まだ？」

五分も経《た》っていないのに、寝台に腹這《はらば》いになった弘貴に弾んだ声をかけられ、泰貴は振り返りもせずに答えた。

「待って。もう少しだから」

「ふーん。泰貴は熱心だね」

授業には徐々に追いついていたが、それだけでは不十分だ。当主候補になる目論見《もくろみ》がある以上、弘貴とのあいだに学力差がありすぎてはお話にならなかった。

「おまえとは違うからな」

「違うって、何が？」

「どうせみんなおまえに甘いし。いざとなったら答えを教えてくれるよ」

苛立ちから尖った口調になってしまったが、弘貴はまるで気にしない様子で、ころころと声を立てて笑った。

「べつに、甘くないよ。普通だよ？」

呆れた鈍感ぶりだ。しかし、彼がどれほど恵まれているかをあえて説明するのも業腹だったので、泰貴はその点にはもう触れないことにした。

「ちゃんと勉強しないと、おれが追い抜くよ」

「いいよ、泰貴なら」

「………」

誰かと競争しなくてもいい、特権階級持ち前の暢気《のんき》さ。

名門華族の家に生まれたがゆえに与えられる幸運を、彼は余すことなく享受している。

清澗寺家の一員であっても、弘貴は己の血筋にまったく悩まされていない。生まれてこの方、清澗寺家の血を引くだけで嫌な思いばかりしてきた泰貴とは、まさしく正反対だった。

「今日の闇市、面白かったね」

「面白かった？」

「うん」

弘貴が笑うと、白い歯が零《こぼ》れる。

「泰貴と一緒だと、新しい体験ができてすごく楽しい。僕が世間知らずだって、よくわかるよ」

「……そうか」

楽しい体験、だって？

無邪気な言葉に、苛立ちがますます強まる。

心に澱む黒ずんだタールが喉元にまで込み上げ、吐き気を催すようだった。

そうでなくとも泰貴は、隠してはいたが、今日はひどく調子が悪かった。闇市であの男に触られたせいで、躰の中で熱が燻《くすぶ》っていて消えない。なのに、それを吐き出すこともできないのだ。

吐き出したい。

快楽も欲望も、心を重くする怨嗟《えんさ》も。

泰貴は意を決して顔を上げ、とうとう弘貴に振り返った。

「――もっと面白いこと、教えてあげようか」

「面白いこと？」

いつまでも、弘貴一人が綺麗なままでいられるはずがない。

「新しい体験、させてやるよ」

この手で、引き金を引いてやればいい。

彼の羽を千切り、地上に墜とすために。


「泰貴……？」

薄闇の中、弘貴は大きく目を見開く。

「じっとして」

いきなり寝間着の下だけを脱がされて、弘貴は目を丸くする。もしかしたら、泰貴の機嫌を損ね、怒らせてしまったのだろうか。

泰貴は弘貴に新しい事柄を次々教えてくれるし、彼との時間はこのうえなく大切なものだ。

苦労してきただけあって、泰貴は弘貴と顔は同じでも、中身はずっとおとなびて聡明《そうめい》だ。弘貴はそんな彼に、初めて会ったときから強い憧《あこが》れを抱いていたのだ。

「ねえ、寒いよ」

「すぐにあたたまるよ。汚すとまずいだろ」

「汚すって？」

泰貴はそれには直接答えずに、弘貴の臍《へそ》のあたりに右手で触れる。

「泰貴、くすぐったい」

「静かに」

ぴしゃりと命じられて、笑いかけていた弘貴は口を閉ざす。

泰貴の手はするりと移動し、弘貴の腹から下腹に向けてを這った。

え？

「な、なにっ」

直に、そこに触れられる。

信じられなかった。

呆然と目を見開く弘貴の性器をそっと摑み、泰貴は滑らかな仕種で前後に手を動かした。

何、されてるの……？

「泰貴、ちょっと！」

「しっ」

黙るよう促されて、弘貴は緊張に身を固くした。

どうすればいいのか、わからなかったからだ。

「や、泰貴……」

抵抗しようと思うのに、そこは急所なだけによけいな真似ができない。

「こんなの、誰だってしてるよ？　おまえ、今時知らないのか？」

低く囁く泰貴の声は揶揄《やゆ》と軽蔑《けいべつ》を含んでいるようで、弘貴は一層動けなくなる。慣れているのか、彼の手は驚くほどいやらしく蠢《うごめ》いた。

「知らな…っ…」

なに、これ……やだ、気持ちが……いい。

躰の芯《しん》から、ぞくぞくと変な感覚が込み上げてくる。いつの間にか弘貴の息は荒くなり、全身が汗ばみ、寝間着が膚に貼《は》りついた。

「怖いよ……怖い……」

「大丈夫」

「でも……」

「おれに摑まって」

怖いけど、でも、気持ちいい。

込み上げてくる熱い刺激に、腿のあたりにぎゅっと力が入ってぶるぶる震えた。

泰貴の手は十分優しくて繊細だが、これがもっと別の人の手だったらどうなるのだろう。

たとえば、今日の、あの隻眼の人だったら。

「…ふあ…ッ…」

どうして思い出してしまったのか、彼の顔を脳裏に描いた瞬間、体温が一気に上がった気がした。

「可愛いな、弘貴。目がとろとろだ」

「とろとろ……？」

「うん、可愛い」

本当に褒められているのだろうか。

笑いを含む声で告げられて、弘貴は恥ずかしさから顔が火照るのを自覚した。

「あ、待って…」

不意に、そのときがやってきた。

ふわりと躰が浮くような、錯覚。

「あ、あーッ……」

堪えようのない大きな波に攫《さら》われ、一瞬、すべてが遠のいていく。

ぐったりとしている弘貴を一瞥《いちべつ》し、泰貴は手を拭《ぬぐ》った。

「結構、たくさん出たね」

自分の体液で彼の掌《てのひら》を汚してしまったと知らされ、弘貴は困り果ててしまった。

これまでにも、目が覚めたら寝間着が汚れていた経験はあったが、自分でした記憶は皆無だ。

「ご、ごめん」

「いいよ、べつに。それに、気持ちよかっただろ？」

「うん」

人の手って、とてもあたたかい。誰かに触れられるのがこんなにどきどきして気持ちいいものだとは知らなかったので、弘貴は素直に頷いた。

「誰かにしてもらうの、初めてだった？」

「初めてだよ、当たり前じゃないか」

小さな笑い声が耳を打ち、彼が漸く冷たくない反応を示したのに弘貴は安堵した。

「とにかく、適当にこういうことをしないと、溜まりすぎて躰に悪いよ。自分でするのが嫌なら、おれがやってあげる」

月明かりで仰ぎ見た泰貴は、爛々《らんらん》と目を輝かせていた。その笑みはやけに蠱惑的《こわくてき》で、泰貴はとても綺麗だ。弘貴の胸はあやしく騒ぐ。

「これ、いやらしいことだよね？」

同級生は弘貴の前であえて性的な話を避けているようだし、和貴たち家族もそれは同じだ。だから、弘貴は他人との接触に興味を持たないできた。

おまけに、自分たちは男同士だ。

兄弟で、こんなふうにいやらしい遊びをしてもいいのだろうか。

「男同士で子供ができるわけでもないし、問題ないよ」

「父様が、きっと嫌がるよ」

「……嫌がるとしたら、それは父さんが特別奥ゆかしいからだ」

一拍置いた泰貴の声が、何かを言いたげな響きを帯びたが、弘貴には解せなかった。

「父さんの頃とは時代も違う。あまり堅苦しく考えなくてもいい」

言われてみれば、そのとおりだ。戦争が終わってからというもの、あらゆる価値観が覆され、それを弘貴も日々実感している。

「悪いことじゃ、ないの？」

「当然だ」

宥《なだ》めるように頭を撫でられて、弘貴はほっとした。安心すると、今し方味わった果実をもう一度口にしてみたくなり、今度は自分から泰貴に躰を擦り寄せた。

「どうした？」

「だったら、今の、もう一度して……？」

泰貴が教えてくれた今の甘い感覚を、忘れたくない。覚えていたかった。

「だめだよ。やりすぎはかえって躰に悪い」

「……そっか」

「少しずつ教えてあげるよ。一度に教えたら、おまえがびっくりして、こういう行為が嫌いになるかもしれない」

「嫌いになっちゃ、だめなの？」

「そうだね」

その冷たい響きに、弘貴は慄然《りつぜん》とした。

これを嫌だと否定したら、きっと自分は泰貴に嫌われる。そう思ったからだ。

「だ、大丈夫だよ。すごく気持ちよかったもの」

そう言ってから、これだけでは足りないかもしれないと言い直した。

「気持ちいいの、好きだよ。泰貴に気持ちよくしてもらうの、すごく好き」

そう、気持ちいいことは好きだ。今の行為をいつかもう一度してもらえると思うと、嬉しさに頰が緩んでくる。

「大丈夫、わかってるよ。おまえは適性がある」

「適性って？」

「おまえは清澗寺だ」

清澗寺の名を突きつけられ、弘貴は微かに眉を顰める。

「清澗寺……？」

当たり前じゃないか。

自分は清澗寺家の人間にほかならず、それは死ぬまで変わらない事実だ。

でも、そんなことはどうだっていい。

「それよりも、またしてくれるよね……？」

「おまえが秘密にするなら」

「するよ」

泰貴との、二人きりの——とびきり気持ちのいい秘密。

弘貴は小指を出して、それを泰貴の指に絡める。

指切りが、小さな第一歩の証だった。

5

廃墟の中、人々が蠢く夕暮れの銀座《ぎんざ》の街は深海に似ている。冬の風は冷たく吹きつけるものの、心細さはない。

「あーら、お坊ちゃん。こんなところに何の用？」

声をかけられた泰貴《やすたか》はふっと顔を上げるが、口は利かなかった。けばけばしい化粧を施した女性たちの職業くらい、わかっている。占領軍が上陸した時期から目立つようになった街娼《パンパン》たちだ。

「愛想ないわねぇ」

何も答えずに歩を進めた泰貴は、服部時計店《はっとりとけいてん》の前で足を止めた。

「ヤスタカ」

すぐさま声をかけてきたのは、顔馴染みの米兵だ。英会話の練習相手を探しているときに知り合い、年齢もそう近いので気が合う。このあいだも泰貴と弘《ひろ》貴《たか》を、米兵の溜まり場に連れていってくれた。

今日は何か金になる話がないかと思って銀座に出てきたが、彼に会えるとはさい先がいい。

「こんばんは」

「おまえ、じつはお坊ちゃんなんだってな」

かなり崩した英語についていくのが精いっぱいだったが、何とか理解はできる。

「そうだけど」

「頼みがあるんだ。日本の古美術品が欲しいって連中がいてな。直に買いつけたいんだが……」

如何《いか》に価値《い》がある骨董でも、それらは裕福なときにこそ活かせるものだ。所有者の大半が華族や資産家だが、物価が高騰し、食糧も満足に手に入らない中、多くはそれらを売りたがっていた。

しかし、今の日本にそれだけの金を持つ者は少なく、自然と買い手は外国人になった。目端の利く者が、古美術品を母国で転売して利益を得ようと考えても不思議はない。

彼の上官もその一人で、手当たり次第華族を回るよりは、見込みのある家に効率よく話を持ちかけたい。そこで彼は、金に困った華族について調べてほしいと言っているのだ。

けれども、それでは結果的に、日本の宝を海外に流出させてしまう。

無論金は欲しいが、さすがにそれは良心が痛む。

「俺は上官に貸しを作れるし、おまえは食うや食わずやの連中を救えるんだぜ？」

「……考えておく」

だめ押しをされて、泰貴は言葉を濁した。すぐには決意できないからだ。

「——それからなんだけどな、ヤスタカ」

「なに？」と泰貴が首を傾げると、男はにっと下卑た笑いを浮かべた。

「おまえの友達で金に困ってる奴はいないのか？」

「金？　誰でも困ってるよ」

「誰でもいいわけじゃないんだよ」

米兵は肩を竦《すく》めて視線だけで、そのあたりに溢れた派手な服装の女性たちを示した。

「ほら、女はいるけど少年ってのはなかなかいないだろ。特殊慰安施設も女ばっかりだからな」

漸く男の言葉に合点がいく。

「そんなの、そこらの子供に金を握らせたら？　誰でも喜んで脚を開くよ」

「あんな小汚い餓鬼、楽しいもんか」

贅沢な話だが、彼らは既に浮浪児には食傷しているらしい。

要は売春の斡旋《あっせん》だ。確かに、華族の子弟に売春をさせれば彼らの弱みを握れるし、高貴な生まれの少年を買えるとなれば米兵も少々高くついても金は払いそうだ。泰貴が表に出ないよう工夫すれば、それなりに稼ぎも得られるだろう。ただ、その危険性に見合う収入になるかは甚《はなは》だ疑問だ。

「考えておくよ」

「おまえの兄貴も、売ってみないか？」

泰貴はぴくりと表情を強張《こわば》らせる。

「何の冗談？」

「冗談じゃなくてさ。ああいうお坊ちゃんは高く売れるぜ。擦《す》れてないからな」

「おれが擦れてるって言いたいのか？」

「そうだよ」

否定されなかったことに、泰貴はますます逆撫でされそうになる。

弘貴の話になると、どうしてもむきになってしまって自分を抑えられない。

弘貴は、こうなりたかった理想の自分だ。

だから彼が憎いし、意識してしまう。

なのに当の弘貴は、そのことさえ気づかない。今日だって、鬱陶しく纏《まと》わりつく彼を撒《ま》くのに、相当苦労した。泰貴とて、一人になりたいときくらいある。

「弘貴はだめだ。何かあって親に言いつけられたら面倒だ」

「わかった。二つとも考えておいてくれよ」

米兵との立ち話を終えた泰貴は、ふうっと大きく息を吐き出した。

快楽に対する耐性が少ない弘貴のことだ。一度その甘さを教えてやれば、きっと嵌《はま》り込んで抜け出せなくなるだろう。

そうでなくとも、泰貴が手淫《しゅいん》を教えてやると弘貴はすぐに夢中になった。自分で弄《いじ》ったりしないようだが、他人の手による快感に弱いらしい。

そんな彼に春を鬻《ひさ》がせるのも面白いだろう。

陰鬱な想像に泰貴は唇を歪めたが、次の瞬間、不愉快な真理が脳裏を過《よぎ》って息苦しくなった。

弘貴のことを笑えない。それは、泰貴自身も持ち合わせた資質なのだ。

快楽を貪り、溺《おぼ》れ、求めるのは。

「じゃあ、行きましょうよ」

今も街娼たちが男を求めてしなだれかかる光景を目にすれば、己の躰も疼《うず》くようで。

気分が悪くなり、泰貴は口許を抑える。

清澗寺家に収まってからというもの、泰貴は誰とも寝ていなかった。それが飢えに繋がっている自覚はあったが、こんなに苦しいものだとは。

誰か、助けてほしい。

そうでなければ自分は、あんなに嫌なのに男の体温を求めてしまう。

だが、誰も自分を助けてくれない。それくらい、嫌というほど知っている。

泰貴は手近な建物の壁に手をつき、軽く凭《もた》れて目を閉じる。

「——清澗寺《せいかんじ》君?」

唐突に名前を呼ばれ、泰貴は緩慢に目を開ける。

「大丈夫?」

相手が泰貴の肩を摑んだので、躰が揺らいで彼の胸に倒れ込んでしまう。

「おっと」

藤城《ふじしろ》だった。

「先生……」

「こんばんは。顔色が悪いよ。どうしたの?」

——あ。

息が、つける。嘘みたいだ。

他人に触れられたらもっと苦しくなると思ったの

に、そんなことはなかった。藤城の胸に躰を預けていると、自分の中で燻《くすぶ》る熱気が少しずつ排出されていく気がした。

　助けてくれたんだ。

　他者から救いの手を差し伸べられるのは弘貴だけだと思っていたのに、こんな自分にも、藤城は手を貸してくれた。

　その事実に胸が熱くなり、心臓が早鐘のように鼓動を打ち始めた。それを気取られるのが嫌で、名残惜しかったものの、そっと藤城から身を離す。

「ちょっと気分が悪かったんですが、もう、大丈夫です。ありがとうございました」

「君みたいな綺麗な子が、遅くまでこんなところにいるのは、危ないよ。さっきのアメリカ兵は知り合い？」

「え？　い、いえ……英語の勉強に、ちょっと話しかけたところです」

　まさか見られていたとは、と泰貴は驚きに声を上擦らせる。さすがに会話のあいだは、周囲に注意を払えなかったのだ。

　それでも泰貴の言葉を聞いて、藤城は「そうなんだ」と何の疑いもない様子で頷く。

　欲望と思惑の渦巻く猥雑な街にいても、藤城はそこに染まらないような不思議な存在感があった。

「熱心なのはいいけど、あまり危ない真似はしないようにね、泰貴君」

　気安く肩を叩かれたが、気持ち悪さはない。寧ろ、他者の接触を平常心で受け止められた事実が、泰貴をより安心させた。

「はい。先生は、買い物ですか？」

「先生はやめてくれよ。今は授業ではないし」

　やわらかな口調で頼まれると、以前見た鋭い目つきが嘘みたいに思えてくる。

「じゃあ……えっと、藤城、さんは？」

「アルバイト先が近いんだ」

「アルバイト？」

「そう。君のところと掛け持ちだね。みんなには内緒にしておいてくれる？」

悪戯っぽく言った藤城につられて、泰貴は自然と笑顔になる。

「わかりました」

「こんなところで遊んでいるんなら、泰貴君、明日の宿題はやったんだろうね？」

「あっ！」

そういえば、すっかり失念していた。思わず絶句する泰貴に、藤城は小さく笑った。

「弘貴君と写しっこをしちゃだめだよ」

「しませんよ」

「よかった。君は覚えるのも理解も早いから、教え甲斐があるよ」

ふと、泰貴は足を止めた。

泰貴と自然に名前を呼ばれたのだが、どうしてなのだろう？

やはり藤城は、家族でもないのに、自分と弘貴をきちんと見分けているのだろうか。それとも、先ほどの米兵との会話を聞いていて、泰貴のアメリカ式の英語で判断したとか？

前者ならいいが、後者だったら大失態だ。

「先生、どうして僕が泰貴ってわかったんですか」

「前に話してくれただろう？　アメリカ兵相手に英語の練習をしてるからって」

「……そうでしたか」

安堵と落胆が、同時に込み上げてきた。

馬鹿みたいだ。他人に期待しても、何も返ってこないのは自明なのに。

「君は勇気があるな」

「僕が？」

「うん。ああやって知らない人に物怖じせずに話しかけるのは、すごいよ」

てらいなく褒められて、頬が熱くなる。

「どうかした？」

「いえ……褒められるのはあまり慣れなくて」

「そうだった？　おかしいな、普段から君のいいところを褒めるようにしてるのに」

「え」

「君はいつも一生懸命で、真面目だよ。今日みたいに、人に見えないところで努力してる」

心臓を、ぎゅっと摑まれたような気がした。

褒められるのは嬉しいものの、それは真っ当な努力じゃない。今日だって、何か小銭を稼げないかと思ってここに出向いたのだ。

「それにすごく家族思いだ。弘貴君をいつも庇《かば》ってるだろう」

「庇ってなんていないです」

「べつに、照れなくたっていいんだよ」

藤城の分析は間違えていると思うけれど、なぜだかすごく嬉しい。自分の存在を認められるのが、こんなに喜ばしいとは思ってもみなかった。

気づくと陽が落ちたせいで、あたりに冷気が立ち込めてきている。ぶるっと身を震わせる泰貴に、藤城が「寒くなったね」と話しかけた。

「もう十二月ですし」

「ああ、今月はクリスマスだ。君たちの家では今年もパーティをするんだろう？」

「パーティって？」

初耳だった。

「前に貴郁《たかふみ》が言っていたんだ。クリスマスにはパーティをして贈り物をし合う習慣があるって。西洋の家みたいだと話していたから、よく覚えてる」

弘貴たちが意地悪で黙っていたわけではないのはわかっていた。きっと、泰貴には贈り物を用立てる金がないと思って、黙っていたに違いない。

「全然知りませんでした。教えてくれてありがとうございます」

頰を紅潮させて礼を述べる泰貴に、藤城は朗笑した。どちらからともなく都電の停留場へ向かうと、ちょうど電車が来るところだった。

「ちょうどいい。乗るだろう？」

「はい」

轟轟《ごうごう》と音を立てて走ってきた車両を見て、彼は一歩下がった。

「じゃあ、また明日、泰貴君」

「乗らないんですか？」

「僕はまだ用事があるんだ」

思わず、泰貴は藤城の腕を摑む。

もっと話を、したい。もっと彼の声を聞いていたい。突如、そんな願いが心の奥底から噴き出してきたのだ。

「泰貴君？」

藤城が怪訝そうな顔になる。

「あ……いえ、あの……何でもないです」

己の衝動的な行動に理由をつけられず、泰貴は後ろ髪引かれながら手を放す。

「そう。じゃあ、また明日」

「…………」

「弘貴君によろしく」

「……はい、先生」

車両に乗り込み、泰貴は窓外を何げなく見やる。

藤城は停留場で都電を見送っており、その長身が街の灯りに浮かび上がっていた。

とくん、と心臓が震える。

最後の最後に彼が弘貴の名を呼んだという事実を振り払い、泰貴は自分の肩のあたりに触れる。そこにまだ、彼の手の感覚が残っているような気がした。


「弘貴君、今、帰りか？」

同級生の瑞沢《みずさわ》に朗らかに声をかけられ、校門を抜けようとした弘貴は微笑んだ。

「うん。君も？」

「そう。今日、泰貴君は？」

「用事があるんだって」

これから新橋の闇市に行こうかと思っていたが、瑞沢が一緒ではそういうわけにいかない。

あれから泰貴は闇市に誘ってくれなかったし、弘貴も一人で出向く勇気はなかった。けれども、日を経るごとにあの隻眼の人物が気になっていき、助けてもらったのに礼を言っていない事実が胸の中でどんどん重くなっていった。

折しも、昨日の新聞では闇市で売られたスープに毒きのこが入っており、それを食べた人間が中毒死したとの記事が載っており、よけいにあの人にお礼を言わなくてはいけない気持ちになっていた。

それに、クリスマスも近い。闇市でなら何か買えるかもしれない。

瑞沢と都電の駅で別れて、そこから向かおうか。

他愛《たあい》もない話をしていると、路地からハンチング帽を被った中年の男が出てくる。彼はまじまじと弘貴を凝視し、そのべたついた視線が気になった。

「あの人、知り合い？」

瑞沢に耳打ちされて、弘貴は首を横に振る。

「知らない」

「でも、君を見てるよ。何か用事があるんじゃないか？」

心当たりがないので訝しげな顔をする弘貴に、瑞沢は「ごめん」と謝った。

「怖がらせるつもりはなかったんだ」

「ううん。もしかしたら、泰貴の知り合いかもしれない」

泰貴はいろいろな知人がいて、近頃は弘貴の知らないうちに一人で出かけてしまうこともある。

「彼は意外と秘密主義だよね」

「うん。本当はもっと一緒にいたいんだけど……」

「これまで泰貴君は一人だったんだろう？　あまり構うと、嫌われてしまうよ」

「そう、だよね」

弘貴はため息をついた。

泰貴が何を思っているのか、もっとよく知りたい。悩みがあるのなら、口に出してくれればいい。

とはいえ、悩みなんてものとは無縁の弘貴では、泰貴の相談相手にはなれないだろう。

「――瑞沢君」

「ん？」

「よかったら、今度、泰貴の相談に乗ってくれる？」

「いいけど、泰貴君に相談ごとなんてあるかな」

瑞沢の言葉は尤もで、弘貴は困り顔になる。

「そうなんだけど……僕相手じゃ言えないことも、君になら打ち明けられるかもしれないし」

「弘貴君は優しいんだな。すごく兄弟思いだよ」

「僕じゃ頼りにならないって、わかってるから」

褒められるようなことを言ったつもりはなかったので、照れてしまって弘貴は頬を朱に染める。

「弘貴君はその無邪気なところがいいんだ。それに、前だったらそういうことに気づかなかったし、人に頼んだりもしなかっただろう？　君も少しずつ変わっているんだよ」

元気づけようとする瑞沢の声に癒され、弘貴の気持はゆるやかに溶けていく。

「うん……そうなのかもしれない」

「よかったら僕の家に寄っていかないか？　妹が久しぶりに君の顔を見たがってたよ」

「じゃあ、そうしようかな」

新橋に行くのは明日にしよう。藤城の授業があるのだが、気になることがあるとどうせ集中できないし、解決するのが先だった。


「あれ、今日は君だけかい？」

扉を開けた藤城に残念そうに言われ、泰貴は慌てて起立した。

「こんにちは、先生。今日は弘貴は……ちょっと遅くなってて」

いったい何を思ったのか、弘貴は授業をすっぽかしてしまったのだ。

「困ったものだね。サボタージュする癖がつかないといいんだけど」

言葉ほどには困っていないような口ぶりで言い、藤城は顔を綻ばせた。

「でも、ちょうどよかった。君に渡したいものがあったんだ」

「僕に？　何ですか？」

「英語の小説なら君の勉強になるし、興味を持てるんじゃないかと思ってね。どうぞ」

鞄の中から彼が出した大判の書籍には、『The Adventures of Tom Sawyer』と題名が書かれていた。

トム・ソーヤーの冒険、か。いったいどこで手に入れたのか、少し古びた洋書だった。

本当に自分が手にしていいものなのかと迷ってい

ると、藤城がそのままの体勢で固まっている。泰貴は心を決め、両手でそれを受け取った。

「あげるよ。昔僕が読んだ本なんだ」

「え……いいんですか？」

「勿論。そのために持ってきたからね」

「すみません、先生」

お礼の言葉が、咄嗟には出てこなかった。

それだけ自分でも動揺していたからだ。

「謝らなくていい。こういうときは、思いきり喜んでくれないと」

優しく穏やかな藤城に答えたいのに、未だに胸が詰まったようで声が出ない。

「僕は読むのにすごく時間がかかって、毎日持ち歩いていたからぼろぼろになってしまったけど、きっと君ならすぐに読み終わるだろうな」

「た、大切にします！」

泰貴は自分でもびっくりするほど上擦った声を上げていた。

「ありがとう、嬉しいよ」

お礼を言うのは、自分のほうだ。

あのとき助けてくれただけでも嬉しかったのに、今日だって自分のために本を持ってきてくれた。

藤城といると、刹那、泰貴は弘貴に対する怒りや憎しみを忘れられた。醜悪な自分を捨て、息をつけそうな気持ちにさえなった。それらは錯覚にすぎないかもしれないのに、なのに……。

「今日はこれを読もうか。そうじゃないと、弘貴君の勉強が遅れてしまうからね」

ずきりと、胸が痛んだ。

今は泰貴と藤城しかいないのだから、弘貴の話題をこれ以上出さないでほしい。

「でも、弘貴は頭がいいし……」

「だから弘貴君の学力を落としたくないんだ。生徒の成績が下がれば、君のお父様にクビにされてしまうかもしれない」

「――そうですよね……よく、言っておきます」

気持ちが乱高下して、どうすることもできない。

まるで世間知らずの子供みたいに心が震える。

だけどこれでは、藤城を騙《だま》しているみたいだ。本当の泰貴は真面目な学生とはほど遠い。真性は俗悪で、己の歪みを嫌というほど自覚していた。

頁《ページ》をぱらぱらと捲っていた泰貴は、突然、自分を見つめる藤城の視線を意識した。あのときみたいな鋭利さはなく穏やかそのもののまなざしだ。

それがどことなく物足りなく思えて、我ながら不思議になる。

藤城があんな目をするところを、もう一度見てみたいと思っているからか。あれは自分の目の錯覚かもしれないのに。

6

クリスマスが近づくと、清潤寺《せいかんじ》家の居間には、大きな樅《もみ》の木が運び込まれた。その飾りつけを任され、弘貴《ひろたか》と泰貴《やすたか》は久しぶりに童心に返ってはしゃいだ。

そしてクリスマスの数日前には、欧州から大きな包みが届いた。贈り主は道貴《みちたか》——和貴《かずたか》の弟で、今は恋人と欧州で暮らしている伯父だった。清潤寺家が暮らしにさほど困らないのは、彼らの支援があるからだ。その恋人が男だと聞かされたときには泰貴は面食らったが、弘貴は気にしていないようだ。この一家ならばあり得るのだろうと考え直した。

結局、自分も少しずつ、この一族に染まってきたのかもしれない。

いつも集まる将校たちはダンスホールのパーティに行くとかで、二十四日は社交倶楽部は休業し、久しぶりに一同は小応接室に集まった。

　新しい家族のために、泰貴もさんざん迷った末に贈り物を買ったのだが、皆はどんな反応を示すだろう。

「クリスマスおめでとう」

　小応接室のソファに腰を下ろし、背広を身につけた和貴は晴れやかに笑った。

「宗教上は僕たちに関係ないけれど、たまにはいいだろう」

「はい、父様」

「おまえたちに、道貴からプレゼントが届いていたろう？　もう開けてもいいよ」

　道貴からの贈り物は、案の定、二つ。貴郁《たかふみ》と弘貴宛てだ。

「わあ、外套《がいとう》だ！」

　仲間外れにしたわけではなく、道貴は泰貴の存在を知らなかったのだろう。船荷は何か月もかかるし、クリスマスに間に合ったのも奇蹟に近い。

「これは僕からだよ、泰貴。道貴からのものは間に合わなかったからね」

　にっこり笑った和貴が差し出した包みには、彼らと遜色《そんしょく》のない上質の外套が入っていた。

「ありがとうございます。あの、僕からも……贈り物があるんです」

「え？　泰貴から、僕に？」

「はい」

　泰貴が選んだのは、毛のマフラーだった。闇市ではいい品などないので、米兵に頼んで品物が豊富なPX《Post Exchange》——米兵向けの売店——で手に入れた。己の審美眼には自信がなかったが、かなり高価だったしいいもののはずだ。金はなけなしの良心を捨て、クラスメイトの実家の情報を売ることで作った。古美術を売りそうな連中のリストを作って、米兵に渡したのだ。

　あまり親しくない相手に関しては、浮浪児仲間の亮太《りょうた》が調べてくれたし、弘貴が何も知らぬまま情報収集に協力してくれた。彼に対する不愉快な感情さえ抑えられれば、弘貴は十二分に使える駒だった。

悲しげな顔で家のことを心配してくれるお姫様に、心を開かない者なんていない。泰貴の思惑など知らずに、弘貴は親身になって級友の打ち明け話を聞き、そのたびに表情を曇らせるのだった。

──馬鹿馬鹿しい。

「ありがとう、泰貴」

和貴は唇を綻ばせ、嬉しげに包みを広げてマフラーを取り出した。

「すごくあたたかいよ」

だが、いかにも上品で育ちのよい彼が首に巻くと、それはひどく見劣りしてみすぼらしく思えた。

急に、気持ちが萎《しぼ》んでくる。

「父様、これは僕から」

「弘貴も？　ありがとう」

弘貴の贈り物は、古ぼけた花瓶だった。

先だって、闇市で人捜しのついでに贈り物を手に入れたと内緒話をされたが、それに相応しいがらくただ。しかし、和貴は驚きを隠せぬ顔つきで、しげしげと花瓶を眺めている。

「これは見事だね。古伊万里《こいまり》かな」

「え、そうなの？」

弘貴は目を丸くし、泰貴も凝然となった。

「同じものを昔、近衛《このえ》家で見た記憶がある」

「和貴様、鑑定させますか？」

「それはいつでもできる。折角だから暫く飾っておこう。おまえは目が高いな、弘貴」

「そんな……この絵付けが綺麗だって思っただけだよ」

弘貴ははにかみ、うっすら目許を染めている。

「──だけど、おまえはこれをどこで買った？」

「う……」

弘貴が言葉に詰まったので、和貴がふうと息を吐き出した。

「出所にけちをつけるのはやめておこう。でも、危ない真似はしないように。できるだけ、泰貴の言うことを聞くんだよ」

「はい！」

実際には泰貴が弘貴を悪所に誘い込んでいるのだ

が、和貴はまるで気づいていないようだ。深沢《ふかざわ》がちらりと意味ありげに視線を向けたものの、泰貴は強張った笑みを浮かべてそれを撃退した。

貴郁と深沢にそれぞれ贈ったのは泰貴と弘貴が小遣いを出し合って買った手袋で、貴郁からの贈り物は星座の本、深沢からは辞書だった。

泰貴と弘貴は互いに本を贈り合った。

弘貴ははしゃいでいるが、泰貴の気持ちはひどく重く、一刻も早く一人になりたかった。

もっと研鑽《けんさん》しなくては、だめだ。

清澗寺家に相応しい価値観を身につけなくては、この家を手に入れたとしても分相応と馬鹿にされてしまう。

「食事に……」

和貴がそう言いかけたところで、玄関から人の声が聞こえてくる。

「見て参りますか」

「いや、箕輪《みのわ》に任せよう」

やがて三組のゆったりとした足音が聞こえ、ノックのあとに扉が開く。

「久しぶりだな」

箕輪とともに顔を見せたのは、端然と着物を身につけた白髪の老人だった。この年齢にしては大柄で、身なりも堂々としている。

「小父様《おじさま》！　いらしてくださったのですね」

和貴が表情を輝かせ、ソファから腰を浮かせる。

小父様と呼ばれた男に遅れて、次の人物が入室した途端、一息に空気が禍々しいものに変わったような気がした。華奢で細身のうえに艶やかな女物を身につけていたので女性かと思ったが、そうではなかった。やけに色っぽく絢爛《けんらん》たる印象なのに、どう見ても男だ。二人の格好は、洋装に身を包んだ和貴たちとはまったく対照的だった。

「おじい様！」

もう一人に対し、弘貴が嬉しそうに声を上げる。

「父上も、お元気そうで何よりです」

人間関係を理解するのに暫しの時間を要し、泰貴は啞然《あぜん》とした。

つまり、これが清潤寺伯爵家の前当主——清潤寺冬貴《ふゆき》なのか！

背筋がぞっとして、思わず身震いをする。

和貴もあまり年齢を感じさせない容姿の持ち主であるが、冬貴はまた別格だ。

そもそも、和貴と親子なのが信じられない。よく見ればそれなりに経年の痕跡はあるにしても、それでも、老人とは言い難い。

すっかり忘れかけていたのに、ここが異界なのだと、まざまざと思い知らされる。

「遅いから、今日は欠席とばかり」

「ああ、先に離れに寄ったんだ。旧交をあたためたほうがいいからな」

先ほど小父様と呼ばれた男が、そう答える。小父様ではなくおじい様が相応しい年齢だが、和貴にはそちらが言い慣れているのだろう。

「冬貴の交友関係も、たまには君たちの役に立つだろう？」

「おかげさまで、この家は接収されず、社交倶楽部になるくらいで済んでいますよ」

和貴の言葉に、なぜか見えざる棘《とげ》が混じる。

「若かりし頃の美しい思い出は、じつに有り難い。まさか、彼が中将になるとは思わなかったよ」

二人の会話から、この家が占領軍に特別扱いされている理由が朧気《おぼろげ》ながら判明した。離れに住んでいる中将は、かつて冬貴と何らかの関係があったのだろう。一族の噂を思い起こせば、情人だったと考えるのが普通だ。

長椅子に腰を下ろした冬貴は、手摺りを支えに退屈そうに頬杖を突く。貴郁が冬貴にグラスを渡し、パーティの空気が再び動きだしたが、泰貴は身の置き所がなかった。疎外感というのか、自分だけがこの空気に馴染めない。

「君が泰貴君か」

立ち上がった弘貴とは入れ違いに、小父様なる人物が泰貴のすぐ右隣に腰を下ろした。

「はい」

「この家に馴染むのは大変だろう？　あまり気負わ

ずにやりなさい」

「……わかりました」

「ああ、自己紹介が遅れたな。私は伏見義康《ふしみよしやす》。冬貴の――君の祖父の古い知り合いだ」

伏見の声には威厳と知性が溢れ、自然と威圧されてしまう。こういうときは、素直に畏れを表に出したほうがいい。そのときの泰貴に対する反応で、彼に対して取るべき態度を決められるからだ。

「なに、心配しなくていい。鞠《まり》ちゃんの子供なら、私にとっても孫のようなものだ」

「ありがとうございます」

そつのない返答に、伏見は目許を和ませた。

「君はだいぶ場数を踏んでいるようだな」

「え？」

「世間擦れして、甘さがさほどないという意味だ。清澗寺には珍しい」

「さほど、ですか」

神経を逆撫でされかけて言葉尻を捉《とら》えると、彼は喉を震わせて笑った。

「若いな。挑発に乗ってはいけないよ。もっと上手くやらないと」

食えそうにない、老獪《ろうかい》な男だ。

よほど周到に振る舞わなければ、その掌上で転がされるのは目に見えていたが、彼にはそんなつもりすらないのだろう。

思わず黙り込んでしまった泰貴に、伏見が優しいまなざしを向けた。

「今は青いが、見込みはありそうだ。だが、この一族は、外から見る以上に厄介なものでね。君はまだ、清澗寺一族らしくはない。それが懸念事項になりそうだ」

「それを言ったら、弘貴のほうがよほど清澗寺らしくないですよ。あんなに健全で、明るくて……」

「――本当にそう思うのかい」

つい反論してしまうと、伏見は一拍置いて、泰貴をじっと見つめた。

「違うのですか？」

「あの子は最もこの家の人間らしい存在だ。和貴君の妄念が彼を育てたんだよ」

「妄念？」

不気味な単語を聞かされ、つい、鸚鵡《おうむ》返しにしてしまう。

「狂気と言ってもいいかもしれないな」

妄念も狂気も、穏やかで麗しい和貴からはほど遠い形容で、泰貴は胡乱《うろん》な反応をしてしまう。

「やり直したいと願うのは人の性《さが》だ。誰もがそういう衝動を持っている。それは君も同じだろう？」

背筋が寒くなったのは、まるで見透かされているような気がしたからだ——泰貴の思いを。

「それに、寝た子を起こすのは賢明ではない」

寝た子とは、弘貴のことだろうか？

「まるで、弘貴が優れた人間だというようですね」

「違うのかい？」

む、と思わず泰貴は口を噤《つぐ》む。それを目にした伏見は眦《まなじり》を下げ、打って変わって穏やかな笑みを浮かべて泰貴を見つめた。

「——鞠ちゃんは、幸せだったのかい？」

「あ、はい」

「そうか……」

どこか感慨深げに呟き、伏見は泰貴を真っ向から見据えたまま目を逸らさない。懐かしい人の面影を捜すような視線に、泰貴は黙り込むしかなかった。

本当は、今日のパーティが楽しみで期待に胸を弾ませていた。家族の歓心を買うためのプレゼントだと自分自身に言い訳をしながらも、心の片隅で、彼らが喜ぶところを想像して純粋にわくわくしていた。

けれども、ささやかな良心を踏み躙《にじ》ってまで手に入れた贈り物でさえも、弘貴のそれには敵わなかったのだ。

それとも、良心を売り渡し、醜さに染まって手に入れた、汚れたものではいけないのか？

自分が、穢れているから。

男に手籠《てご》めにされかけて悦ぶ、汚い肉を持ち合わせているから。

こんな醜悪な自分は、和貴や弘貴とは本当の家族になどなれはしない。きっと、誰にも愛されないだろう。泰貴の周りに群がる連中は、躰という餌を貪る犬でしかない。

誰も泰貴に心を求めない。泰貴の存在を求めない。自分はいつも、弘貴の代わりだ。

鞠子《まりこ》と暮らした十数年は幸せだったし、泰貴はそれなりに恵まれていたはずだ。理性ではそうわかるのに、今は抑え難い憎しみのほうが大きかった。


「どうぞ」

泰貴が薄い茶と湿気《しけ》りかけたクラッカーを供すると、瑞沢《みずさわ》は目を瞠った。

「すごいな。さすがに、清潤寺家は茶菓子も豪華だね」

試験に備えて勉強を教えてほしいと泰貴が頼んだところ、瑞沢はすぐに承諾した。ほかにいい人選を思いつかなかったし、瑞沢ならば一石二鳥だ。

冬期休暇の真っ最中なのに泰貴につき合い、こうして家にまで来てくれたのだから、瑞沢はつくづく人が好い。

「君の家だって、暮らしには困っていないだろう？」

「そうでもないよ」

瑞沢は小さく笑った。

「蔵書はどうせ二束三文だろうから、先祖伝来の書画は売ろうかって話をしている。不本意ではあるけど、食うにも困る生活だからね」

日本の誇る美術品を海外に流出させる手助けをしている身では、そんな言葉を聞かされると忸怩《じくじ》たる思いに駆られた。

「ところで、今日は、弘貴君は？」

「わからないけど、出かけたよ」

泰貴が淡々と返すと、瑞沢は微かに表情を曇らせたものの「そうか」と頷いた。

「弘貴がいないと、気乗りしなかった？」

泰貴が小さな嫌みを混ぜてやると、教科書を鞄から出していた瑞沢は一瞬、目を瞠った。

「まさか」

それから瑞沢は小さく笑い、真正面に腰を下ろした泰貴に優しい視線を向ける。

「僕は君が気にかかっていたから、こうして二人きりになれて嬉しいよ」

さらりと言われて、泰貴は鼻白んだ。

くだらない。

うぶな少女ならば、くらりとまいってしまうような台詞を瑞沢は立て続けに口にするものの、生憎《あいにく》、泰貴は少女などではないから、酔ったりしない。

弘貴の外出先がどこなのかは、泰貴も摑んでいない。確かに泰貴にくっついて歩いていたとはいえ、それも二か月ほどで、クリスマス前くらいから単独行動が増え始めていたからだ。

「世辞が上手いな」

「お世辞なんて言わないよ。友達にお世辞なんて言ったって仕方ないだろう？」

爽やかな弁舌に、泰貴はさすが弘貴の友人だと感心した。

けれども、いかにも王子様然とした颯爽《さっそう》たる人物の瑞沢が、泰貴のような性悪に関心を持つわけがない。泰貴を足がかりにして、弘貴とますます親しくなりたいだけだろう。

だが、彼の放った言葉が自縄自縛《じじょうじばく》となり、言霊として作用するかもしれない。

ならば、それを利用すればいい。

その機会を、泰貴は虎視眈々《こしたんたん》と狙っていた。

「それにしても、冬休み中から試験勉強なんて、君は熱心だな」

「ちゃんとした試験は初めてだ。弘貴と差が開きすぎるのは、あまりよくないと思って」

終戦を迎えて日本中が大混乱する最中《さなか》、教育の現場もそれは同じだった。学制と学習要項の変更が決まったので、これまでどおりの授業は難しく、試験が後回しになっていたのだ。

「それで念入りに準備をしているのか」

「ああ」

クリスマスの贈り物選びでは弘貴に軍配が上がったからこそ、今度の試験では絶対に負けたくなかった。どうしても、和貴や深沢に自分の実力を認めさせたいのだ。

それに、試験の結果がよければ、藤城《ふじしろ》が喜んでくれるに決まっている。もしかしたら、臨時ボーナスも出るかもしれない。あのときもらった『トム・ソーヤーの冒険』は何度となく読み込み、お気に入りだ。親切にしてくれた藤城が喜ぶはずだと考えるだけで、嬉しくなって胸が騒いだ。

そして、今回は更にもう一つ目的がある。

「まあ、おれも君に興味があったよ」

「そうなのかい？」

「うん。君は弘貴に仕える騎士みたいだからね。あまり話す機会はなかったけど」

「じゃあ、友達になれるね」

あまりに爽やかな発言に、泰貴は眉を顰める。

「つまり、今までは違ったのか？」

「そうだな。君は何だかとても慎重で……弘貴にだって言えない部分を隠してるだろう？　それが気になるんだ」

おっとりとしているくせに核心を突いた瑞沢の物言いに、泰貴はどう反応すればいいのかわからなくなる。

「僕たちに心を開いてくれてないように思えて。だから、これを機に君とはもっと親しくなりたいんだ。無論、君さえよければだけど」

最後の一言はだめ押しだった。

鋭いところを突かれている、と泰貴は心中で舌を巻く。王子様然としていつもにこやかに笑っているものの、瑞沢は意外と見るべきところは見ているのかもしれない。

「いいに決まってるじゃないか。ありがとう、瑞沢君」

同意を示した泰貴が握手のために手を差し伸べると、彼は照れた様子で手を握り締めてきた。

この調子で、瑞沢を自分の陣営に引き摺り込む。彼と親しくなろうとしているのは、その第一歩だった。

瑞沢は、弘貴に惨めさを味わわせるための大事な獲物だ。

まずは一番の親友を奪い、弘貴を孤独に追いやる。殊に、瑞沢は弘貴の信奉者にして第一の騎士だ。彼が泰貴に鞍替《くらが》えすれば、いくら無邪気で寛容な弘貴とて、衝撃を受けるに決まっている。

けれども、泰貴と瑞沢のあいだには、まだ信頼という積み重ねがない。

ここでいきなり泰貴が彼の躰を狙って毒牙にかけようものなら、瑞沢は尻尾《しっぽ》を巻いて逃げ出すだろう。

「勿論、それを差し引いても試験勉強にはきちんと協力する。今の話と、勉強を教える約束はまったく別物だ」

「君は、こちらが困るくらいにフェアだな」

結局は、それが泰貴の感想だった。

「ありがとう」

本来ならば、瑞沢のような好人物は自分には鬼門だし、好きにもなれないが、彼には利用価値がある。

あらゆる物事がこの家を手に入れるための足がかりだと思えば、労を厭うつもりはなかった。

7

「おい、張り出されたぜ！」

「本当か？」

試験休みを挟み、試験の順位発表の日になった。おかげで教室全体がとても浮わつき、皆がそわそわしており、冬とは思えぬ熱気が満ちている。

戦争が終わって初めて迎える冬は格段に寒く、焼け跡では凍死者があとを絶たなかった。

日々を生きるのに精いっぱいな人々は他人の死には無頓着で、どうやって生者が冬を越えるかにしか興味がない。

泰貴《やすたか》が手足のように使っている浮浪児たちも人数が減ったうえ、近頃は浮浪児狩りなるものがあり、強制的に施設に放り込まれているらしい。亮太《りょうた》にはしょっちゅう金の無心をされたが、泰貴にもなかなか払えるものではない。

一方で、彼らの集めてくる情報はそれなりに有益だ。

窮乏した華族。逆に羽振りのよい者。GHQの高官の勢力関係。彼らの開くパーティ。その参加者の顔ぶれ、起きたトラブル。

そんななまなましい情報が直に手に入るのだ。昂奮せずにはいられなかった。

試験中はさすがに自由に出歩けなかったので、無事に終わってくれてせいせいする。

「なあ、発表、見にいこうぜ」

「そうだな」

同級生の声は聞こえるが、泰貴は動かない。

手応《てごた》えはあったし、新年を迎えると実家から戻った藤城《ふじしろ》が、つきっきりで勉強を見てくれた。努力の成果がどうなったのか純粋に知りたかったが、一方で知るのが怖かった。

弘貴《ひろたか》に負けていたらどうしようか。

そのときこそ、自分は立ち直れなくなる。

とはいえ、成績が気になって真っ先に掲示板に見にいくのも格好が悪い。級友たちが掲示板に群がっているであろうが、泰貴はあえて次の授業の準備をしていた。

「泰貴！」

声を上げて教室に走り込んできた弘貴は、熟れた林檎《りんご》のように頰を紅潮させていた。

「廊下を走っちゃだめだろ、弘貴」

「そうだけど、試験結果、見にいかないの？　もう貼りだされてるよ」

「おまえは見てきたんだろ？　結果は？」

昂奮に目を煌めかせた弘貴は、「すごいんだよ」と勢い込んで発した。

「何が？」

早く言ってくれればいいのに、これでは何がすごいのかわからない。

「泰貴、二番だったよ」

「おれが？」

「そう！」

はしゃいだ声を上げて、弘貴は泰貴の手を摑んでぐっと握り締めた。

この結果に喜んでいいのか、がっかりしていいのかは弘貴の順位次第で、返答に迷う。

だが、弘貴は明るい声で畳みかけてきた。

「おまえは？」

「瑞沢《みずさわ》君が一番で、泰貴が二番」

「僕は五番だったよ」

一人だけ劣ると思ったのか、弘貴は恥ずかしそうな顔になった。

「すごいね、泰貴」

「そうでもない」

言いつつも、昂奮に大声で吠えたくなった。

やっと、弘貴に勝てた。

嬉しい。

これで藤城に喜んでもらえる……！

真っ先に泰貴の脳裏を過ったのは、なぜか父でも兄でもなく藤城の顔だった。

人格や見た目という今更変えるのが難しい部分では負けていても、努力すれば弘貴に勝てるのだと判明したのだ。

黙したままじっくり勝利の美酒を味わう泰貴に、遅れて教室に入ってきた瑞沢が近づいてきた。

「泰貴君」

声をかけてきた瑞沢は心持ち胸を張り、見るからに嬉しげに目許を和ませている。

「おめでとう、すごいじゃないか」

「ありがとう、瑞沢君のおかげだよ」

「僕も、君と一緒に勉強をしたから集中できた」

「え？　二人で勉強してたの？　いいなあ」

羨望《せんぼう》を含んだ弘貴の声さえも、今はやけにくすぐったかった。


地に足が着かない心持ちで帰宅した泰貴には、藤城の来る午後六時が待ち遠しく、いつもの何倍も時間が過ぎ去るのが遅く感じられた。

きっと、藤城はこの結果を喜んでくれるはずだ。

弘貴よりも、自分を褒めてくれるに違いない。

他人からの賞賛を求めるなんて子供っぽいが、そのことしか考えられなかった。

「藤城先生、聞いた⁉」

二階の子供部屋に藤城が入ってくるなり、弘貴は真っ先にそう尋ねた。

「こんにちは、二人とも。何の話かな」

あまりの勢いに藤城は面食らったようで、泰貴と弘貴を交互に見やる。

「泰貴の成績です！　今日、試験の結果が出たんですよ」

「さすがに今日のことはまだ聞いてないよ。二人とも、どうだった？」

「二番だったんですよ。すごいでしょう？」

誇らしげに喧伝《けんでん》する弘貴の隣で、泰貴は羞《は》じらって俯く。あまり自慢すると、かえって安っぽく思われそうだった。

「そうか。すごいね、泰貴君」

泰貴の目を覗き込むように身を屈《かが》め、藤城はにこやかに笑った。

「いえ、そんな」

いつも穏やかで感情の起伏を見せない藤城が、「転入したばかりなのに、すごいことだ」と重ねたので、誇らしさに躰がますます熱くなる。

「弘貴君はどうだったのかな」

「僕は……その、五番で」

「なるほど」

彼は一瞬表情を曇らせかけたものの、すぐに相好を崩した。

「僕の授業を何度も休んでいるのに、五番はすごいな。やっぱり弘貴君には地力があるんだろうね」

「えっ？」

まさか自分の順位を褒められると思わなかったのだろう。弘貴はぽかんとしている。

驚いたのは、泰貴も同じだった。

「ちゃんと聞いていれば、もっと上位を狙えたかもしれないよ」

「かもしれないですけど、それより泰貴のことを」

ちっぽけなプライドをぐしゃりと踏み潰されたようだ。泰貴の心は、一瞬のうちにぼろぼろに踏み躙られる。

「もう、いいよ」

冷え冷えとした声で会話を打ち切り、泰貴は真面目な顔で口を開いた。

「僕はもっと頑張ります、先生」

「君は十分頑張ってるよ。勿論、これ以上努力するなら助力は惜しまない」

「ありがとうございます」

どうしてなんだろう。

なぜ藤城は、泰貴をもっと褒めてくれないのか。

よく頑張ってくれたと藤城が一言言ってくれれば、それだけで泰貴は何十倍も満たされるのに。

「ねえ、先生。それだけですか？」

くいくいと弘貴が藤城の服の裾を引っ張るのが目に入り、彼が暗に泰貴への賞賛を要求しているのだと思い知らされ、顔から火が噴きそうなほどに恥ずかしかった。

弘貴にさえ、気取られてしまっているのだ。

他人の好意をねだる、飢えた犬みたいにみっともない自分の浅ましさを。

情けなくてたまらない。

「もういいから、授業にしましょう」

「そうだね。結果がよかったのは大事だが、慢心してはいけないよ。さすが、泰貴君は熱心だね」

藤城は再び褒めてくれたけれど、もうその言葉は泰貴を満たしはしなかった。

藤城はやはり気が利かない。その純朴さ、朴訥《ぼくとつ》さも彼の長所と捉えるべきだろう。泰貴は己にそう言い聞かせて、怒りの矛先を辛うじて納めた。

「泰貴が、二番？」

社交倶楽部の営業を終えた和貴《かずたか》に報告をすると、彼は美貌を上気させて「そうか」と目を細めた。

「やはりおまえは鞠子《まりこ》の子だね。鞠子はとても頭がよかったんだ」

鞠子の子供だから、頭がいいわけではない。

　これは泰貴が努力した結果だ。

「そうだったんですか？」

「うん。転入してすぐなのにもう授業に追いついているなんて、実力がある証拠だ」

　思いどおりではないもののやっと賞賛を得られて誇らしげな面持ちになった泰貴に微笑し、和貴は「弘貴は？」と聞いた。

「僕は、五番です」

「おまえもよく頑張ったね」

「はい！」

　屈託ない弘貴の反応に、泰貴はむっとする。

　藤城に続いて、和貴も弘貴を賞賛するつもりなのか。

「それにしても、泰貴は偉いな。学校に慣れるのも大変だったろうに」

　貴重な紅茶を口に運び、和貴はふと顔を上げた。

「そうだ、二人とも、ご褒美にどこかへ遊びに連れていこう。どこがいい？」


二人、とも……？

「だったら映画がいいです！　泰貴は？」

「——僕は……どちらでも」

　わかっている。

　これで泰貴だけを連れていけば贔屓になってしまうから、和貴は弘貴も一緒にしたのだろう。

　けれども、それでは泰貴は素直に喜べない。

　二番だろうと五番だろうと、和貴には大差ないのだと思い知らされ、胸を掻《か》き毟《むし》られるようだ。

　弘貴より優れていると言ってほしかった。おまえこそが、清潤寺《せいかんじ》家に相応しい人間なのだと。

　なのに、一番の褒美を和貴は与えてはくれない。

　こんなのは平等ではなく、悪平等ではないか。

「さあ、二人とも。そろそろ寝る時間ですよ」

　それまで見守っていた深沢《ふかざわ》に冷淡に宣告され、二人は子供部屋へ追いやられてしまう。

「おやすみ、泰貴」

「……おやすみ」

　二人は互いに挨拶をしてからベッドに潜り込んだ。

——だめだ、寝つけない……。

惨めで、そして、何よりも悔しくて。

落胆し、失望していた。

自分自身に、そして、父に。

神経を尖らせて眠れない泰貴とは真逆に、弘貴は相変わらずすうすう寝息を立てている。

自分の惨めさなど知らずに眠り続ける弘貴を見ていると、怒りばかりが増していく。

いても立ってもいられなくなった泰貴は、部屋を抜け出した。庭を散歩でもしようかと思ったが、和貴の寝室から物音がするのに気づいた。

人の話し声が聞こえた気がして、泰貴は足を止める。

物音がするのは、和貴の部屋からだ。

何だろう。

近づいてはいけないと、本能が察知している。なのに、好奇心には逆らえなかった。


閉まりきっていない扉の隙間から、誰かの声が聞こえる。和貴なのか？

「…っ…」

「もう降参ですか？」

どことなくからかうような深沢の口調に、泰貴は瞬時に悟った。

二人は秘め事の真っ最中なのだ。

「ん、んっ……だめ、やだ……押さえるな…っ」

「痛いのもお好きでしょう」

日々目にする彼らの関係から、薄々予想はしていた。あの冷たさは、親しさの裏返しではないかと。

でも、これは——。

「やっ……いや、いやっ……」

和貴が拒みつつも男を貪るその様がわかるようで、泰貴は立ち尽くす。

「あなたはすぐに嫌がる。本当はいいくせに」

「だって、こんな……」

あのときの泰貴に、似ている。

闇市で暗がりに引き込まれたときに、嫌だと思うのに拒めなかった。寧ろ、いつもよりもずっと過敏に反応し、流されかけたではないか。

恐ろしい、と初めて思った。

扉一枚隔てられても、わかる。和貴が垂れ流すその色香を。また、冷静でありながらも、深沢の声も艶を孕《はら》み、和貴に引き摺られているのを泰貴は本能的に理解していた。

「……達《い》きたい…達きたい、もう……」

切れ切れに届く声は甘く、そしてひどく淫らだ。

あの美しく取り澄ました父親の、本当の姿がこれだ。威厳や尊厳など、あったものではない。

彼は深沢に射精をしたいと懇願しているが、許されないようだ。それを禁じられるとは思わず、泰貴は衝撃に打たれた。

次第に和貴は呂律《ろれつ》が回らなくなっており、泣きながら卑猥《ひわい》な単語を口にしている。

お尻で達きたい、たくさん注がれて達きたい……こんな淫語《いんご》を連呼するのが耳に届いた。

快楽の前で完全に理性を失い、深沢に醜態を晒《さら》している。耳にする和貴の声はひどく淫らで、期せずして、泰貴の呼吸も浅くなり、熱っぽくなった頭がくらくらしている。

男に抱かれる養父など、軽蔑してしかるべきなのに。

「よせ！　あ、そんなの…嫌…ッ…」

尾を引くようなあえかな悲鳴。

羨ましい。羨ましくて、たまらない。

あんなふうに、男の腕に抱かれてみたい。

心の奥から込み上げてきた願いに、泰貴ははっとした。

これは……嫉妬だ。

奔放に雄を求める和貴を、心の奥底では妬んでいるのだ。

ぞっとした泰貴は頭を抱え、その場に蹲《うずくま》った。

どんなに疎んじても嫌っても、泰貴も和貴同様に清澗寺の血を色濃く引いている。こんなところで家族の実感を得るとは、我ながら皮肉な話だった。

欲しいのだ。男が。躰の隙間を埋めてくれる、熱い肉が。飢えて、渇いて、求めている。

「………」

これ以上、ここにいてはだめだ。

いつの間にか、喉がからからだった。

階下へ向かおうとした泰貴は、貴郁《たかふみ》の部屋の扉が少しばかり開いているのに気づいた。

不審に思いつつその扉に手をかけた泰貴は、思わず寝台を覗き込む。

そこに、貴郁の姿はなかった。

厠にでも行ったのだろうか。そう思った泰貴は、人の部屋に勝手に入った気まずさに、急いで踵を返した。

水を二杯飲んでから自室へ戻ると、弘貴は赤子のように安らかに眠っている。

その安らいだ顔を穴が空くほど凝視しているうちに、苦い嫉妬《しっと》心が湧き起こるのを感じた。

どんな環境においても無垢でいられるのは、自分には持ち得ぬ素晴らしい資質だ。弘貴が何よりも清潤寺らしいと評した伏見《ふしみ》は、絶対に間違えている。


父とその義兄が繰り広げるあの蜜のような毒のような情交の気配に、まるで気づいていないのだろうか？　深沢を己の養子縁組させたのも、和貴の底知れぬ肉欲ゆえだと思うと、何もかもが気持ちが悪くてならなかった。

「……く……」

わけもなく、涙が溢れ出す。

自分が愛を乞うていた養父の正体を知り、泰貴は心底幻滅していた。そして、泰貴自身も少なからず昂奮し、欲望を覚えたことが衝撃だった。

いっそ和貴を軽蔑してしまいたい。

そうすれば、もう、彼の評価を求めなくても済む。

誰もが憧れるような美しい偶像は、見せかけだけだ。張りぼての中身は惨めで淫乱な雌犬にすぎないのだ。

ただ美しいだけの卑小な男、愛情を得るに値しない男だと決めつけてしまえばいい。

自分自身を両腕で抱き締め、泰貴は込み上げてくる感情を堪えた。

ともすれば、泣きだしてしまいそうだった。

混乱の焼け野原で、浮浪児たちをまとめて生きてきたのだ。己の強さを自負し、誇示してきた。けれども、泰貴にも弱く、脆《もろ》い部分は残されているのだと愕然《がくぜん》とした。

あの淫らで情けない和貴の姿は、おそらく、未来の泰貴自身だ。

逃れられない自分の運命を見せつけられ、泰貴は恐怖に自失しかけていた。

「ん……泰貴……？」

いきなり、寝入っていたはずの弘貴が声をかけてきた。

その声に現実に引き戻され、泰貴はなぜかほっとしてしまう。

「悪い、起こしたのか」

「うん」

目を擦《こす》った弘貴は小さく笑うと、寝台に潜り込んだ泰貴に親しげに躰を擦り寄せた。

「眠れないなら、しようか？」

「おまえ、今まで眠ってただろ」

「このあいだの夢、見たんだ。闇市のときの。そうしたら目が冴《さ》えちゃって」

ならば、好都合だ。

どうせ泰貴もひどく昂奮しているのだ。自慰でもして解放しなくては、この熱は消え失《う》せそうになかった。

弘貴は折に触れ泰貴を手遊《てすさ》びの悪戯に誘うので、そういうときは邪険にはしない。そうすればますます、弘貴がこの悪戯を欲するだろうと思っていたからだ。

淋《さび》しいのだろう。

この程度の悪戯をし合う相手は泰貴でなくともいいだろうに、弘貴は泰貴を求めてやまない。

時々闇市に行って何かを捜しているようだが、基本的に弘貴は泰貴を慕っている。その無垢な親愛の情を見ていると、伏見の見当違いの警告は考えすぎだとおかしくなる。

「たまには僕が触っていい？」

「弘貴が？」

「うん。泰貴の反応、見たいよ」

　無邪気な願いに、泰貴はくすりと笑った。

「いいよ。じゃあ、おれも触ってあげる」

　少年じみた肉体は、泰貴のものと違って清潔そのものだ。そのくせ、触れるとすぐにしっとりと濡れ、彼が己と同類なのだと思い知らされる。

「泰貴、もう熱いんだ」

「……ああ」

　父と深沢の交わりを耳にして昂奮したからだ、との言葉は呑み込んでおく。

「もっと熱くしろよ、弘貴」

「やってみるね」

　白い指先を蠢かして、弘貴は歪《いびつ》な手淫を始めた。

「大きくなったかも……少し、濡《ぬ》れてきたよ」

　嬉しそうに報告する弘貴には、性行為に対する罪悪感がない。快楽に対する耐性も抑止力も、何もない、箱入りだった。和貴も、せめて性教育くらいはまともにすればいいのに、そうしないから、弘貴はかえって禁忌の意味を知らないのだ。

　泰貴は皮肉な笑みを浮かべ、躰の緊張を解いてやわらかな快楽の海に身を委ねる。

　おずおずと触れてくる割には、弘貴の手指は的確な刺激を送り込んできた。

「ふ…っ……」

「きもち、い？」

　自身も吐息が混じった声で、弘貴が懸命に聞いてくる。

「ん。弘貴は？」

「いい…ッ…」

　吐き出された言葉に、泰貴は昏い満足を覚えた。

　こんなものは、子供だましだ。

　男に抱かれる快楽を知っている泰貴にしてみれば、前戯以下の遊びにすぎない。

　だけどどこかで後ろめたく、その背徳感が意外なほどに快感を高めた。

　やがて二人とも欲望を吐き出し、その手を拭う。

「本当に、これ、みんなやってる……？」

「やってるよ」

「だって、誰もそういう話、しないよ」

少し不思議そうに首を傾げる弘貴の純真さを心中で嘲笑うが、泰貴は優しい顔を作ってやった。

「当たり前だよ。最初に言ったろ。閨《ねや》での話は誰も言わないのが常識だって」

「……うん」

いささか歯切れの悪い相槌が返ってきたので、泰貴はだめ押しのように聞いてやる。

「弘貴は気持ちいいの、嫌か？」

「ううん」

「おれによくされるの、嫌じゃない？」

「全然。大好き……」

弘貴はうっとりと笑い、泰貴の首の付け根に鼻面を擦り寄せてきた。

人から与えられる好意を意味する言葉は、なんて甘いのだろう。

だが、それが弘貴から発されるものだと思えば、冷えた憎悪が泰貴の心を満たした。


男という男に躰を明け渡し、利用し、欲望のままに貪る。それこそが清澗寺のやり口だ。

ならば、それの何が悪い。

これが自分の生き方だ。

そしてその生き方への第一の供物は弘貴だと、端から決まっている。

無垢な御曹司を陥れ、徹底的に穢して、自分や和貴と同じ醜い存在にまで貶めてやる。男の精を啜《すす》らずには生きていけないような、そんな色狂いに変えてやろうではないか。

そのためには、手段を選ぶものか。

この躰さえ利用し、せいぜい清澗寺一族らしく振る舞おう。

そう——今し方醜怪な行為に耽っていた父と、同じやり方をするのだ。


「どうしたんだ、泰貴君。こんなところに呼び出して」

木枯らしの吹きつける校舎裏に呼び出されて、瑞沢は寒そうに身を震わせる。

「話なら、教室じゃだめだったのか？」

「二人きりになりたかったんだ。君に、相談があって」

まじめくさった顔で泰貴が切り出すと、瑞沢はさして不思議でもない様子で口を開いた。

「相談？　弘貴君についてか？」

「どうしてそう思う？」

意外なことに、瑞沢は泰貴の用件を察していたようだ。

「この頃、少し様子が変わった気がするんだ。だから、それを君が気にしてるんじゃないかと」

弘貴が変わった最大の原因は、泰貴にある。

お姫様みたいに崇《あが》められていた無垢な弘貴に、少しずつ世俗の毒を飲ませているのだ。

弘貴の心に、肉体に、泰貴は自分の影響を及ぼそうとしていた。

たとえば少し邪険にするだけで、弘貴の表情は愁いに沈む。代わりに夜はベッドで優しくしてやれば、弘貴は翌日、一層素直に泰貴を追ってきた。

その繰り返しを経て、あたかも動物を飼い馴らすように、泰貴は弘貴を作り替えようとしていた。

「そうじゃないよ。おれは気にしてない」

「……そうか」

「瑞沢君は、弘貴を好きなんだね」

瑞沢は柄にもなく頬を染め、俯いてしまう。

おとなびた振る舞いをしても所詮はお坊ちゃん育ち、図星を指されると困惑するのだろう。

「隠さなくていいよ。弘貴は可愛いし」

「うん、そうだね。誰だって弘貴君を守りたくなる。酷い目に遭わせて傷つけたくなる奴なんて、いないよ」

自分の手指のせいで乱れる弘貴はういういしい艶に満ち、甘い声は鼓膜を擽った。

あの弘貴を見たら、瑞沢は何と言うだろう？

「おれとは大違い、か」

「やけに拗《す》ねたことを言うんだな」

「ごめん、冗談だよ」

泰貴がそれを冗談にして流そうとすると、瑞沢は納得顔で笑み綻んだ。

「それで、君の用件は？」

「お礼をしようと思ったんだ」

「お礼って？」

泰貴は瑞沢を校舎の壁に押しつけて、彼の下肢の付け根に布地の上から触れたかった。

「え？」

俯いていれば、この皮肉げな笑みは見えまい。狼狽する瑞沢は、やけに新鮮だ。

「おい、何を！」

「試験で二番目だったのは、君が教えてくれたおかげだ。とても感謝してるんだ」

言いながら服地の上からそこを撫でさすり、そして、呆気にとられた瑞沢が何もできないのを確認してから、泰貴はその衣服を下だけ緩めた。

「君も、こういうことに好奇心くらいあるだろ？」

「でも……」

寒さで縮こまっているものを掌で包み込んで微かに指を動かすと、それだけで彼が低く呻く。

「おれを、弘貴と思って」

若い性器に唇を寄せるのも、何ら抵抗はない。

「ん…ん…ッ…」

己の体内で燻り暴れる熱。それを逃せないのならば、この血を利用すればいい。男に触れられて熱くなる、この淫らな躰を。雄と交わるのを毛嫌いしつつも、拒みきれない淫蕩《いんとう》な肉を。

一族に最も相応しいやり方で、弘貴を追い詰める。躊躇《ちゅうちょ》なくそれを実行できる自分こそが清澗寺の後継者に相応しいのではないか？

手始めは、瑞沢だ。

弘貴に献身的に仕える、美しい騎士。

彼を貶められたならば、泰貴は己の思い描く計略に自信を持てる気がした。

「んむ…ッ…」

唇を押しつけて強めにくちづけていくと、瑞沢の性器が硬くなってくる。取り澄ました同級生の弱みを握るのが愉快で、泰貴は夢中になってそれを舐《ねぶ》った。

「だめだ、泰貴君……もう、出る……」

「いいよ。……出して、口に」

「な」

頬を染めた瑞沢は抗おうとするのか身を捩ったが、間に合わなかった。

ややあって瑞沢のものが口腔《こうこう》で爆《は》ぜ、泰貴はそれを地面に吐き捨てる。

呆然としているらしく、瑞沢は荒く呼吸をしながら、脱力して校舎の壁に寄りかかっている。

「……服、直せば？」

「あ、あ……うん……」

すらりと背が高く貴公子然とした瑞沢が、自分の手管で悶《もだ》えるのを目にするのは、悪くはなかった。寧ろ、可愛いとさえ思えてしまう。

――気に入った。

「もっとよくしてあげようか？」

躰を擦り寄せて耳許《みみもと》で囁くと、途端に彼の耳朶《じだ》が更に赤く色づいた。

「え…」

「わからない？」

意味ありげに誘いかけると、瑞沢は言葉に詰まった様子だった。

「弘貴にはこんな真似できないだろ？　おれならしていいよ。同じ顔だし、君となら……してみたいんだ」

泰貴の言葉の意味を解した瑞沢は絶句したあと、掠《かす》れた声で「いいのか？」と遠慮がちに尋ねた。

まずは、一人目。

瑞沢を手に入れるのは造作もないと、泰貴は勝利を確信してほくそ笑んだ。


「今日も収穫なしかあ……」

ため息をついた弘貴は、帳面に書きつけた闇市の見取り図を眺める。

あの人に、助けてもらったお礼を言いたい。

弘貴も学校や藤城の授業があるのでなかなか闇市には行けないが、もう四度も訪れているのに、成果は零《ゼロ》だった。隻眼に着流しだし、連れ歩いてもらっているときもひどく目立ったと記憶している。なのに、どうしても彼とは巡り会えない。

あれから二月以上経つし、弘貴との些細《ささい》な邂逅《かいこう》など忘れたに決まっている。今更礼を言っても仕方ないとわかっているのに、どうしてか、もう一度会わなくてはいけないとの気持ちは、募るばかりで。

泰貴は未《いま》だに帰宅せず、一人で子供部屋にいるのも退屈だ。弘貴が書斎でお茶を飲んでいると、考え深げな顔つきの貴郁が入ってきた。

「兄さん」

「あ、ああ……弘貴」

「どうしたの、ぼんやりして」

「……いや」

義理の兄弟とはいえ、貴郁とはずっと一緒に育ってきた。貴郁とわかり合っているかと問われれば疑問だけれど、兄弟だからこそ許される不躾《ぶしつけ》さがある。

弘貴は貴郁を尊敬し、泰貴に対するものとは違うかたちの愛情を抱いている。彼が出陣したときは不安に胸が潰れそうで、無事に帰るようにと毎日神社にお参りしたものだ。

「泰貴は？」

「わからない。出かけてるよ」

弘貴の返答に、貴郁は微かに表情を曇らせた。

「泰貴は、どこか妙なところに出入りしているんじゃないか？」

「うーん……」

「おまえのことも、米兵の溜まり場でのパーティに連れていったそうだな」

「どうして知ってるの!?」

弘貴が驚いて尋ねると、貴郁はため息をついた。

「歩哨《ほしょう》と会話するのはおまえたちだけじゃない」

「あ」

確かにそのときに、自宅を警護する米兵と顔を合わせたが、その話が貴郁に伝わっていたとは。

「兄さんもパーティに興味があるの？」

「僕はにぎやかなところは、苦手なんだ」

貴郁は端整な面立ちをしているのに、いつも控えめで人前に出るのを厭う。和貴からの信頼は厚いし勉強も優秀なのに、どうしてこんなに謙虚なのか弘貴には不思議だった。

「そうなの？　兵隊さんたちは、兄さんをとても綺麗だって言ってたよ」

「僕は、普通だよ」

貴郁はどこか興味がなさそうな口調で言ってのけると、それから、弘貴を見つめた。

「それで、泰貴とは上手くいってるのか」

「うん！　双子だもの、喧嘩《けんか》なんてしていないよ」

「喧嘩をするくらいのほうが、まだ安心できる」

弘貴には理解しかねる発言だった。

「僕、兄さんとも喧嘩したことなんてないよ」

「……そうだったね。でも、僕たちは歳が離れているから」

言われてみれば、泰貴と喧嘩なんて一度もした経験がない。あの穏やかで優しい瑞沢でさえも、弟とつかみ合いの喧嘩をしたことがあると笑っていたのに。

「だいたい喧嘩する原因なんて、何もないよ。ずっと離れてたのに」

沈鬱な顔つきになった弘貴にまずいと思ったのか、貴郁は微笑みながら首を横に振る。

「ごめん、弘貴。大して意味はないんだ」

「……うん」

「ただ、もう少し子供っぽく振る舞ってくれたほうが安心できる。泰貴はとても頭がよくて世間についてもよく知っているけれど、何もかもわかっているわけじゃない。ませているところがあるから、逆に危なっかしく見える」

説明されると、兄の懸念は弘貴にも解せた。

「それ、泰貴に言ってあげたら？」

「一度似たような話をしたけど、あまりしつこくするとかえって反発されそうだからね。今は、彼のすることを見ているほかなさそうだ」

息を吐く貴郁を見ながら、弘貴は自分が泰貴の相談役を瑞沢に任せてしまったのを、後悔していた。本来なら、兄弟の自分が相談相手になるべきだったのではないか。

そう思うと、瑞沢への頼みごとの一件は、貴郁には絶対に言えそうになかった。


都電の車窓から焼け野原を眺める泰貴は、先ほどの瑞沢とのやりとりを反芻《はんすう》していた。

——泰貴君……君はいつも、こんな真似をしてるのか？

——君が特別だよ。だから、気兼ねなんてしなくていい。

近隣の女子校でも人気の、爽然とした王子様。

泰貴からしてみれば同級生など青臭いが、どこか新鮮で、それなりの楽しみを得た。

けれども、結局はそれだけだ。

行為が終われば鈍い疲労が募り、得も言われぬ虚無感に襲われた。


重い足取りで清澗寺邸へ向かおうとした泰貴は、同じ車両に藤城が乗っているのに気づいた。

藤城の授業は明日なのに、どうしたのだろう。

話しかけていいものかと迷っていると、視線に気づいたらしく、藤城がこちらに顔を向けた。

彼の口許が綻び、優しい笑顔がふわりと広がる。

途端に、なぜだか胸がきゅっと痛くなった。

「清澗寺君」

その呼び方では、彼が自分と弘貴のどちらと認識をしているのかがわからない。従って泰貴も、ごく当たり障りのない言葉を返すに留めた。

「先生、こんにちは。今日はどうしたんですか？」

「君の家に行くところだったんだ」

「弘貴に用事ですか？」

さりげなく助け船を出して、自分が泰貴だと教えてやる。彼がどちらか見分けているだろうかと試すのは、今はできなかった。

見分けられないということは、自分が彼にとって特別ではないという意味だからだ。

「いや、君に用事があってきたんだ」

「おれに？」

ちょうど停留場に到着したので、連れ立って降車する。藤城は鞄の中から一冊の本を取り出し、そして泰貴に手渡した。

「どうぞ」

「これは？」

「このあいだの本は、もうとっくに読み終わっただろう？」

「……おれに、選んでくれたんですか？」

英語の書籍の著者はディケンズで、題名は『オリバー・ツイスト』とあった。

勿論聞いたことのある書名だったが、読んだことはない。

「君は文法が苦手気味だからね。この本は内容は大人向けだけど文章自体は易しくしてあるから、君の英語力なら楽しめるはずだ」

「これ、先生のですか？」

このあいだ渡された『トム・ソーヤーの冒険』と違って、本はまだ新しいようだ。

「さっき丸善《まるぜん》で買ってきたんだ」

「じゃあ、代金を払います」

「いいんだよ」

藤城は穏やかに言うと、泰貴の目を覗き込んでくる。

「冬休みのあいだ、随分努力したんだろう？　頑張った子にはご褒美だよ」

途端に、まるで火を点《つ》けられたように、頬や耳が熱く火照ってくる。

「あ、ありがとうございます」

声がみっともなく上擦った。

無為に抱き合ったあとの濁った疲れに支配されていた心に、涼やかな風が吹き込むようだ。

「難しいところもあれば、そこは個人的に聞いてくれるかい。君を贔屓しているのは、二人だけの秘密だよ」

「わかりました！」

そこで再び都電に乗り込んだ藤城と別れ、泰貴は本を抱き締めてその喜びに暫し浸った。

贔屓されているんだ。自分だけが、特別扱いされている。

藤城のこういうところが、すごく好きだ。

「……」

自分の思考にらしくないものが混じり、泰貴はすぐにその思いを打ち消した。

他人の好意は、想像以上に心地良い。それだけだ。

藤城が時折泰貴に注いでくれる好意は甘く、それを口にすると心があたたかくなる。

けれども、その優しさを喜ぶ気持ちとは裏腹に、もう一つの欲望が頭を擡《もた》げてくる。

あのときの藤城の鋭いまなざしを、もう一度見てみたい、と。

「よう、お帰り」

門前でガムをくちゃくちゃと噛《か》んでいた歩哨の一人が、親しげに声をかけてくる。

「こんばんは」

「おまえたち双子を探して、妙な男が来たぜ」

覚えがないので、泰貴は首を傾げるに留めた。

「目がつり上がった中年だ。禿《は》げかけてて……」

記憶を手繰り寄せた泰貴は、その特徴から記者の松本《まつもと》を思い出した。

「本当におれたちを訪ねてきたのか？」

「ああ、そうだよ」

清潤寺家への取材をしたいのであれば、和貴か深沢のところへ出向くはずだ。

泰貴とヤスが同一人物だと気づき、強請《ゆすり》に来たのかもしれない。

上手く操縦できれば弘貴に打撃を与える記事を書かせることもできるが、それは諸刃の剣だ。

警戒しつつも少し泳がせておいたほうがいい。

どんな有益な道具であっても、使いこなす才覚がなければ無意味だった。

8

「それじゃ、さようなら」

「ああ、またな」

　担任の教師に呼ばれていた弘貴《ひろたか》が職員室から教室に戻ると、泰貴《やすたか》が瑞沢《みずさわ》たちとにぎやかに話をしている。

　いつの間にか、泰貴がこうして話の中心にいるときが多くなった。彼の取り巻きはどこか早熟で、弘貴には異質なものを感じるが、物怖じするほどではない。

「何の話？」

　弘貴が会話に加わろうとしたところ、瑞沢が一瞬、ばつの悪そうな顔になった。

「あ……いや」

　内緒話の最中らしく、拒絶の気配を感じた弘貴は反射的に微笑を作った。

「邪魔してごめん」

「悪いな、こっちこそ」

「ううん」

　弘貴は自分の机に戻り、帰り支度を始める。

　近頃何度となく感じる、胸がすかすかするような思い。それは淋しさだと、この頃朧気にわかってきていた。

　無論、泰貴に友達ができるのは嬉しく、彼らと親しくなるのはいい傾向だ。瑞沢に泰貴のことを託したのは、弘貴自身のしたことだ。

　けれども、泰貴に友達ができるのと比例して、弘貴は彼との距離を感じるようになっていた。

　きっとそれが、淋しさに繋がっているのだ。

　指の隙間から、唇の狭間から、淋しさがかたちになって零れ落ちそうだ。

　泰貴に出会うまで、こんな気持ち、知らなかった。淋しいという言葉は字面だけのもので、実際に味わった記憶はなかった。

だけど、そんな感情でさえも泰貴が教えてくれたものならば、やはり嬉しい。自分はきっと、泰貴のおかげで少しずつ成長しているに違いない。

頭を切り換えた弘貴は、今日こそ闇市に行こうかと思い立った。半ば諦めかけていたが、こんな日ならばあの人に会える気がする。

歓談の声がやみ、人が近づく気配を察して弘貴はぱっと顔を上げる。

傍らに立つ泰貴は弘貴を見下ろし、口を開いた。

「弘貴、頼みがあるんだけど」

「なあに？」

頼みと言いつつも泰貴の口調はどこか威圧的で、断れるようなものではなさそうだった。

「じつは、知り合いを愛宕《あたご》神社に連れていく約束をしてたんだけど、おれはおまえほど東京は知らないだろ？　だから、代わりに行ってほしくて」

「それなら、一緒に行こうよ」

「おれは瑞沢君と用事があるんだ」

どんな用事なのか聞いてみたかったけれども、それを聞ける雰囲気ではない。

「だったら、代わるよ」

「相手はウォルターっていうんだ。よろしくな」

「もしかして、アメリカ人？」

「そう。あ、日本語は上手だよ」

泰貴の知り合いは数多いし、そのような依頼を受けるのもおかしくはない。言葉が通じるのか不安だったが、今更断りづらかった。

「新橋《しんばし》で待ち合わせだから。ウォルターには、おれのふりをしておいてくれる？」

「おまえのふり？」

解せずに弘貴が小首を傾げると、泰貴は何でもないように頷いた。

「前々から約束していたんだけど、行けなくなって……がっかりさせると思うし」

自分に泰貴の身代わりが務まるだろうかと、一抹の不安が過った。

「たまには入れ替わりも面白いだろ？　今度は成功させてくれよ」

「……うん！」

勇気づけるように背中を叩かれて、弘貴は躊躇いつつも頷いた。

語学力は必要なさそうだし、見た目が一緒なのだから、きっとさほど問題はないはずだ。

泰貴の身代わりができるなんて、名誉なことだし誇らしいじゃないか。考えているうちに、次第に弘貴は昂奮してきた。

言われたとおりに制服のまま新橋駅に向かった弘貴は、すぐにウォルターと落ち合えた。

ウォルターと名乗る米兵は、弘貴が三人分くらいの巨漢で、見上げなくてはならなかった。

赤ら顔の男は目を輝かせ、弘貴が現れたのに素直に感激しているようだった。汗の匂いか、男が少し臭かったので、弘貴は一歩距離を取る。

「泰貴、本当に嬉しいよ。感激してしまうな。まさか、君がOKしてくれるなんて」

「どういたしまして」

泰貴は何を焦らしていたのか、ウォルターとの約束を先延ばしにしていたようだ。

目的地の愛宕神社までは、駅の東にある闇市を抜ければそう遠くはない。

「ここは闇市です。来たことはありますか？」

「ああ、勿論。いろいろなものが手に入ると聞いているよ」

ウォルターは目にとまった品物の由来や使用法の質問を重ね、弘貴はわかる限り答えてやった。

尤も、あまり遅くなると、愛宕神社まで行き着かなくなるので、闇市は適当に切り上げたい。そろそろ切り出そうかと思った弘貴は、自分に注がれる視線に気づいてそちらに顔を向ける。

「あ」

小さく声を上げてしまったのは、視線の主が、あの日の眼帯の男だとわかったからだ。

男に厳しい目で睨みつけられて、弘貴は怯《ひる》んだ。咎めるような目つきが、怖い。

それでも駆け寄って一言礼を言いたかったものの、泰貴に託された客人を放り出すわけにはいかない。

この仕事を早く終えて、戻ってきてからあの人にお礼を告げよう。そう思うと自ずと気持ちが急いてきた。

「急ぎましょう」

「ああ、うん！　そんなに急いでくれて嬉しいよ、泰貴。君も愉《たの》しみにしていてくれたんだなあ」

「ええ、まあ……」

ウォルターに曖昧な笑みを浮かべた弘貴は、追い立てるように彼を急かした。

闇市から愛宕山へ至る道は、ところどころに街娼が立っている。見るからにあやしい通りで早く通り過ぎたかったが、ウォルターが宿で用事を済ませたがっていると言われていた。

「んーと、尾張屋《おわりや》……ここだ」

見つけたのは薄汚れた旅館で、恐る恐る足を踏み入れる。

「ごめんください」

帳場に腰を下ろしていた老婆は、弘貴とウォルターを認めて「はいよ」と揉み手で腰を上げた。

「あの……」

「話は聞いてるよ。上の一番奥の部屋だ」

「ありがとうございます」

ウォルターを案内するために、弘貴は靴を脱いで宿に上がった。


「あっ……あ、んっ……そこ、……」

瑞沢のものを蜜壺《みつつぼ》の奥深くに捻《ね》じ込まれ、その確かな質感を知覚して泰貴は喘いだ。

「く……」

瑞沢が低く呻くが、まだ射精には至らない。

学校に近い適当な廃屋に忍び込んだため、布団などの上等なものはなく、互いの上着を床に敷いただけで、全身が埃塗れだった。

隙間風が吹くし、このままでは風邪を引きかねない。だが、こんなところで男を貪る背徳感が、泰貴にはたまらなかった。

理性では男に抱かれるのなんて嫌でたまらないの

に、躰は別だ。気づくと飢えて渇いて、雄が欲しくてたまらなくなっている。

「奥、もっと、深く挿《い》れて…っ……」

「あ、ああ」

欲望に掠れた瑞沢の声が、どこか子供じみていて可愛い。普段の彼とは違い、汗に濡れて雄の本能を剝き出しにして泰貴の貪欲な肉体に挑んでくる。

「はっ……ん、んっ……あ、ふかい……」

もっとずっと奥まで掻き混ぜてほしくて、泰貴は誘い込むように腰をくねらせた。

熱いのが欲しい。

最奥まで濡らしてほしくて。

弘貴なんかより、ずっとよくしてやれる。その自信があった。

「泰貴…締まる……」

「だって、締めてる、から…っ…」

腹に力を込めて瑞沢を複雑に絞り込むと、彼が耐えかねたように唸った。

今頃弘貴は、ウォルターに処女を散らされて喘いでいるはずだ。

そう思うと、歪な快楽は倍加した。

ウォルターは以前から泰貴と寝たがっていたが、体格はともかくあの体臭が嫌いで、絶対に相手にしたくなかった。おまけに彼は、少年を縛ったり殴ったりする変態性欲者だと噂され、軍隊でも密かに馬鹿にされているのだとか。

しかし、泰貴の仕事のために貸しを作っておきたい相手だったので、弘貴を使うことにしたのだ。

どのみち、そろそろ弘貴を料理する頃合いだった。

泰貴は己の肉体と甘言を使い分け、周りの連中を取り込みつつあった。泰貴の息のかかった上級生や瑞沢たちを焚《た》きつけて輪姦《りんかん》させる計略も考えたが、下手に顔見知りだと、弘貴に対する同情心が芽生えるかもしれない。それでは泰貴の目的は遂行できない。

ならば、米兵にでも懇《ねんご》ろに可愛がらせて、男なしではいられない躰にしてやったほうがよほど面白い。

「もう、出る……」

「出して……」

甘い声でねだり、泰貴は意識してそこを締めつけた。本当は出されるのは面倒で嫌だったが、たまには承諾してやらないと瑞沢も憐《あわ》れだ。

「ふっ……」

熱い……。

体内を雄の欲望で満たされ、泰貴は小さく声を上げて達していた。

ひくひくと躰を震わせて射精の余韻に浸りながらも、頭の片隅には冷えた理性が残っている。

快楽なんて、この程度のものだ。

相手が違っても、得られる快感はたかが知れている。

それこそ、特別な相手でなくては意味がない。

たとえば、藤城のような。

「ッ」

藤城に抱き締められることを一瞬のうちに想像し、泰貴ははっとした。

「おい、また…締まって……」

卑猥な妄想に泰貴の肉襞《にくひだ》が反応をしてしまったらしく、ざらついた声で瑞沢が呟く。

「…だって…」

想像するだけで、官能に躰が疼いてしまう。

「もう一度、して…っ…」

「ああ」

これが……藤城だったら、なんて。

藤城に抱き締められたら、どんな気持ちがするのだろう。ただ掻き抱かれるだけではなく、こんなふうに荒々しく突き上げられたら。

「すごいな、泰貴」

乱暴に突き上げられて、今の想像を消し去ろうと泰貴は甘い声を上げ始める。

「ん……瑞沢君、いい…気持ち、いい…っ…」

「可愛いよ」

鼻面を首筋に押しつけると、瑞沢が感極まったように囁く。

「可愛い、すごく」

「おれが？　弘貴、じゃ、なくて……？」

「僕が守るよ。君を……」

汗で重くなった泰貴の髪を掻き分け、瑞沢が声を弾ませながらそう伝える。

「ふふ……うれし……」

嬉しい。

これで、瑞沢は自分のものだ。弘貴になんか、絶対に渡すものか。

けれども、頭の中ではどこかまだ冷めている。

思考まで掻き乱すほどの快感が欲しい。父のように卑猥な言葉を口走り、溺れきるような快楽を味わいたい。

なのに、そこまで行き着かないのだ。

どうして自分は、満たされないのだろう。

これは快感なのに。

他人と抱き合えば人は快楽を得られるはずなのに、父のように溺れられない……。

旅館の客室は狭く、布団が一組延べてあるだけだ。


「用事って、何ですか？」

相手に促されて仕方なく外套を脱いだ弘貴は湿った畳に腰を下ろす。差し向かいに座ったウォルターは、怪訝そうな弘貴を見てにやりと笑った。

「ここまで来ておいて、それはないだろ？」

躙《にじ》り寄《よ》ったウォルターが、腕をきつく摑む。

「何を？」

「今更うぶな振りか？」

だめだ、理解できない俗語が混じった。

よくわからずにぽかんとする弘貴は、肩を押されて小さな悲鳴を上げた。

「わっ」

一気に世界が反転した。

気づくと弘貴は、黴臭《かびくさ》い布団に押し倒されていた。男の太い指が弘貴の肩を力強く摑み、華奢な躰に食い込むようだ。

「あの……」

何か途轍もなく、まずい事態が起きている。

その信号を脳が受け取っても、竦んだように躰が動かない。

性急に制服のフックを外され、シャツの釦を千切られる。外気に晒された膚は、ひやりと寒さを伝えてきた。

「あの、待って……待って！」

これは何？　何が起きている？

街娼が男に声をかけられ、そのあと何をしているのかは、弘貴だって知っている。ウォルターは彼女たちと同じものを、弘貴に求めているのだ。

「離して！」

「面倒な餓鬼だな」

何を使ったのか、ウォルターがいきなり弘貴の腕を後ろ手に縛り上げた。

本性を剥《む》き出《だ》しにしたウォルターは汗を掻き、泰貴の背後で鼻息を荒くしている。

泰貴はわかっていて、自分をここに行かせたのか？

いや、そんなはずがない。

これは何かの間違いだ。


「嫌だ！」

抵抗しようと両脚で相手を蹴りたくとも、腹這いにされていてはろくなことはできなかった。

「うー……っ……」

怖くて瞳に涙が滲む。

薄桃色の乳首をきゅっと摘まれて、怖くて身を捩った。それを見て下卑た笑いを浮かべ、ウォルターが弘貴の躰を撫で回す。

「生娘みたいな反応だな」

気持ち悪いし、恐ろしい。不愉快なのに、躰が熱を帯びて汗ばんできている。

自分でもその理由がわからなくて、不安が募る。

「おい！」

階下から誰かの声が聞こえてきて、ウォルターは動きを止めた。

「清澗寺《せいかんじ》の！　いるんだろ！」

聞き間違いではないのだろうか。

弘貴はびくんと身を強張らせた。

「いないのか!?」

「たすけて！」

咄嗟に弘貴は声を張り上げた。

「助けて！　助け…っ」

しかし、すぐに大きな掌で口を塞がれ、声が出なくなった。昂奮している男の体臭が鼻をつき、よけいに息ができない。

心臓が止まりそうだ。

怖い、怖い……怖い……！

ついに動けなくなった弘貴は、がたがたと震えながら布団に横たわるほかなかった。

ぱんと音がして、襖《ふすま》が勢いよく開く。

「その子を放しな」

日本語……誰の、声だろう……？

わからない。

ただ、心臓が激しく脈打ち、息が苦しい。

上手く呼吸ができない。

「何だ、貴様」

ウォルターが不審げに片言の日本語で問い返す。

「日本語はわかるんだろ。その子を放せ。でないと、MP《憲兵》にしょっ引かれるぜ？」

「な……」

漸く男の手が口から離れ、「Shit!」の一言とともに、男の足音が遠のいていった。

「おい、大丈夫か」

腕を解いてくれた相手に抱き起こされ、弘貴は首を振った。

上手く、息ができない。先ほどから息を吸い込むばかりで吐き出せないのだ。

苦しい。

このまま、死んでしまうんだろうか。

涙で潤んだ視界の端に映ったのは、あの着流しの隻眼の男だった。

来て、くれたんだ……。

「一度息を止めろ。できるか？」

「う…ッ…」

できない、と弘貴は訴えたかったが、上手く言葉にならない。

「じっとしてろ」

男が分厚い掌で口許を塞ごうとしたので、先ほどの恐怖が甦《よみがえ》ってきた弘貴は慌てて顔を背けた。

「悪ぃ」

舌打ちをした男は、いきなり弘貴の顎を摑むと、顔を近づけてくる。

今度は……怖くなかった。

唇を押しつけられて、弘貴は目を見開いた。

「ン……」

接吻《せっぷん》は想像よりも長かった。

鬚《ひげ》のざらりとした感触が、顎にあたる。

「…ふ……」

薄く開いた唇から男の舌が入り込み、歯列をなぞる。

キスって、もっとやわらかいものだと思ってた……。

唾液が一気に分泌され、唇から溢れかけている。

ややあって顔を離した男に、「どうだ？」と聞かれて、弘貴はうっとりと口を開いた。

「きもちいい、です」


「何だよ、そりゃ。まあ、冗談を言えれば上等だな」

気がつくと、いつの間にか呼吸は元に戻っていた。

「よしよし」

まるで弘貴をあやすように、彼が背中をぽんぽんと叩く。

それに応じて、少しずつ躰がぬくもりを取り戻していく。

こんなに優しくて無骨な体温、初めてだった。

「落ち着いたか？」

「はい」

目を閉じたまま弘貴が頷くと、乱暴に躰を押し退《の》けられる。

「まったく、酷い格好だな。服、直しな」

「あ、すみません」

やっと動けるようになった弘貴はシャツを直し、学生服をもう一度着込む。それから、脱ぎ捨ててあった外套を羽織った。

「来い。出るぞ」

ぐっと力強く腕を摑まれたが、もう、先ほどのよ

うな恐怖はなかった。

男は弘貴の腕を摑んだまま、階下へ向かう。

老婆がそそくさと用意した靴を履くと、弘貴は無言で男の広い背中を追った。そうするほかないような気がしたからだ。

どうして助けてくれたんだろう……？

知り合いでも何でもないのに。

店から少し離れたところで振り返った彼は、いきなり右手を振り上げ、弘貴の頰を張った。

「ッ」

ぴしっと小気味いい音が、路地でやけに響いた。

「なに……」

痛い。

「馬鹿野郎！」

唐突に怒鳴りつけられ、弘貴はびくっと竦み上がる。

「あ、あの、」

「闇市になんざ来るなって言っただろうが！　挙げ句、あんな変態に捕まりやがって」

先ほどまでの優しさが、嘘のようだ。

「でも」

「でももへったくれもあるか！　いいとこの餓鬼ならそれらしく、家でおとなしくしてろ！」

頭ごなしに叱《しか》り飛ばされ、初めての経験に弘貴は驚くほかなかった。

道行く人々が、何ごとかと二人をじろじろと眺め回す。それほどまでに激しい剣幕《けんまく》だった。

「すみません……」

ぽろぽろと涙が零れ、弘貴は泣き始めた。

「ごめん…なさい…っ…」

泣きじゃくる弘貴に、男は急に狼狽えだした。

「お、おい……泣くなよ。何だよ、痛かったか？これでも手加減したんだが」

「ちが……」

怒られたのに驚いたけれど、でも、嬉しかったのだ。彼がどれほど自分を心配してくれたのか、わかったから。

「悪かった。そりゃ、あんなでかぶつに襲われりゃ怖かったよな……」

彼は弘貴の涙に焦っているらしく、怒っていたはずなのに今度は謝ってくる。

安心感といろいろな思いが綯《な》い交《ま》ぜになって、感情が決壊して涙になっただけだ。けれども言葉にならずにそのままぐずぐず泣いていると、男はいきなり弘貴の躰を抱き寄せ、髪がぐしゃぐしゃになるくらいに頭を撫でてくれた。

力強くはあるものの、優しい仕種《しぐさ》だった。

あったかい……。

あの人と同じ顔で泣くなよ、と。

彼が言ったような気がしたのだが、それは空耳だろうか。

「男なら、いい加減泣きやめ。泣かせたのは俺のせいだけどな、元はと言えばおまえが悪いんだ」

また、ぽんぽんと背中を叩いてくれる。

「…そ、それはわかるけど、何で……」

「ん？」

「何で、助けてくれたんですか……」

それは当然の疑問だったが、弘貴の言葉を聞いた男は小さく息をついた。

「――おまえを知ってるんだよ」

「えっ⁉」

信じ難い言葉に、弘貴は顔を跳ね上げる。

街灯の下、男の顔がやけに煌々と照らし出されている気がした。

「正確には、おまえのお袋だ」

「お母さん？」

「ああ。俺は今はこんなだが、昔は共産主義者《アカ》だった。追われてるのを、おまえのお袋に何度も助けてもらったよ」

「だって、僕をどうして……」

「嫌でもわかるさ。清潤寺は有名だからな」

だが、客観的に考えて自分と鞠子《まりこ》はあまり顔が似ていないように思う。

「そんなに、似てますか？」

尚《なお》も納得しない弘貴に、男は「ああ、もう！」と面倒臭そうに舌打ちし、自分の頭を掻いた。

「……何度も見に行ったんだよ。折角無事に大きくなったのに、馬鹿な真似しやがって」

彼はぶっきらぼうに言った。

「もういいだろ。新橋駅まで送ってやる」

「はいっ」

「しっかりついてこい」

くるりと身を翻し、男は歩きだす。

目印になるのは、このあいだと同じ、広く逞しい背中だった。

隣を歩きたいのに、どうしても歩幅が合わずに、弘貴は彼の男らしい背中を見ながら歩いた。彼は歩調を緩めてはくれなかったからだ。

新橋駅までやって来ると、男はそこで初めて振り返って「じゃあな」と別れを告げる。

「あの！」

弘貴の声に、彼は大儀そうに立ち止まった。

「んだよ」

「名前、教えてください」

「……曾我《そが》だ」

「曾我さん……」

思わず繰り返した弘貴に、曾我は「何だよ」と眉を顰めた。

どうしよう。

一瞬にして、衝動が湧き起こる。

手を伸ばして、彼を捕まえたい。

この人が、いなくなってしまう前に。

今すぐ手を伸ばしたい。

それが無理なら、叶えてほしいことがある。

「もういいだろ？　早く行きな」

「あの……」

それを口にしたら、また殴られるだろうか。

でも……でも、止まらない。

「まだ何かあるのか」

「また会ってもらえますか？」

「は？　だめに決まってんだろ」

曾我はあからさまな渋面を作った。彼が嫌がっているのはわかるから、それが新鮮だった。

誰かに邪険にされるのは、生まれて初めてだ。

「会いたいんです」

「お断りだ。餓鬼は嫌いなんだよ。手間かけさせんなよ」

言葉遣いは怖いけれど、曾我は自分を二度も助けてくれた。本気で嫌ってはいないはずだ。

「お、大人ならいいですか？」

「あ？」

「大人になったら、また会ってくれますか？」

「馬鹿。そんなぽやぽやした性格で、すぐに大人になれるわけないだろうが」

曾我は弘貴の真剣な疑問を鼻で笑い飛ばすと、なかったことにしてしまう。

「ほら、とっとと帰れ」

「………」

後ろ髪を引かれつつも、弘貴はホームへ向かった。

一度目は偶然かもしれないけど、今日はわざわざ助けるために追いかけてくれたのだ。

とくん、と心臓が震えるのを実感した。

胸が苦しくて、どきどきする。


この気持ちは——何だろう？

家族や泰貴に対するものとも、まるで違う。

雑踏の中で足を止めた弘貴は、暫くその場に立ち尽くしていた。

9

密やかに、夜は深々と更けゆく。

運命の夜が。

忍び寄る夜の跫音《きょうおん》は泰貴《やすたか》の心を昏くざわめかせ、そして残酷な悦楽に沸き立たせる。

いよいよ今宵《こよい》こそ、弘貴《ひろたか》は貞潔を奪われ、純白の翼を失うのだ。帰ってきたときの彼の顔が見物でならず、その場面を想像するとぞくぞくする。

無論、奪うのはそれだけではない。

手始めは友人、貞潔、そして最後にはこの名家の跡取りの座。それらを僭主《せんしゅ》の如く簒奪《さんだつ》してやる。

そのとき弘貴はどんな顔をするだろう。

惨めでたまらないという顔をするだろうか。

それとも、洋服をすべて与えようとしたときと同じ鷹揚な反応を示すのか。


「――本当に遅いね……どうしたんだろう。泰貴、弘貴の行き先を本当に知らないのか？」

和貴《かずたか》はひどく不安そうに美貌を曇らせ、時刻を頻りに気にしている。

「ごめんなさい。今日は聞いていなくて」

本来ならば、和貴はこの時間は将校たちをもてなすが、さすがに箱入り息子の帰還が遅いので、気もそぞろでそれどころではないようだ。泰貴も七時には帰宅するよう心がけているし、真面目な弘貴はこの時間に家にいるのが普通で、和貴が心配するのも道理だった。

「すみません、父さん」

泰貴はすまなそうに項垂《うなだ》れ、ティーカップを卓上に戻した。

「いいんだよ、泰貴。おまえを責めているわけではないんだ」

愁いに満ちた養父の表情には艶《なま》めかしさすら漂い、一瞬、泰貴はそれに目を奪われかける。

「だけど、僕が瑞沢《みずさわ》君と遊びに行ったりしなければよかった」

「過ぎた話は仕方がない。二人が遊びたい盛りなのは、僕もわかっているよ」

「確かに気懸かりな点はあるんです。最近、弘貴が…」

「和貴様こそ、お客様はよろしいのですか」

来客を放り出してまでの和貴の憔悴《しょうすい》ぶりに、書斎の片隅で読書に耽っていた深沢《ふかざわ》が本を閉じ、静かだが威圧感のある様子で口を挟んできた。

さりげなく弘貴の悪評を吹き込もうと思ったのに、出鼻を挫《くじ》かれた泰貴はむっとする。

「夜遊びくらい、あなたもしていたでしょう」

「弘貴は特別だ」

冷たい口調で言ってのけてから、和貴は泰貴の視線に気づき、取り成すように微笑んだ。

「すまない。じゃあ、僕は行くよ」

和貴の気鬱《きうつ》そうな足音を聞きながら、泰貴は心中でほくそ笑んでいた。

そんな泰貴に、深沢は何か言いたげな視線を向けたものの、結局は無言のまま唇を結ぶ。

……何だ？

先ほど弘貴を陥れる言葉を遮られた点といい、優れた洞察力を持つ年上の男のまなざしに泰貴は心中で怯んだが、すぐに疑念を打ち消した。

大丈夫、己の企みに気づかれてはいないはずだ。

そもそも深沢は、和貴と違って家庭には殆ど関心を示さない。仮に何か察知したとしても、黙認するに違いなかった。

階下から、ドアが開閉される音が聞こえてきた。

貴郁《たかふみ》は部屋に閉じ籠もって課題を仕上げているし、間違いなく弘貴だろう。

「弘貴様のようですね」

「ええ」

深沢の答えを聞いた泰貴が腰を浮かせるのと同時に軽やかな靴音が響き、ノックもせずに書斎の扉が軋みながら開く。精緻な装飾を施された重厚な扉の向こうから、今夜の主役が劇的に登場した。

「ただいま！」

息を弾ませる弘貴の表情は輝き、華やかといっても相違なかった。停留場からずっと走ってきたのだろう、頬は鮮やかな薔薇《ばら》色に染まり至極健康的だ。その何ら屈託のない表情に、泰貴はたじろいだ。

おかしい。

自分の計算では、今夜の弘貴は打ちのめされ、傷つき、悲劇の主人公としてこの場に登場するはずだった。

嘆きと怨嗟《えんさ》に満ちた彼の人生の第二幕が、悲痛な愁嘆場から始まるべきで、ここからがこの茶番劇の最高の見せ場となる目算だったのに、いったいどういうことなのか。

「…弘貴、遅かったね」

それでもいち早く泰貴は衝撃から立ち直り、何とか口を開いた。

「ごめんごめん」

大して悪びれずに言った弘貴に、書類から顔を上げた深沢が冷たく一瞥した。

「弘貴様、和貴様が心配なさっていましたよ。あとで謝っておいてください」

「はーい」

ぺろりと舌を出し弘貴は、「お腹空《なか》いちゃった」と陽気に言った。

「箕輪《みのわ》に何か頼んでくる」

「うがいはなさいましたか？　風邪が流行《はや》っているのですから、清潔になさってください。和貴様が…」

「父様に風邪は引かせないよ」

深沢の次の台詞を強引に遮り、弘貴は颯爽と部屋から出ていく。最初は呆然としていた泰貴だが、すぐに我に返り、兄の薄い背中を追いかけた。

「弘貴！」

「もう、驚いちゃったよ」

子供部屋に戻るなり、弘貴は鞄を寝台に放り投げた。扉を後ろ手で閉めた泰貴に詰め寄り、彼は昂奮した様子で早口に捲し立てた。

「あのウォルターって人、いきなり僕に襲いかかってきたんだ！　きっとあいつ、泰貴をずっと狙ってたんだよ。酷いよね」

「襲われたのか!?」

土壇場でウォルターが怖じ気づいたわけでもなく、泰貴の企ては成功していたようだ。

それにしてはこの立ち直りの早さはどういう意味なのかと、訝しさと驚きに声が上擦る。

「平気、心配しないで。ちゃんと逃げたから」

「逃げたって……？」

嘘だろう？

ウォルターはあのとおり巨軀《きょく》だし、曲がりなりにも訓練を受けた米兵を相手に、易々《やすやす》と逃れられるわけがない。弘貴がそこまで敏捷《びんしょう》とは思えず、信じられないことに、泰貴は惚《ほう》けたように兄の顔を見上げた。

「本当に何もされてないよ。あ、押し倒されて縛られたけど」

「縛られて？　だって弘貴じゃ、ウォルターの体格には敵わないだろ？」

「うん、すごく重くて怖かった」

弘貴は微かに身を震わせ、今思い出したとでもいうように、自分の右腕を左手の指先で擦った。電灯の下で見ると弘貴の両腕は一部だけ真っ赤になっており、和貴が目にすれば何があったのかと厳しく問い詰めるに違いない。

弘貴は自分が何をされかけたのか、知っている。無意識に、それが悪徳だと気づいている。なのに、邪な欲望に晒されてもなお、彼の輝きは曇らないのだ。

「でも、助けてもらったんだ」

「——誰に」

「曾我《そが》さん」

「曾我……？」

知らない名前だった。

「前に新橋《しんばし》の闇市に行ったときに、片目の人が忠告してくれたって言ったでしょう。あのときの人が、わざわざ追いかけてきて助けてくれたんだ」

「ああ……おれも顔を見たな」

着流しに眼帯のやけに印象的な男で、いかにも渡世人のような風情が近寄り難かった。泰貴が最も相手にしたくない、たちの悪い場所に足を突っ込んでいる匂いがしたからこそ、彼が弘貴を助けたのが合点がいかなかった。

「曾我さん、母さんの知り合いなんだって。それで助けてくれたって言ってた！」

弘貴は声を弾ませ、新しい宝物を発見したかのように目をきらきらと輝かせて告げる。

泰貴は咄嗟に何を聞けばいいのか戸惑い、沈黙するほかなかった。

「ほら、僕たちの顔ですぐわかったみたいだよ。清《せい》潤《かん》寺《じ》の人間だって」

「そう…か…」

なにゆえに、こうなるのだろう。

いつも、いつも、いつも。

弘貴の前に引き出されると、泰貴は常に惨めな敗残者として打ちのめされる。

自分が清潤寺一族の血を引く事実に苦しんでいるのに、弘貴はそれを享受する。弘貴は気楽に美味なる果実を貪り、残った不味《まず》い澱《おり》を泰貴に押しつける。

わかってる。わかっているんだ。それは泰貴の僻《ひが》みだと。こうして彼を憎み、のたうち回るのは己の澱んだ心から生まれる悪意で、弘貴に罪はない。

けれども、考えずにはいられないのだ。

なぜ弘貴だけが、こんなにも恵まれているのか。

同じ顔、同じ声、同じ時間に生まれておきながら、母が気まぐれに弘貴を養父の和貴に託しただけで、こうも運命というのは分かれるものなのか!?

「とにかく、あのウォルターって奴とはつき合わないほうがいいよ！　きっと、泰貴に酷い真似するもの」

「……ああ、そうだね。これからは気をつけるよ」

「うん」

「ごめんね、弘貴。怖い目に遭わせてしまった」

まったく感情の籠もらぬ声で言ってしまったが、弘貴は気にしていないようだ。

「いいよ、泰貴が嫌な目に遭うよりずっとましだもの。あの人、泰貴目当てだし」

いっそ、ぶちまけてやりたい。

弘貴が直面した恐ろしい事態は、穢れを知らない無垢な兄を滅茶苦茶にしたくて、この泰貴が仕組んだ計略なのだと。

なのに、弘貴はするりとその陥穽《かんせい》から逃れ、運命にさえも愛されているところを見せつけるのだ。

普段のように泰貴と二人で寝床に潜り込んだ弘貴は、珍しいことに寝つけなかった。

今日は酷い目に遭って驚き戸惑ったけれども、曾我に救われた喜びですべてが帳消しになり、一日の記憶は薔薇色に塗り替えられてしまった。

曾我にはそれだけの魔法を起こす力があるのだ。

曾我さん、か。

曾我……曾我、下の名前は何だろう？

焦っていてそこまで聞けなかったのが、弘貴にはひどく心残りだった。都電の中で名前を聞きそびれたと思い出したのだが、帰宅がこれ以上遅れるわけにはいかず、引き返して曾我に質問をすることは不可能だった。

どうしてか、胸のどきどきがまだ治まらない。

こんな思いをするのは、初めてだった。

「ねえ、泰貴」

「……なに」

「心配かけて、ごめんね」

電灯を消した今、窓から射《さ》し込む頼りない星明りだけが、二人の部屋を照らし出す。

「心配？」

泰貴の表情はよく見えなかったけれど、声色から彼の心境が朗らかでないのだけは判断ができた。

「うん、頼りない兄さんで、恥ずかしいだろ？」

「恥ずかしいなんて……」

やけに歯切れ悪い口調の泰貴は、それきり黙り込んでしまう。

その反応に、弘貴ははっとした。

利発な泰貴は決して他人に隙を見せたりしないし、弘貴みたいな少年が襲われる理由なんて、おそらく想像もつかないのだろう。

博識の泰貴にもわからないことがあるのかと弘貴は嬉しくなり、得意げな顔で口を開いた。

「僕も……知らなかったもの。男同士でもできるんだね」

「――は？」

「僕に襲いかかったのって、そういうことだ……と思う、から……」

子細はわからないが、襲われたからには自分にも女性の代わりはできるに違いない。

「…………」

「ご、ごめん、変なこと言って。泰貴も知らないよね」

もしかしたら自分は誤った、変な台詞を口走っているのかもしれない。苦笑して話を打ち切ろうとした弘貴に、意外な返答があった。

「知ってるに決まってるだろ。おれたちが普段してるのは、その前哨戦《ぜんしょう》みたいなものだ」

「そ、そうだったの!?」

愕然とした弘貴は声を上擦らせたが、泰貴の返答には揺らぎなどなかった。

「弘貴、おまえは清澗寺の血筋だ。男を悦ばせるなんてわけないし、狙われてもおかしくないよ」

「だって、今まで一度もそんなことなかったよ」

「……それは」

泰貴は一瞬言葉を切り、それから「大人になったって話だろ」と続けた。

「知らなかった……」

ぽかんとする弘貴に、泰貴は炯々《けいけい》と光る目を向けてくる。

まるで肉食獣のように、獰猛《どうもう》な瞳だった。

その目で射貫くように見つめられると、動けなくなってしまうのだ。

「――――教えてあげようか」

やけに冷えた声が、弘貴の鼓膜を震わせた。

「え？」

「男同士のやり方」

「泰貴、知ってるの？」

「ああ」

　さすが泰貴は何でも知ってるのだと、弘貴は更なる驚駭《きょうがい》に打たれた。

　新しい知識を得るのは喜ばしいものの、そんなことを習ってしまっていいのだろうか。

　弘貴の逡巡《しゅんじゅん》をどう受け取ったのか、身を起こした泰貴は寝台の上で躙《にじ》り寄り、弘貴の肩を摑んだ。思いがけない力強さに拒絶するいとまもなく、弘貴は泰貴にのしかかられた。胸に他者の重みが負荷としてかかり、自然と弘貴は顔を歪めた。

「ここに挿れるんだ」

　泰貴は弘貴の腿をその膝で強引に割り、布越しに肉づきの薄い尻をなぞった。

「ひゃっ！」

「わかるか？」

「挿れるって、何を？」

　ここに何かを挿れるなんて、信じられない。泰貴は自分を担いでいるのだ。そうに決まっている。

　目を白黒させる弘貴を見下ろし、泰貴はこれ見よがしなため息をついた。

「男っていうのは、好きな相手の中に挿れたくなるんだよ。相手と繫がったり、子供を作ったりするために」

「う、うん」

　好き……それって、恋のことか。

「でも、万が一男を好きになったら、どっちかが受け止めなくちゃいけないだろ？　そのとき尻を使うんだよ」

「へえ……」

　理路整然とした説明に、弘貴は目を丸くした。

　泰貴に下着越しにそこをさすられ、くすぐったさに弘貴が声を上げて笑いだすと、彼は「しっ」と鋭く囁いた。

「おまえは素質があるはずなんだ、弘貴」

「素質……？」

「さっき、清潤寺の血筋だって言ったろ？　寝間着を脱いで楽にしてろよ」

　疲れていても好奇心に抗えなかったし、曾我の顔を思い描くと、逆らう気力も削《そ》がれてしまう。

「でも、どうやるの？」

「こうするんだ」

暫くやわやわと尻を揉んでいた泰貴は、不意に弘貴の下着を脱がせた。彼は一度指を舐《な》めて湿らせてから、無遠慮にそこに差し入れる。

「あっ！」

「入るの、わかるか……？」

「わかる、けど、気持ち悪い……！」

「まだ先っぽしか挿れてないよ。我慢して」

「やだっ……挿れないで……」

「大丈夫だよ、弘貴。慣れると快《よ》くなるんだ」

泰貴はその快さを知っているのだろうか？

そんな疑問が脳裏で明滅し、そして消えていく。生じては消える泡沫《うたかた》のように。

「痛い、痛い……痛いっ」

「だめ。関節が一つしか入ってないよ」

「でも、痛い……」

大粒の涙が零れてきて、弘貴は目をぎゅっと閉じる。がちがちに躰を強張らせて全身で拒絶を示す弘貴に閉口したらしく、泰貴は唐突に指を引き抜いた。

「わかったよ」

体内の異物が排されると呼吸が楽になり、耳鳴りがやむ。

「今度から、少しずつ慣らしてあげるよ」

「……？」

「尻。使えたほうがいいだろ？」

意味はわかるが、泰貴がなぜそんな奇妙な提案をしてくるのかが理解できなかった。自分が抱く曾我への好意を、見抜かれてしまったのだろうか。

しかし、先ほどもその話題はすぐに流れたし、気づかれる余地はないはずだ。

「けど」

「任せておけよ、おれに」

爛々《らんらん》と光る肉食獣の目が、自分を捕らえる。

だめだ、と直感した。

ここから先は、今の弘貴には踏み込んではならない領域だ。

好きな人とする、特別なことのはずだから。

そう思った途端に、曾我の顔が脳裏に浮かぶ。

――もしかして。もしかして、この気持ちは……。

「弘貴、いいだろ？」

「待って、泰貴。僕、そういうの……そういうのは好きな人としたい」

我に返った弘貴がきっぱりと決意を口にすると、泰貴は戸惑ったように手を止めた。

「……おまえはおれを嫌いなのか？」

「そうじゃないけど……」

上手く言葉にできない弘貴を、泰貴は冷えた目で睥睨《へいげい》した。

「まだ、心の準備ができていないんだ」

「……そうか」

つい誤魔化してしまったものの、泰貴は深追いせずに躰を離した。

「でも、よかった。男の人でもいいんだってわかって。男の人を好きになったら、どうするのかなって思ってたんだ」

泰貴が何かを言いたげな顔をしてこちらを見やったが、すぐに首を振った。

「おやすみ」

「うん、おやすみ、泰貴」

弘貴は自分の寝間着を直すと、珍しく先に寝息を立て始めた泰貴の顔をじっと見つめる。

「あのね」

もう返事はなかったが、それは好都合だと、弘貴は眠ってしまった泰貴に向けて話しかけた。

「好きな人、できたみたい……」

やっと、わかった。

たぶんこれは、そういう種類の感情だ。

どんな多くの水を浴びせても決して消えたりしない、激しく燃え盛る焔《ほのお》のように熱いものだった。

10

垂れ込める分厚い雲は、光さえも通さない。

外套の襟を立てて歩いていると、寒さのせいかよけいに惨めな気持ちに輪がかかった。以前から比べると信じられないような、高価な外套を学生服の上に身につけているのに心は寒く、隙間風が吹き抜けていくようだ。

「くそっ」

学校帰りの泰貴《やすたか》が苛立ち紛《まぎ》れに電柱を蹴りつけると、「どうしたんだ？」とすぐ後ろを歩いていた瑞《みず》沢《さわ》が呆れ顔で尋ねてきた。

「……べつに」

弘貴《ひろたか》の第一の信奉者に、彼がどれほど純美かを話したところで同意しか返ってこないだろうし、それではますます胸くそが悪くなるだけだ。

泰貴と躰を重ねるくせに、瑞沢は未だに弘貴を神聖視しているのは垣間見えた。泰貴を抱く世俗の快楽に溺れているがゆえに、よけいに、弘貴が崇高なものだと錯誤するのかもしれない。

肉体など、道具ではないか。無垢さも清廉さもないほうが楽になれるのに、なぜ瑞沢も弘貴もそれに気づかないのだろう。

「そういえばさ」

遠慮がちに切り出した瑞沢に、「なに」と泰貴はぶっきらぼうに返す。

「弘貴君の話だけど」

案の定、弘貴について持ち出されて、そうでなくともささくれだって過敏になっていた泰貴の心は、ますます逆撫でされる。

「何だよ、弘貴ならこんなふうに八つ当たりをしないって言いたいのか？」

自嘲《じちょう》気味に泰貴が問うと、瑞沢はどういう意味だと言いたげに、肩を竦めた。

「そうじゃなくて、最近、何かあったのか？」

「え……？」

どういう意味なのかと、泰貴は目を瞠った。

「最近ちょっと懶《ものう》げになったっていうか、憂鬱そうで。それが妙に色っぽいから……今日も君を置いてさっさと帰っただろう？」

「腹でも痛かったんじゃないの？　君、弘貴に鞍替えしたいなら、すれば？」

「友達として心配なんだ、君たち兄弟が」

瑞沢の真摯《しんし》な言葉に、泰貴はふと足を止めて彼を見やる。その目に宿る光はあたたかく優しいが、それは自分に向けられるべきものではない。

何もかもが、弘貴のものなのだと。

「もしかしたら、喧嘩したんじゃないかと思って。思い過ごしだといいんだけどね」

瑞沢はどこか淋しげに笑った。

こういうときでさえも、瑞沢はどこか上品で、育ちのよさを隠さない。どいつもこいつも、お坊ちゃんばかりで反吐《へど》が出る。

「喧嘩をした覚えはないし、喧嘩するような仲でもないよ」

「じゃあ……」

「弘貴も一緒じゃ、おれとはできないだろ？　あいつがいないのは好都合じゃないか」

「……そうだけど、やっぱり心配だよ」

尖った言葉をぶつけられて困惑する様子の瑞沢に、わけもなく腹を立ててしまうのは、結局は泰貴が弘貴を僻んでいるからだ。

今、目の前にいる自分では何が不足なのか。皆はどうして、弘貴ばかりを案じるのだろう？

美しい友人を躰で籠絡《ろうらく》して自分の騎士にしたつもりなのに、彼はまだ弘貴を思っている。

瑞沢を焚きつけて、弘貴を犯せと言わなかっただけでも感謝してほしかった。

「それに、もし弘貴君が変わるとしたら、どんな相手が変えるのかなって思ったんだ」

「さあね。——もういいだろう、弘貴については。あいつはおれにも何も言わないんだ」

「……そうか」

これ以上会話をすれば瑞沢に喧嘩を売りかねないと、泰貴は自発的に会話を打ち切った。

少なくとも、弘貴を変えたのは自分ではないし、無論、ウォルターなどでもないはずだ。

では、誰だろう。

噂の曾我《そが》とやらではないかとも思ったが、いくら何でも彼と弘貴とでは天地ほどの開きがある境涯だ。年齢もだいぶ年上のはずだし、弘貴が相手に関心を持つとは思えなかった。

できるなら、どろどろになるまで彼を穢し尽くしてやりたい。弘貴をこれ以上ないほどに傷つけ、絶望の深淵に叩き込んでやりたいのに、自分には何もできない虚しさ。その苛立ちが、泰貴を四六時中苦しめる。息をするのさえ、苦しくてならなかった。

「おい」

「…………」

「おいってば」

やや乱暴に右手を摑まれ、それを反射的に解いた泰貴は、はっと顔を上げた。

「気乗りしないのなら、家まで送ろうか」

「優しいんだ」

「僕はいつも優しいよ」

「ふうん」

泰貴は唇を綻ばせ、逆に彼の手首を摑んだ。その耳許に素早く口を寄せ、吐息混じりに「したいに決まってる」と耳打ちする。

途端に彼は耳許を染め、照れたように破顔した。

本当に、人間なんて馬鹿馬鹿しいくらいに単純だ。

「このあいだの華族のリスト、すごくいい出来だって褒められたしね」

「よかったよ、君の手助けができて」

先祖伝来の古美術の名品を金に換えたがっている華族のリスト作成をするにあたって、泰貴は弘貴だけでなく瑞沢にも手伝わせることにした。何も聞かずに協力してくれた瑞沢のおかげで、泰貴が作るリストには、彼らがどのような名作を持っているか、家族構成や貧苦の具合まで明記されるようになり、米兵には好評だった。

見事に売買が成立したときにはもっと礼金を弾んでほしいくらいだが、米兵相手にそこまで強気になれなかった。

浮浪児仲間たちには変わらずに華族たちの調査をしてもらっているが、それには金が必要だ。

とはいえ、売春の斡旋は己の声望に傷をつけかねない割には実入りが少ないので、弘貴の件以外は実行しなかった。あのあとはウォルターも懲りたらしく、泰貴には近づかない。

ともあれ商売の才覚を磨いておくのは無駄ではないはずだ。

いずれは自分こそが、あの清潤寺《せいかんじ》家を乗っ取るのだから。

そのためにも、弘貴には更なる堕落が必要だ。

これまでのやり方では手ぬるいし、もっと適任はいないだろうか。

瑞沢と会話を繰り広げながらも、泰貴が考えているのはまるで別のことだ。瑞沢が尊んでやまない弘貴の心身を無慙《むざん》に蹂躙《じゅうりん》するための計略だとは、よもや瑞沢も思うまい。

心に関しては泰貴がじわじわ蝕《むしば》めばいいが、肉体に関しては慎重な人選が望ましい。

多少弘貴に抗われても強引に計画を運べる人物。

あるいは、こちらの口車に乗せられて、弘貴を犯してくれる相手。

学習院《がくしゅういん》の教師たちでは到底無理だし、もっと手近で自分たちに親しい存在がいい。

ならば、藤城《ふじしろ》はどうだろう？

「！」

だめだ。あの人だけは、絶対に……！

自分の脳裏に浮かんだ名前を、泰貴は瞬時に消去した。

「ど、どうしたんだ？」

「何でもないよ」

いったい何を動揺しているのだろう。

これではまるで、自分が藤城に執着しているみたいではないか。

そんなわけがなかった。

あの人は男だ。自分は男に抱かれるのを嫌忌し、憎んですらいるのに、同性に惹かれるわけがない。

ただ、藤城は特別なのだ。

濁った心に時折満ちる涼しい風。

それを運んでくれる藤城を特別と名づける以外、泰貴に道はなかった。


微かに聞こえてくるヴァイオリンの旋律。

ＧＨＱが接収した洋館に出入りする人々は、正装か連合軍の軍服姿で、泰貴は緊張から手に汗が滲むのをまざまざと感じる。

「おじい様、ありがとうございます」

明るく礼を告げる弘貴に、車を降りた伏見《ふしみ》はにこやかに笑った。

クリスマスのあと、泰貴は伏見がかつて政界で暗躍した実力者だと知った。なるほど、この謎めいた老人にかかれば泰貴など赤子のようなものだろう。

「なに、社会勉強になるのならいいんだよ」

「なると思います、すごく」

「可愛い孫の頼みだからな」

伏見は相好を崩し、車窓に向かって身を屈めた。

「冬貴《ふゆき》、少し待てるな？」

「少しならな」

自動車に乗った祖父は降りるつもりなど毛頭ないらしく、後部座席で怠《だる》そうに息をつく。

「おじい様をお借りしますね」

「ん」

ちらりと孫たちに視線を投げる冬貴の目つきの艶やかさに、泰貴はどきりとする。闇ゆえに子細が見えないのがかえって彼の麗容を引き立て、泰貴は背筋が冷たくなるのをまざまざと感じた。

「さて、行こうか。夜会は久しぶりだな」

「僕たち、初めてです！」

弘貴が声を弾ませる。

「だろうな。こういうパーティもそろそろできなくなる。いい経験だ」

「え？」

「時代が変わるという意味だ」

伏見はさらりと言ってのけると、玄関ホールに設《しつら》えられた受付で係に挨拶をし、大広間へ続く廊下を先導する。洋館は壁や柱にごてごてと見苦しくペンキが塗られ、見る影もない。電球の光が家全体を無機的に照らし出し、趣味の悪さを多少なりとも和らげているのが不幸中の幸いのようだ。

「依頼は和貴《かずたか》君に見つからないように夜会に潜り込む、だったな。上手くやりたまえ。世間を渡る才覚もそろそろ身につけていい頃だ」

「はい」

当初は華族の集会に潜り込んで名前と顔を売る目算だったが、気が変わった。父も同じパーティに出席するのに気づき、弘貴をあえて誘ったのだ。

自分の想像が間違いでなければ、彼はいかにも清潤寺らしいやり方で、ＧＨＱの高官たちと相対しているはずだ。

このあたりで、そろそろ弘貴に清潤寺家の本質を教えてやる。

心をじっくりと踏み躙ってから、肉の悦楽を改めて教え込めばいいのだ。心の隙間を埋めるために、弘貴はきっと快楽にのめり込むに違いない。

「僕、あっちを見てくるね」

「弘貴！」

以前の闇市でのようにまたも好奇心に駆られて走りだした弘貴を追いかけようとする泰貴に、伏見が「待ちたまえ」と呼びかけた。

「え？」

泰貴が恐る恐る振り返ると、伏見は慈愛に満ちた瞳を向ける。自分にそんな温厚な視線を与えられる理由がわからず、かえって泰貴は怯んだ。

夜会の喧噪が、一気に遠のいていくようだ。

「あの……」

「清潤寺家で生きるのは苦しいだろう？」

意外な言葉に、泰貴は目を見開く。

気のせいかもしれないが、伏見の声が優しさを帯び、心がわずかに和んだ。伏見だけは泰貴を見守り、真摯な愛情を注いでくれるような——そんな錯覚を抱きそうになる。

「あまり弘貴君に振り回されないほうがいい。双子であっても、それぞれに生きる道は違う。君には君の生き方がある。それを忘れてはいけない」

「……はい」

伏見が何を警告したいのかが正確にはわからないものの、泰貴は生返事で頷く。

「苦しいだろうが、誰もが通る道だよ。だけど、君は乗り越えなくてはならない」

胸に響く声だった。

「――ここに私がいるとどうしても目立ってしまうし、道案内はここまでだ。和貴君の姿を目に焼きつけておくといい」

泰貴の思惑など、お見通しだったわけか。

優しい忠告のあとに聞かされた言葉に、背筋が凍るようだった。

やはりこの老人は、底知れないものがある。

「では、おやすみ」

にこやかに笑った伏見は優雅に身を翻し、玄関へと向かう。それを暫し呆然と見送っていたが、泰貴は我に返った。弘貴の姿を捜し、失態を犯す前に思いどおりにコントロールしなくてはいけない。

私的な催しのおかげか少年少女の姿もあり、悪目立ちせずに済みそうだが、油断してはいられない。さっさと用事を済ませ、退散すべきだろう。

「弘貴」

――いた。

正装に身を包む彼は、すっかり夜会に馴染んでいた。飲み物のグラスを受け取る仕種も優美で、育ちのよさを実感してしまう。

「あ、泰貴」

「勝手に動いちゃだめだって言ったじゃないか！」

泰貴は低い声で、弘貴を叱責《しっせき》する。

「そうなんだけど、面白そうで」

「いいから行こう、どこかに父さんがいる」

「うん」

暫く二人で連れ立って和貴を探していると、「清澗寺伯爵がいたぜ」との台詞が飛び込んできて、自ずと足が止まった。

「バルコニーにいたが、相変わらずお盛んだ。国辱にならねばよいがな」

その言葉を聞き、弘貴がぴくりと肩を震わせる。噂をしているのは、しわくちゃの老人たちだ。

「おかげで清潤寺家は安泰、さすが、あの家の人間は恥を知らない」

「今はＧＨＱの男妾《おとこめかけ》……いやはや、いくつになっても色仕掛けが通用するのは羨ましいですなあ」

「まったくだ」

羨望ではなく侮蔑を多分に含んだ物言いに、弘貴は首を傾げている。案の定、彼は自分の敬愛する父親の真の姿を知らないのだ。

「バルコニーだって。聞こえたろ？」

下手な説明よりは実物を見せたほうが早いし、その分深々と弘貴を傷つけられるはずだ。

「外から回り込もう」

「うん」

気を取り直したらしく、弘貴が明るく同意した。


外気はまだ冷えており、長く外にいると風邪でも引きかねない。この気温では外に出ているものはあまりおらず、室内の目映《まばゆ》い光を背に立つ和貴の影が、バルコニーに仄《ほの》かに浮かび上がっていた。

「弘貴、静かに」

「ん」

泰貴は己の唇に指をあてて、もう少しバルコニーに近づくように促す。建物にほど近い常緑樹の茂みに隠れると、英語で言葉を交わす二人の声が聞こえてきた。室内からの光のおかげで、和貴の横顔も仄かに確認できる。

「和貴、あなたの美しさはまさに東洋の神秘だ。日本人は歳を取らないと言われるが、あなたはとりわけ不思議な存在だな」

相手の顔は見えないが、その威厳のある話しぶりから、相当の高官なのは察することができた。

「その膚に、触れたくなる。まるで象牙のようだ」

「ふふ、やめてください……触らないお約束です」

和貴の甘い発音が、鼓膜を擽る。

彼らの英語は難しくところどころ理解しかねたが、仕事の話をしているわけではないようだ。

「それに、あなたを愉しませる者は、少なくないでしょう？」

「いいや、君こそが私を惹きつけるんだ」

「光栄です」

呆れたことにそれは男女の駆け引きと大差ない。弘貴はというと、惚けたように和貴たちのやりとりを眺めていた。

「さて、こうして夜会にまで来たからには、何かお願いがあるのだろう？」

「おわかりになりますか？」

「君がこうして話しかけてくるのは、何か特別な事情があるときだ。政策についてかい」

和貴は特に答えなかったが、それはイエスなのだろう。男がふと息をつく気配がした。

「まったく、私は君のおねだりには弱いようだ。君の周りは、そういう男ばかりなのだろうね」

「べつに、そういう方ばかり集めたつもりはないのですが……」

「集まるべくして集まったわけか」

かつんと靴音が響き、男が一歩和貴に近寄るのが影の動きでわかる。

「続きを部屋でゆっくり聞きたいのだが、今夜は時間があるかい？」

「勿論です」

彼らが室内に立ち去るのを見守り、泰貴は詰めていた息を長々と吐き出した。

漸く背後を顧みると、案の定、弘貴は魂でも抜かれたようにそれを見守っている。

「弘貴？」

「あ……ごめん、びっくりしちゃって」

だろうな、と泰貴は口許に皮肉な笑みを浮かべるが、白々しく聞いてやった。

「びっくりしたって、何が？」

「父様、綺麗なんだもん。英語も流暢《りゅうちょう》で、驚いちゃった！」

まるで見当違いの台詞を言ってのけた弘貴は、昂奮から目許を朱に染めている。

「それだけか？」

「え？　うん」

二の句を継げない泰貴をよそに、弘貴はのんびりと口を開いた。

「今から中に入ると鉢合わせちゃうかな？　でも寒いよね」

彼は言うなりくしゃみを一つする。

「さ、行こう」

珍しく強引な弘貴に引き摺られるように、泰貴は室内に戻った。


階下の柱時計が二回鳴り、静かな邸内に響き渡るかのようだ。

「父様、今日は随分遅かったね」

弘貴は寝台でぱたんと寝返りを打ち、それまで背を向けていた泰貴を見やった。

初めて夜会に足を運び、お互いに昂奮して疲れ切っているはずだった。なのに、心の昂りのせいか、眠気はいっこうに訪れない。

泰貴も同じく眠れないようで、目が爛々と光っているような気がした。

時々、彼はこういう目をする。

冷たくあやしい、凍てついたような瞳を。

「――あれって、どういう意味なのかな？」

ずっと考えていた言葉を口にすると、泰貴が不意に身動《みじろ》ぎをした。

「ん？」

「GHQの男妾って言ってたよ。あれって、意味、わかる？」

「それは……」

男妾とは男の愛人という意味だけど、弘貴の理解の範囲はその字面だけの問題だ。

いくら弘貴でも、父の噂をしていた連中の口調が悪《あ》し様《ざま》なのには気づいていた。

家族なのだから、もっと父のことを知りたい。なぜ彼が身を粉にして働くのか、その事情を知りたかった。

「やっぱり、聞いてくる」

「な、何を？」

「今日のこと」

もしかしたら、父は清潤寺家に有利になるように卑劣な頼み事をしているのかもしれない。あるいは、何か苦境に追いやられているのかもしれない。ならば、それを見過ごしているわけにはいかない。

今こそ、父の苦労を分かち合えるような大人になりたかった。

曾我《そが》にだって子供だとさんざん言われたばかりじゃないか。

曾我のことを思い出すと、胸の奥がざわめく。

その波を堪えて、弘貴はひとまず決意を固めた。

「泰貴は待ってて」

寝台から滑り下りた弘貴は、ひたひたと裸足《はだし》で部屋を横切る。弘貴の背後から、無言で泰貴がついてくる気配がした。

一人では怖かったので、心の片隅でほっとする。

和貴の部屋の扉の隙間からは、薄い光が漏れている。よかった、まだ起きているのだ。

そこから話し声が聞こえ、弘貴は安堵とともに扉をノックしようとした。

「……ッ……」

室内から聞こえるのは、一種緊迫したような、異様な息遣いだった。

いったい、何だ？

ノックする気力を削がれた弘貴は、躊躇ってからわずかに扉を押す。すると、その隙間から寝台に腰を下ろす深沢《ふかざわ》の姿が真っ先に見えた。深夜なのに深沢はまだ着替えておらず、常日頃と変わらぬ、ぴしりとした格好だった。

だが、深沢は一人ではなかった。

——嘘……。

信じられなかった。

あろうことか、全裸の和貴が深沢の前に跪《ひざまず》き、男の下腹部に顔を埋めていたのだ。

驚愕に一歩後退る弘貴の背を、泰貴がそっと抱き留める。
「ん、んっ……んむぅ……」
苦しげな息を漏らしつつ和貴は、何かを舐《ねぶ》ってい
る。いや、何かではなくて――深沢の肉茎《にくけい》だ。
そんな汚い行為を平気でしているなんて、和貴は
頭がおかしくなったのだろうか。
恐怖に心臓が震える。早くここから立ち去らなく
ては。自分が目にしているのは、とんでもない光景
だ。それが、わかるのに……。
「これはお仕置きなのに、そんなに美味しそうに頬
張ってどうするんです？」
「だって、美味しい…すき、深沢……」
吐息混じりの声で、和貴がうっとりと訴える。そ
の点からも、父がこの行為を強要されているわけで
はないのは明白だった。
「好き……」
好きという言葉を聞いて、深沢の目が微かに和ん
だような気がした。
和貴は息子たちに覗かれている事実などまるで気
づかずに、陶然とその行為に熱中している。
室内から外に向けて流れ出す空気は、独特の匂い
を孕み、蒸れたように熱い。
「…もう、呑ませて……」
「いいえ。お仕置きですから」
深沢は冷淡に告げ、「こちらへ」と和貴を強引に
寝台に引き上げる。彼は和貴の細身の肢体を褥《しとね》に横
たえ、戸口に頭を向けさせた。深沢は彼の腰を摑む
と、無造作に自分の腰を押しつける。
「…ーっ…！」
和貴の躰が震え、彼の唇から悲鳴が漏れた。
貫かれたのだと、直感した。
「や、だ……やだ、やめて…っ……」
台詞では父が嫌がっていると理解できるのに、弘
貴は一歩たりとも動けない。
「私に黙って夜会に行ったのはまだしも、彼ら相手
に何をしたんです？　素直に白状するまでは許しま
せんよ？」
「なに、も…ッ…」

だって、その声は悲痛なくせにとても甘い。

切れ切れに聞こえる父の声に含まれるものの、その正体を自分は本能的に知っている。

——色香というものだ。

「匂わせるだけで逃げたのであれば、ますます厄介なことになる。餌はほかにいくらでもいるのに、あなたが出ていく必要はないはずですよ」

冷淡に言ってのけた深沢が、いきなり激しく躰を前後に揺すった。

「あぁっ！」

ベッドが軋むほどに突かれて、和貴が顎を跳ね上げた。喉から鎖骨にかけての線の艶やかさに、弘貴は暫《しば》し見惚《みほ》れる。

「…待っ…て、…」

「どうかしましたか？」

「ドア……」

どきりとした。

動きを止めた深沢が、冷酷な調子で笑う。

「ああ、開いてますね。ですが、あなたの可愛いお子さんたちは寝ていますよ」

明るい室内からでは、真っ暗な廊下の様子は見えないのだろう。それでも、いけない真似をしている緊張に、膝が震えて力が入らない。

「で、でも、いやだ……閉めて」

「ご子息を起こしたくないのなら、口を噤んでなさい」

深沢の息は幾分乱れていたものの、和貴に比べれば遥《はる》かに冷静だった。

「だめ、あっ…、よせ…ッ……」

ぐるりと腰を回すように動かされ、和貴が悲鳴を上げる。

「辱められて、感じているくせに？　説得力が欠片もありませんよ？」

「やめ、…、いいっ…ああ……」

「嫌なのにいいんですね？　清澗寺家の当主はいくつになっても淫乱というわけだ。——さあ、種付けをおねだりなさい」

助けたほうがいいのか。それとも、これは父と深

沢にとって必要な営みなのか。

喉が渇き、指先が痺《しび》れる。疼きが全身に広がっていく。

「行こう」と耳打ちとともにぐっと後ろから服を引かれ、弘貴は我に返った。

あたかもその場に根を張ったように足が動かなかったが、とにかく歩きださなくてはいけないと、弘貴は無言で首肯した。

泰貴に引き摺られるようにして自室に戻ってきた弘貴は、口も利けなかった。

「わかっただろ？」

寝台に腰を下ろした弘貴の前に直立し、冷えた口調で泰貴が切り出した。

「な、何を？」

「あれがおまえの大好きな、父さんの正体だよ！今までずっと、ああやって深沢さんに抱かれてたんだ。おまえがウォルターにされそうになったことと、おんなじだ。父さんの場合は悦んでるんだから、よけいにたちが悪い」

泰貴が父を詰《なじ》っているのだと気づくまで、少し間が必要だった。

「おまえは父さんに騙されてたんだよ。深沢さんが自分の愛人だなんて言わなかったはずだ」

義理の兄弟ではなく、愛人。

突然、その言葉が重い意味を持って胸に迫ってきた。

「深沢さんだけじゃない。父さんは清澗寺家に有利になるように、ああやって男に脚を開いてる。GHQの男妾って言われるのも当然だろ！」

足の裏からじわじわと冷えが這い上っていったが、それを感知するのさえも億劫《おっくう》だった。

これまで自分が目にしてきたものは、すべてが偽りだったのだ。

和貴と深沢の関係は、友情の延長だと思っていた。そこにあんないやらしいものがあるなんて、知らなかった。和貴は一度たりとも、そんなことを匂わせなかったじゃないか。

いや、それはいいのだ。

和貴は今まで、自分にとってよき父親で、また、彼は努めてそうであろうとしてくれた。

けれども、今夜、それだけではないと知ってしまった。

和貴は、父である前に生身の男だった。

深沢に組み敷かれて身悶《みもだ》える和貴に、普段の理知的な美しさは欠片もなかった。男の股座《またぐら》に顔を埋めて奉仕に耽る姿も、品位なんてどこにもなくて。

なのに、泣きながら哀願する彼はとても綺麗で、どうあっても目を離せなかったのだ。


眩《まぶ》しい朝の陽射《ひざ》しが、瞼《まぶた》を刺すようだ。

「ん……あ、おはよう」

目を覚ました泰貴が身を起こすと、寝間着のまま寝台に腰を下ろしていた弘貴はゆっくりと振り返る。

「おはよう、泰貴」

「弘貴、寝てないのか？」

案の定、弘貴は昨日のできごとが相当衝撃的なものだったようだ。まるで兎《うさぎ》のように真っ赤な目をしており、彼の顕著な動揺ぶりを心中で嘲笑《あざわら》う。

せいぜい傷つけばいいのだ。

実際、二人の関係を知っていた泰貴でさえも、いざ深沢に責められる和貴を目にしてしまうと、その淫らさに動揺した。

雪膚《せっぷ》を艶めかしく上気させ、汗みずくになってあえかな声で喘ぐ和貴は色めき、春画も斯くやという卑猥さだった。

「いろいろ考えてたら眠れなくなっちゃった」

「目が真っ赤だ。そんな顔で父さんに会ったら、心配されるよ」

わかっていて和貴の情報を混ぜてやると、弘貴はぴくりと肩を跳ね上げた。

「幻滅したんだろ？　可哀想に」

「幻滅？」

同情を演じようにも、つい口調に皮肉が籠もってしまう。

「父さんはおまえを、騙してたんだ。ずっとあんな浅ましい関係を続けてたのに、おまえには教えなかったんだからな」

「………」

弘貴は俯き、視線を足許《あしもと》に落としている。

「それに、おかしいだろ」

「おかしいって？」

「あんなふうにいたぶられてたくせに、気持ちよさそうだったじゃないか。いいって泣いてて……普通じゃないよ。父さんは変なんだ」

ここで色狂いの淫乱との言葉を出さなかったのは、泰貴なりのささやかな配慮だった。

いや、それだけではない。

養父を罵る言葉は、すべて泰貴に跳ね返ってくる。それがわかっていたから、怖かったのだ。

「でも、綺麗だった」

予想外の答えに、泰貴は眉を顰めた。

「何だって？」

「父様は綺麗だったよ。それに、直巳さんを好きだって言ってた」

何を言っているんだ……？

泰貴は弘貴の言葉を理解できず、目を見開く。

「相手は男だろ!?　男同士だぞ！」

「そんなのどっちだっていいよ。好きになったら関係ないもの」

啞然とした。

二人の媾合《こうごう》を見れば純粋培養の弘貴がどれほど傷つくか、見物だと思っていた。和貴は明らかにただの色狂いだ。常軌を逸し、まともではない。

なのに、弘貴はそれすら受け容れている。

自分は彼を、見誤っていたのか。

やはり弘貴は、この異郷の住人だ。清澗寺という澱んだ世界に芯から馴染んでいる。この世界を気味が悪いと思っている泰貴とはまるで違うのだ。

「見ればわかるだろ！　父さんは色狂いなんだ！」

だが、泰貴は往生際悪く弘貴に詰め寄った。

「色狂い……？」

「あんなふうに男を咥《くわ》え込んでよがるなんて、変じゃないか！」

昂奮した泰貴は、糾弾の言葉を次々投げつける。

「父様を悪く言わないでよ、泰貴」

「え……」

「今まで、どうして直巳さんが養子になったのか知らなかったけど、当たり前だよね。好きだから一緒にいたかったんだ」

「だっておまえを」

「僕が子供だから、きっとびっくりするって思ってたんだよ」

畳みかけようとしても、逆に跳ね返される。

そんなわけがない。

「僕、あれくらいで父様と直巳さんを嫌いになれないよ。泰貴は、嫌いになった？」

善意と愛情に溢れるまなざしを向けられれば、それ以上否定するのは難しかった。ここで殊更和貴を悪《あ》し様《ざま》に罵れば、互いの関係は悪化の一途を辿る。

弘貴の転落を導く計画がある以上は、彼が自分の制御を離れてしまうのは得策ではなかった。

「……いや」

「よかった！　昨日のこと、父様に内緒にしようね」

悔しさを押し隠し、泰貴は黙り込んだ。

「僕、先に下に行ってるね」

「ああ、すぐに行くよ」

一人になった泰貴はかっとなり、制服の上着を床に叩きつけた。

畜生。

あんな状況を見せられれば、普通はもっと悩むはずだ。なのに、その予想を覆し、弘貴は一晩であっさり立ち直ってしまった。

どんなに腐っていても、醜くても、弘貴にとって愛は愛なのだ。

和貴と弘貴のあいだには、泰貴には決して入り込めない絆がある。

それこそが、愛情だ。

自分に足りないものが何か、泰貴にはやっとわかった。

神戸《こうべ》で家族と生き別れになってから、泰貴が衝き動かされたように動き続け、何かを求め続けた理由。

家族も、地位も、金も欲しい。けれども一番欲しいのは、愛だったのだ。

誰かに好かれたい。愛されたい。優しい感情を注ぎ、注がれ、人との繋がりを確かめたい。

そうでなくては干涸《ひか》らびて、からからになってしまう。

だけど、それはこの家の住人には求められないものなのだ。

泰貴は和貴や弘貴を理解し得ないし、逆も同様だ。わかり合えないもの同士で、愛情が芽生えるわけがなかった。

この家の誰もが己の求める愛し方をしてくれないのなら、もう、そんな家族なんていらない。

自暴自棄になる泰貴は、そこでふと自分の机の上にあるものに目を留めた。

『オリバー・ツイスト』だ。

藤城が何を思ってこの書籍を選んだかはわからないが、孤児のオリバーは葬儀屋の徒弟から始まり、盗賊団の一員になったりと様々な境遇に置かれても、それでも善良さを失わずに幸福を摑む物語だ。

泰貴は孤児ではなくとも、気分のうえでは似たようなものだ。何となくオリバーの身の上に自分を重ねると、一気に物語に引き込まれて、かなりの短期間で読んでしまった。

藤城は泰貴を応援するつもりで、善良に生きよとこの物語を選んでくれたのではないか。

そう思うと、弘貴に対してあと一歩を踏み切れず、つい手を緩めてしまう。

もし、藤城が自分に愛情を注いでくれれば、変われるのだろうか。

——何を考えてるんだ。

藤城はただの家庭教師で、自分と彼は教師と生徒だ。そこに過剰な思い入れを期待するなんて、どうかしている。

「泰貴！　遅刻しちゃうよ！」

階下から弘貴に呼ばれ、泰貴は慌てて上着を拾い上げる。そして、今考えたことをすべて頭の片隅に追いやった。

11

「曾我《そが》さん……」

名前を呼ぶ練習とばかりに、弘貴《ひろたか》は目の前にいない相手の名前を舌先に載せる。

三月とはいえ風はまだ冷たく、春の匂いを帯びるには遠い。

新橋《しんばし》の闇市に足を踏み入れるのはこれで五度目で、当初は独特の活気に呑まれてばかりだったが、今ではすっかり慣れてしまっていた。

寒空の下で、人々は板の上に商品を並べて売りさばいている。それらの品物に今日は興味がないので、弘貴は主に人混みを眺めるのに専念した。

曾我は、どこだろう。

「ってーな！」

「あっ」

弘貴が小さく叫ぶのと、向こうからやってきた国民服の男がどら声を張り上げるのは同時だった。

「てめえ、どこ見て歩いてんだよ！」

「ご、ごめんなさいっ」

いかにも柄の悪そうな若者にぶつかってしまい、弘貴はぺこりと頭を下げる。

「特攻帰りの傷が疼いたじゃねえか。開いたらどうするんだよ」

「すみません」

こういうときに、行き交う人々は互いにそしらぬ顔をするものだ。闇市にいるのは自分の生活に必死なものばかりで、厄介ごとには関わらない。

「へえ……坊主、いい外套着てるな。慰謝料にそいつを寄越せよ」

「え」

この外套は、伯父の道貴《みちたか》からの大事な贈り物だ。

「詫《わ》びだろ、詫び」

「ぶつかったのは謝ります。でも、外套を差し上げることはできません」

恐怖を押し殺し、弘貴は若者の双眸《そうぼう》を睨んだ。

本当に傷が開いたならば一大事だが、そこまで辛そうにも見えなかった。

「んだと!? もう一度言ってみろよ」

若者が弘貴の襟首を摑み上げ、密造酒の臭い息を間近で吐きかける。

「おい、そこの」

背後から低い声をかけられて、弘貴は驚きのあまり目を見開いた。

曾我の声だ!

けれども、襟首を摑まれたままでは振り返れない。

「ここで因縁をつけるのはやめてもらおうか」

相変わらず、迫力のある低音だった。

「何だと?」

若者が手を放したおかげでやっと自由になった弘貴が振り向くと、曾我は隻眼を革製の眼帯で隠し、着流しというういつもの風体だ。

「このあたりは関東松田組《かんとうまつだぐみ》のシマだ」

「へえ、なら、おまえは松田組なのかよ?」

馬鹿にしたような言葉とは対照的に、若者の声にじりっとした緊張感が宿るのを感じた。

「違うが、このあたりを任されてる。小競り合いが起きないようにってな」

曾我はどすの利いた声で言うと、相手を真っ向から見据える。隻眼でもこれだけの迫力なのだから、双眼揃えばどんなにか恐ろしいだろう。何の疚《やま》しいところもない弘貴でさえも、震えてしまいそうな眼力だった。

若者はびくりと竦み上がり、無意識なのだろうが、一歩後退する。

呆気なく、勝敗は決した。

睨まれただけで竦んでしまった若者の気の弱さに道行く人々が忍び笑いを漏らし、それに気づいた若者は怒りと羞恥で真っ赤になる。

だが、曾我に飛びかかる度胸はないのだろう。

「覚えてろよ!」

唾を吐き捨て、すごすごと尻尾を巻いて帰る相手の背を見送った曾我は緊張を和らげ、今度は渋い顔で弘貴を見下ろした。

「曾我さん、今日もありがとうございました」

「おまえなあ……わざとじゃねぇだろうな？」

「わざと？　何が？」

弘貴が目を見開いて真っ向から曾我を見つめると、彼は眉間に皺《しわ》を刻んだ。

「……いや、いい」

曾我は毒気を抜かれた顔で面倒臭そうに頭を掻き、ぶっきらぼうな調子で尋ねた。

「今日は何の用だ。また米兵の道案内か？」

「ううん、曾我さんに会いに来たんです」

やっと話ができると思うと、口許が自然と綻び、弘貴はまさしく満面の笑みを浮かべた。

「俺に？」

「はい！」

さも怪訝そうな曾我がどこかおかしくて、弘貴は弾んだ声で続けた。

「このあいだのお礼、言いたくて」

「あんとき礼は言われたし、これ以上おまえが俺に関わる理由はねぇよ」

面倒臭げな口調で曾我は言うものの、弘貴にだって引き下がる理由はない。

「曾我さん、下の名前何ですか？」

「……人の話、聞いてるのか？」

「聞いてます。でも、知りたいから」

「――妙な餓鬼だな、おまえ……」

とうとう曾我は苦笑し、弘貴の頭を乱暴に一撫でし、それから妙な顔になってふいと手を離した。

「それで、下の名前は？」

「教える理由があるかよ。ほら、暗くなる前に帰りな。ここは危ないぞ」

「でも、折角会えたのに」

「心配させるな」

曾我が思いの外優しい顔で言ったので、弘貴は驚きに目を見開く。

ずるい。

険しい顔をされても怖くなんてないのに、優しい顔をされれば逆に怯んでしまう。

「心配って、曾我さんを？」

「俺じゃねぇよ。こんなふわふわな髪しやがって」

言いながら、曾我が弘貴の髪をくしゃくしゃにななるまで撫でた。

「おまえ、あの綺麗な伯爵様によほど可愛がられてるんだろ？　家族を心配させるなよ」

心からの忠告は、とてもあたたかい。

「ありがとうございます」

「何でありがとう、なんだ？」

「父様を心配してくれてるから」

弘貴がにこにこと笑うと、その額を曾我に軽く「馬鹿」と小突かれた。

「おまえがここに来なけりゃ、何もかも丸く収まるだろうが」

「あ、そうか」

「まったく、やってらんねぇな」

さすがに耐えかねたらしく、彼は喉を鳴らして低く笑った。

やっと、笑ってくれた。


それが嬉しいからか、弘貴の心臓は先ほどから変な調子で震えっ放しだ。

どうしよう。誰かの笑顔がこんなに自分を幸せにしてくれるなんて、知らなかった……。

なのに、曾我の次の台詞は冷淡なものだった。

「さっさと帰って、もう二度とここには来るな。この頃、縄張り争いが激しいんだよ」

「縄張り争い？」

「ああ、闇市は儲《もう》かるからな。お国の露店統制が始まって、地元の親分にカスリを払う仕組みができちまった。隙あらば分捕ってものにしてやろうと、あちこちのやくざが虎視眈々《こしたんたん》と狙ってやがる。それでも新橋は松田組がいるからまだましで……いや、おまえに言っても仕方ないか」

今年の二月からは露店を勝手に出せなくなり、それぞれの地域の露天商をやくざの親分がまとめ、面倒を見る枠組みができたと聞く。

だからああいう柄の悪い連中がのさばっているのかと、弘貴は納得した。

「わかりました。用事がなければ来ないけど、あったらまた来ます」

「おまえみたいな坊ちゃんが、闇市にどんな用があるんだよ」

「曾我さんに会いに」

弘貴の言葉に、曾我は露骨に顔をしかめた。

「……じゃあ、俺に会いに来る理由は何だ？」

「それはまだ、言えないけど……」

たぶん、曾我のことを好きなんだと思う。

その証拠に、いつも思ってしまう。

自分を抱き締めてくれるのが曾我だったらどんなにいいか、と。

けれども、いきなり好きだなんて言ったら驚かれてしまうことくらい、弘貴にもわかっている。だから、己の思いの丈を告げても鬱陶しがられないところまで、少しずつ彼に近づきたかった。

「言えないなら、帰りな」

明確な拒絶に、弘貴はしゅんとする。

「買い食いしないで真っ直ぐ帰れよ。いいな？」

「それはわかってますけど……」

曾我のやり方は、中途半端だ。

突き放すのと同時に優しくされれば、弘貴だって希望を持ってしまう。少しでも近づく余地があるのではないかと、儚《はかな》い望みを抱きそうになる。

「兄貴！　兄貴！」

通りの向こうから走ってきて曾我に声をかけたのは、坊主頭の青年だった。

「おう、次郎《じろう》。何だ？」

「ちょっと面倒が……事務所に戻れますか？」

「わかった。——おまえ、とにかく帰れよ。駅はあっちだ」

「…はい」

弘貴は素直に頷いたけれども、事務所という言葉を聞き逃さなかった。

この機会を逃してはなるものか。

幸い曾我は上背があって目立つし、少々距離が開いても尾行は可能だろう。

次郎と話しつつ人混みに足を踏み出した曾我の背

を、少し遅れて弘貴は追いかける。

ところが。

「あっ！」

目の前で着物姿の老人が倒れ、弘貴は思わず声を上げた。

「大丈夫ですか？　しっかりしてください！」

骨と皮だけになった老人を抱き起こしたものの、脂汗を浮かべるばかりで意識はないようだ。迷ったが、弘貴は彼に肩を貸して歩きだそうとした。

「う」

だめだ、足がぴくともしない。こんなに痩せ細っていても、一人の人間はひどく重かった。

「何やってんだ」

戻ってきた曾我に声をかけられ、弘貴は顔を上げる。

「具合悪そうだから……どこか病院へ……」

「病院にかかる金なんてあるわけないだろ」

「でも、放っておけません」

「面倒なお坊ちゃんだな。なら、そいつは責任を持って連れてこい」

「どこへ？」

「休める場所なら貸してやる」

むすっとした顔つきで曾我が歩きだしたため、弘貴は慌てて彼を追いかけようとした。

曾我が自分に声をかけてくれただけで、百人力だ。さっきまでぴくりとも動かせなかった老人を今度はしゃんと背負い、弘貴は力強く歩きだす。

曾我は手を貸そうとはしなかったが、先ほどよりずっと歩調は緩んでいた。


「こんにちは、泰貴君《やすたか》」

泰貴が既に着席しているのを見、部屋に入ってきた藤城《ふじしろ》はにこやかに笑った。

「弘貴君は、またサボタージュかな」

弘貴が並の頭脳の持ち主ならば泰貴との差が広がりかねないだろうが、実際には彼は学校の授業で十二分らしく、順位を殆ど落とさずに進級しようとしていた。

「すみません、先生」

微笑みながらも、口の端が緊張で引《ひ》き攣《つ》っている。

上手く笑顔を作れているのか、自信がない。

つい、昨日の話だ。

泰貴は大失態を犯してしまったのだ。

しかも、藤城に関係するような。

昨夜、泰貴は親しくなった歩哨に頼み、ダンスホールへこっそり連れていってもらった。

閉鎖したカフェーを流用したダンスホールは、にぎやかな音楽と活気に満ちている。中央では、街娼と米兵が躰をぴたりと密着させて踊っていた。

煙草を吹かす人々。一昔前の博徒ふうの着流しの人物。洗いざらしの軍服を身につけた復員兵。着古した背広の者や、派手な衣裳の街娼もいる。

「どうした？　驚いたのか？」

「少し」

「ヒロタカも来ればよかったんだけどなあ」

二人一緒であれば、人形のような双子として女の気を引けると思ったに違いない。けれども、今日はあまり目立ちすぎたくなかったので、泰貴は帽子を目深に被ったままあたりを注意深く見回す。

聞いた話ではここには財界人たちや政治家、芸術家から闇市を仕切る極道までが息抜きに来るそうで、ひとまず潜り込んでおいて情報を得たかった。

「最近、商売はどうだ？」

泰貴が柱の陰に凭れて休んでいると、近くのテーブルに陣取った男が「全然だね」と返した。

「闇市のシノギも上がったりか」

「あの曾我ってのが面倒でな」

覚えのある名前に、泰貴はぴくりと反応した。

曾我とは、弘貴に関係ある人物ではないか。

「曾我ねえ……どこの組だ？」

「それが、極道でもないくせに、闇市の連中を仕切ってて目障りなんだよ。おまけに店を出してる奴らの面倒見もいいって人気がある」

「めんどくせえな。なら、新橋の闇市自体を一気に潰しちまうか？」

「待てよ、今、潰すのはまずい。あがりをごっそりほかの組に掠め取られちまう」

男たちは既に酔っているのか、有り難いことに泰貴が柱の陰にいるのに気づいていない。盗み聞きをしているのは、知られてはならなかった。

「曾我の弱みってのはないのか？　家族とか恋人とかいるだろ」

「その辺が何とも……近頃は、あいつを慕ってる若い奴らを連れてるらしいが」

あまり一箇所に留まっていては怪しまれると、泰貴は場所を変えることにした。

緊張を解いたそのとき、初めて、自分に注がれるまなざしに気づいたのだ。

怪しまれない程度に振り返ると、ホールの対角線上にある彫像の近くで、誰かと会話する長身の男が見えた。

——藤城先生……!?

間違いない。藤城だった。

遠目にもぱりっとした格好で髪をきっちり撫でつけた藤城は、外国人と会話をしつつも、微かに目を眇《すが》めてこちらを見ている。

まさか。この距離で誰か判別できるわけがない。

泰貴は必死で己の胸に生まれた疑念を打ち消す。

泰貴は帽子を被っているし、藤城は眼鏡が必要なほどに目が悪い。広間の対角線上で、しかも薄暗い中だ。気づかれるわけがない。

仮に藤城に気づかれたとして、何かまずい点があるだろうか。

好奇心に駆られたと言えばぎりぎりで通用するか？　いや、家庭教師の義務として保護者に告げ口をされれば、和貴《かずたか》に嫌われても最早痛くも痒くもないが、彼の泰貴に対する心証は確実に悪化するだろう。たかだか学生の分際でダンスホールに出入りしていたのでは、跡取り候補になるうえでは大きなマイナスだ。

ここに自分を連れてきた米兵との関係、歩哨との会話……どれを知られるのも得策ではない。

恐る恐るもう一度顔をそちらへ向けると、既に藤城はほかの男と話を始めていた。

すっきりと整った横顔は鋭利な印象も相まって、まるで藤城ではないかのようだ。

かといって近づいて確かめるほどの勇気はなく、泰貴は仕方なく冒険を打ち切った。

――それが、昨日のできごとだ。

「どうかした？」

「い、いえ！」

視線に気づいた藤城が人懐っこく笑ったので、泰貴は急いで教科書に目を落とした。

「じゃあ、数学の授業からにしよう」

「はい」

まるで針の筵《むしろ》に座らされている気分だった。

昨日の話題をいつ切り出されるのだろうと思うと、冷や冷やした。もしかしたら、彼は自分に気づいていなかったかもしれない。

頭の中がぐちゃぐちゃで、集中できなかった。

熱を込めた数学の授業が終わり、休憩時間になる。

肩の力を抜いた泰貴を見やり、藤城が口を開いた。

「泰貴君」

「はいっ！」

「弘貴君のこと、何か聞いていないかな」

憂鬱そうに呟く藤城の薄い唇から、ふっとため息が零れる。伏し目がちの表情に何とも言えぬ焦燥を覚え、泰貴は密かに狼狽える。

胸がどきどきし、心臓があたかも早鐘のように脈を打っていた。

「どういう、意味ですか？」

「心配なんだ。この頃、まったく授業に出てくれないし、悪い友達でもできたんじゃないかと」

あ、そうか。

藤城は昨日泰貴を目にしたのを、弘貴と勘違いしていたのだ。

見間違えられるのは不愉快なはずなのに、突然心が軽くなった。

「そんなに、心配ですか？」

「当然だよ。僕の可愛い生徒だからね」

「……すみません」

これは弘貴の罪を謝罪しているのではなく、疑ったことへの詫びだ。

だが、泰貴はそれをおくびにも出さなかった。

「君が謝る場面じゃないよ」

「でも、兄弟なのに……」

「いいよ。兄弟だからって、相手について何でも知ってるわけじゃないからね」

その点では、藤城の言うとおりだった。

「弘貴君と話をしたいんだ。この家だと何かと不都合だし、次の週末に呼び出してもらっていいかな」

「弘貴だけですか？」

「うん。君だと仲が良すぎて打ち明けづらくても、僕と二人きりなら話してくれるかもしれない」

藤城の言葉に、それ以上の意図などなさそうだ。

「……わかりました。でも、その……先生がそういうことを聞くなんて、何かあったんですか？」

「ああ、うん」

藤城は言葉を切ってから、意味ありげに頷いた。

「ちょっと変わった場所で、君たちに似た子を見かけてね。はじめは泰貴君かと思ったけど、君みたいな真面目な子ではないだろうからね」

その言葉は、まるで小さな棘《とげ》のように泰貴の心に突き刺さった。

藤城の前では真面目な優等生のふりをしている自分は、嘘つきだ。彼に対して不実な真似をしている。

ならばこのまま、藤城を騙し通してみよう。

弘貴のふりをして、藤城が何を考えているのか聞き出すつもりだった。


「弘貴」

書斎で本のページを捲る弘貴に、上着を手にした和貴が落ち着いた足取りで近づいてくる。

「父様、今日は倶楽部は？」

本を閉じた弘貴は笑みを浮かべ、長椅子を一人分ずれて和貴のための場所を作る。この家の一階は台所や風呂《ふろ》以外は連合軍将校の憩いの場として明け渡しているので、家族がくつろげるのは書斎くらいしかないのだ。

「まだ始まらないよ。おまえこそ、藤城先生の授業は？」

「お休みだよ。土曜の午後だもの」

「授業にはちゃんと出てるかい？」

「……」

和貴は全部お見通しではないのかと、弘貴は一瞬、答えに迷って黙ってしまう。それを目にした和貴は、表情をわずかに曇らせた。

「ずる休みはいけないよ、弘貴。これから時代が変わるのだから、勉学は大切だ」

「はい、父様」

弘貴の屈託のない返答を聞いて、彼はほっとしたように「そうか」と微笑する。

「この頃、やけにぼんやりしているね。何かあったのか？」

「……ううん」

「前は何でも話してくれたのに、学校の話も教えてくれないんだね。仕方ないことだけど、少し、淋しいな」

秘密が増えてしまった身の上では、父の前にいるのがひどく後ろめたい。

たとえば自分は、和貴が嫌がるであろう闇市にしばしば足を運んでいる。勉強にだって身が入らないし、いつも彼――曾我について考えているのだ。

曾我はどうしているんだろう。元気なのかな。今日は何を食べたんだろう？　そんな詮《せん》ないことばかりを。

かつては仲がよかった学友たちも、この頃では泰貴とばかり遊んでいるようで少々疎遠になっていたものの、それすら弘貴には気にならなかった。

「ねえ、父様。母様って、どういう人だった？」

「鞠子《まりこ》のことか？」

「うん」

弘貴の質問を耳にし、和貴は美貌を曇らせる。

これまで、弘貴は和貴の存在で満たされてきた。和貴は自分に対して人一倍どころか何倍もの愛情を、あたかも慈雨の如く降らせてくれた。だから、母について知らずともさほど気にならなかったのだ。

「――芯が強くて、優しい子だったよ。年下なのに、妹ではなく姉のように僕を思いやってくれた」

和貴は視線を遠くに投げ、懐かしいものでも見るかのように頬杖を突く。長い睫毛《まつげ》が震えて父が泣くのかもしれないと思ったが、和貴は瞬《まばた》きをしてそれを堪えた。

「そんなに、嫌だったの？」

「ん？」

「母様の結婚」

「――嫌だったよ」

和貴の返答は、常になく率直だった。

「何があの子の幸せか、あのときの僕は考えられなかった。自分のことばかりで……一番大事なことを忘れていた。でも、あの子が決断してくれたおかげで、今の僕にはおまえがいる」

微笑んだ和貴は、弘貴の掌をそっと撫でた。

「おまえは希望だ。僕の……最後の希望。だから、幸せにならなくてはいけない」

「……うん」

和貴の願いだからそれを聞いてはいるけれど、本当は幸せでなくてもかまわない。

好きな人にこの身を捧《ささ》げることができるのであれば。

だから、幸せを押しつけないでほしい。数多《あまた》の可能性の中には、幸せになれぬ道だってあると弘貴は知っている。

それを口にする勇気は、弘貴にはない。それは蛮勇で、和貴を傷つけるだけだ。

「……ねえ、父様。僕も何か、父様の仕事を手伝えないかな」

「僕の仕事を？」

直截に問い返すのが、彼が驚いている証だった。

「うん、いつも忙しそうなんだもの。僕も、父様の息子としてできることをしたいんだ」

和貴は一瞬黙ってから、さも嬉しそうに口許を緩めた。その目が少し潤んでいるようにも見える。

「それなら、今度施設の慰問に行くときに、僕と一緒に来てくれないか？」

「施設？」

「傷痍軍人のお見舞いだ。戦争が終わっても、怪我や病気の後遺症で苦しんでいる方はたくさんいるからね。寄付をしながら、お見舞いしたいんだ」

「はい！」

　自分たちを守るために傷ついた人たちを労《ねぎら》うのは、当然の務めだった。

「本当に優しいね、弘貴は。おまえたちがいてくれて、よかった。僕は幸せだよ」

「僕も！　父様大好き」

　両腕を首に回して和貴の胸に顔を埋めると、入り口から咳払いが聞こえる。そちらを振り返ったところ、戸口に深沢《ふかざわ》が立っており、「お茶の用意ができました」とどことなく不満げに告げた。


「ここか……」

　教わっていた藤城の下宿は、ごくありきたりの仕《し》舞《も》た屋だった。昼間は商売をしているため夫婦は家におらず、二階は藤城しかいないのだとか。

「よく来てくれたね、弘貴君」

　藤城はやって来たのが泰貴ともつゆ知らず、にこやかに迎えてくれる。

「お休みの日に、すみません……僕のために」

「いいよ。君とは一度ゆっくり話したかった」

　二階の藤城の部屋は、想像以上に片付いていた。部屋の片隅には本が山ほど積まれているが、背表紙を見る限りはきっとドイツ語か英語だろう。

　藤城に促されて卓袱台《ちゃぶだい》を挟むかたちで腰を下ろすと、湯の入った湯呑みを出された。

「僕の授業に出ない理由はあるのかい？」

「……いえ」

「君は成績を保ってくれているから構わないけど、気になるんだ。僕にできることがあれば、いくらでも協力するよ」

　伸ばされた藤城の手が、そっと泰貴の手に重ねられる。そのまま彼は泰貴の手を取ると、優しく包み込んできた。

「心配なんだ。僕が君を特別に気にかけているのは、前から知っているだろう?」

信じられない言葉に、泰貴は呆気に取られる。

「君は僕にとって、とても可愛くて大事な存在だ。悩みがあるのなら、思い切って打ち明けてほしい」

藤城は自分と弘貴の双方に、甘い顔をしていたのだろうか。

それより問題なのは、この手だ。

「弘貴君?」

じわっと躰の中心が疼いてきた。

どうしよう。

藤城の体温に、まさに欲情してる。

それに気づいた途端に、泰貴は狼狽に手が汗ばんでくるのを感じた。

今の自分は弘貴の身代わりにすぎず、藤城の優しさはすべて弘貴に向けられている。

そんな惨めな状況に置かれたくせに、惨めだからこそ、劣情を催しているのだ——その事実に泰貴は慄然とした。

欲しい。藤城のことが。

心だけではなく、その肉体も。

このぬくもりも。

「ぼ、僕は……」

口を開いてみると、泰貴の声はみっともなく震えていた。

「僕、最低なんです」

「何がだい?」

先を続けるように、やわらかな口調で藤城が問う。

「——好きになってしまったんです」

「好きに? 誰を?」

「先生を」

言葉にした瞬間、目の前が開けたように思えた。

前兆は、前からあった。

けれども言霊の力が、泰貴の目を開かせたのだ。

好きなんだ。

藤城のことを。

驚き顔で藤城がその手を退《の》けかけたが、泰貴は俊敏に相手の腕を掴んだ。

「嫌わないでください！」

それが、泰貴の精いっぱいの訴えだった。

「君の気持ちは嬉しいよ。だけど、僕は君を生徒としてしか見られないんだ」

「わかっています。でも、このままじゃ苦しすぎるんです。だから僕、先生の授業にも出られなくなった」

泰貴はそう言うなり、彼の胸に取り縋る。

「弘貴君……？」

「僕の初めてをもらってください。先生、僕を……一度でいいから、僕を」

自分でもそうとわかるほどに、必死だった。

「そうしたら、ちゃんと授業に出ます。先生の言うことも、何でも聞きます！」

好きな相手と寝た経験なんて、一度もない。

好きな人と躰を重ねるっていうのは、どういう気持ちなのだろう。

その至上の幸福を味わえるのなら、たとえ身代わりでもよかった。

意外にも、藤城の判断は早かった。

「……わかったよ。後悔はしないね？」

「しません」

立ち上がった藤城は、襖を後ろ手にすっと閉じる。彼がこちらに背を向けて服を脱ぎ始めたので、泰貴も藤城に倣った。

「ここに座ってくれる？」

「は、はい」

膝を崩して布団に座る泰貴の向かい側に腰を下ろした藤城は、そっと泰貴の額に触れた。

「目を閉じて」

彼の声に促され、泰貴はぎゅっと目を瞑《つぶ》る。

「楽にしていいんだよ」

初めて、藤城の声が優しく和んだ気がした。

恐る恐る目を開けると、藤城の顔が間近にある。キスをされるかと思ったが、違った。

藤城は額に唇を押しつけてくることで、唇へのキスの代わりとした。頬や額にくちづけられ、時々藤城の吐息が膚に触れる。それだけで嬉しくてたまらずに、躰から力がくたくたと抜けた。あっという間に残りの服を脱がされてしまい、どんな魔法を使ったのかと不思議になる。

藤城も服を脱ぎ、彼のしなやかな肢体が露《あらわ》になったので、泰貴の胸は激しく高鳴った。

「ふ……」

布団に組み敷かれた泰貴の膚の上を這い回る藤城の指と舌の動きはあくまで優しく、泰貴は演技ではなく自然と甘い声を上げていた。

最初からこんなふうに感じてしまうなんて、初めての体験だった。

胸がどきどきし、泰貴は思わず自分のそこに左手で触れる。激しく脈打つ心臓は、今にも壊れてしまうかもしれない。弾みで乳首に触れ、何もされていないのにそれが尖りきっているのに戦《おのの》き、小さく息を詰めた。

「ッ」

「どうしたの？」

「ううん……」

すごく、すごく気持ちいい。

皮膚を舌や唇で愛撫《あいぶ》されているだけでこんなに気持ちいいのなら、藤城と繋がったときの自分は、どうなってしまうのだろう？

「怖い？」

泰貴の目に涙が滲んでいると気づき、藤城ははっとした様子で手を止める。

「違うんです……」

胸が苦しい。

他人に触れられるのがこんなに愛《いと》しいと、知らなかった。

「じゃあ、何？」

「嬉しくて」

熱に浮かされたように呟くと、藤城が耳許に唇を寄せた。

「君はいい子だね、弘貴君」

耳許で彼の名を囁かれた途端、ざっと心臓が冷える。

「そ、そう……ですか……？」

「うん」

藤城の顔は見えないけれど、きっと彼は微笑んでいるのだろう。彼は俯いたまま、唾液で湿らせた指を窄《すぼ》まりに差し入れてくる。

「泰貴君とは違う」

自分の名前を出されて、ぴくんと躰が震える。

「泰貴君は、もっと擦れてるだろうからね。僕に触られて、こんなに素直に反応しないだろう」

「うう、う…ッ…」

慣れた肉体はすぐに男の指に馴染み、襞《ひだ》は蕩《とろ》けるように異物に絡んでいく。

「は…ふ…ッ…」

「すごいな。初めてなのに、ちゃんと拡《ひろ》がる」

違う、初めてでなくてごめんなさい、そう言いたかった。それどころか、この肉体は道具としてさんざん使われ、とうに汚れているのだ。

だけど、己を恥じる気持ちさえ吹き飛んでしまうのは、行為に骨抜きになっているせいだろう。力を込めて彼を拒んだほうが処女らしいかもしれないけれど、藤城を相手に演技をする余力などまるでなかった。

「く…あっ…ふ……」

彼は泰貴の秘蕾《ひらい》をろくに解《ほぐ》さずに、その場に組み敷いてほっそりとした脚を抱える。

もっと手順が必要だと言いたかったものの、うぶな演技をしている以上は口にできない。

「う……あぁっ！」

硬いものを押しつけられて声が弾み、背中が撓《たわ》んで弧を描く。そのまま、ぐうっと藤城の肉茎が内側に入り込んできた。

「酷いくらいのほうが、君みたいな子にはいいんだ」

何を言われているのか、よく……わからない。

わからないけど、熱い。

そしてただ熱いだけじゃなくて、すごく……。

「や、あっ……いい…ッ」

甘く声が跳ね上がる。

熱いものが下腹で弾《はじ》け、挿入の途中で達してしまった。それには泰貴も驚いたけれど、藤城が尚も奥に進んできたから……拒めない。

「本当？」

「うん、きもちい……いい、……せんせいっ」

顔も見えないかたちで獣のように貫かれているのに、すごく……いい。

「…きもち、いい、どうしよ……」

「嬉しいよ」

繋がった狭い鞘が、破けてしまうのではないか。それくらいにぎちぎちに彼を締めつけてしまって、緩められない。

「君は本当にいい具合だ。泰貴君と比べてみたいよ」

「！」

また締めつけてしまう。

弘貴の身代わりで抱かれているのに悦ぶ、惨めで浅ましい自分。

だけど、確かに好きな人に抱かれているのだ。

手を握り締めて何かを口にしようとしても、震えるばかりで言葉になんてならない。

こんな感覚、知らない。

今まで自分が知っていた快楽とは、何もかもまやかしだったに違いない。

「可愛いね、弘貴君」

違う、弘貴じゃない。

「僕のことがそんなに好きかい？」

「すき……」

無意識のうちに呟く泰貴に、彼は「よかった」と相槌を打つ。

「好き、せんせい……」

好きという気持ちを、刷り込まれているみたいだ。焦がれるという感情を、快感と一緒に。

「もう少し、深くするよ」

混乱しながらも自分の気持ちを摑もうとする泰貴をよそに、藤城はどこか冷静だった。

「はい、あっ…あ、あふ、…ああッ！」

熱いものが、下腹部で弾ける。

藤城が自分の中にいると思うだけで、感度が何倍にも増した。気持ちよくてよくて、挿れられただけ

なのにまた達してしまう。

「先生、気持ちいい……きもちいい…っ…」

これは弘貴の快楽なのに、自分は身代わりなのに
……惨めだけど、すごく、いい。

射精後の気怠《けだる》さを味わういとまもなしに愉悦の坩《る》堝《つぼ》に突き落とされ、脳まで痺れていく。

あれほど嫌がっていた雄の体温が、今は心地よくてたまらない。

「動くよ」

「あっ！　あんっ、あ、あっあっ……」

すごい。

一寸だって離したくないと言いたげに、とろとろになった襞が藤城自身に絡まる。それをあしらうように強引に彼が動くものだから、粘膜ごと内臓中を攪拌《かくはん》されるみたいで。

「…お、お尻、いい……いいっ」

「僕の徴《しるし》をつけよう」

笑いを交えた息を吐き出し、藤城が呟く。

「え…？」


「中に出すよ」

宣告した藤城が恥骨があたるほどに激しく腰を打ちつけ、肉壺《にくつぼ》を苛烈に穿《うが》った。

中なんて、本当なら嫌だ。雄の劣情に汚されるのを、普段の泰貴ならば絶対に拒むのに。

「あ、あ、中、なかっ……」

なのに、今は出してほしくてたまらない。

ぎちぎちと締めつけてしまう。

「せんせ…っ…、……ーっ……」

熱い……。

好きな人の精液を体内で受け止めたのに反応し、泰貴は引き摺られるように高みに連れていかれる。

「は……」

あまりにも強い快感に心身とも共に疲弊し、泰貴はぐったりと躰を弛緩《しかん》させ、布団に倒れ込む。

「よく、頑張ったね」

藤城の大きな掌が、泰貴の髪を梳《す》くのがとても気持ちよくて、そして……惨めだった。

こんなに幸せなのに、薄氷を踏み抜いた裏にある

のはたまらない情けなさだ。

不意に、その髪をぐっと握られて、上を向かされる。泰貴は痛みに顔をしかめたが、藤城は手を放さずに上を向くよう強要してきた。

痛い。

「人の幸せを盗む気分はどうかな——泰貴君」

藤城はやけに冷えたまなざしで言った。

「え……」

「弘貴君として、君も愉しんだだろう?」

そんなわけがない。

おっとりした藤城が、入れ替わりに気づくわけがないと思っていたのに。

今の藤城は同じ目をしていた。

見られたものの背筋も凍える、ダンスホールで泰貴を見つめていたときと同じ目を。

「僕を侮ってもらっては困る」

「先生……」

「弘貴君が相手だったら、もっと丁寧に前戯《ぜんぎ》からするよ。君は慣れてるから、そのまま挿れても旨そうに食《は》むのはわかっていた」

そう言うなり藤城がぱっと手を放したので、泰貴は布団に倒れ込んで顔を打ちつけた。弾みで舌を噛んでしまって呻く泰貴のことなど一寸も慮らずに、彼はまたも泰貴を四つん這いにさせる。

「君は薄汚い泥棒だからね。これくらいの罰が相応しいだろ?」

ぐいと腰を摑んだ藤城が、乱暴に奥まで突き込んできた。

「ひうっ」

問答無用で激しく楔《くさび》を打ち込まれ、自ずと目に涙が滲む。

「やだ、嫌……嫌です…っ…」

こんなのは、嫌だ。

欺いていたのは謝るから、きちんと話をさせてほしい。

何とかやめてほしくて、泰貴は必死で声を上げた。

「最初に僕を騙そうとしたのは君だ。この罪はきちんと償ってもらうよ」

藤城の声は揺らぐこともない。彼は完璧に己の熱情を律しているのだ。

「先生、許して……」

突っぱねようと思ったのも束の間で、いつしか泰貴の声は甘いものに変わっていた。

「あ、あっ、いい…先生、いいっ」

「反応がだいぶいいな。さっきとは違う」

「すごい、先生…おっきい…」

込み上げてくる愉悦に舌が痺れ、呂律が回らない。だけど、藤城に懸命にこの行為によって得られる快感の大きさを訴えた。

どうしてこんなに気持ちがいいんだろう……？

今度は泰貴として、抱かれているから？

他人の幸せなんかじゃないから？

こんなに惨めに扱われているのに……。

「君は僕を好きなんだろう？　好きな相手に罵られて悦ぶ淫乱というわけだ」

藤城の言葉を否定できない。こんなやり口でも快楽を感じてしまったのは、確かに泰貴の科《とが》だ。


もう一度中に出されて、泰貴はぐったりと布団に身を投げ出した。けれども藤城は休むのすら許さず、使い込んだ藤城のものを清めるために頬張らせた。

跪《ひざまず》いたまま雄の前に頭《こうべ》を垂れ、手を使わずに口だけで性器をしゃぶる。犬に相応しい仕打ちは、泰貴を逆に昂らせた。

「気持ちよかったかい、泰貴君」

「おれは……」

声が掠れる。

「普通、僕は初物しか相手にしないんだけどね。君をものにするのは、僕の目的に適《かな》っている」

何を言っているのか。

藤城のあまりに異常な言動に、泰貴は口を利くことすらできなかった。

「君が先に僕を陥れようとしたんだ」

「そんなつもりは……」

「一介の家庭教師が清澗寺家の御曹司に手をつけるなんて、一昔前ならスキャンダルもいいところだよ。君は僕に罪を着せようとしたんだ」

「違います！」

掠れてはいたが、漸く強い声が出た。

「ならば、どうして？」

答えてしまいたい。言ってしまいたい。

好きだと言って、いいのか。一度嘘をついた身の上で、信じてもらえるだろうか。

「答えられないんだね」

少しだけ退屈そうな色が藤城の声に宿ったものの、彼はすぐに冷淡さを取り戻す。

「――残念だ。君は、僕にとっていい生徒だったよ」

冷ややかな宣告が、刃物のように泰貴の鼓膜を抉《えぐ》った。

12

「うーん……」

曾我《そが》の事務所は、闇市の中心地にほど近い場所にあった。

人通りが激しい場所からわずかに離れたところに小屋を建て、そこを塒《ねぐら》にしているようだ。戸は半分ほど開いており、そこから弘貴《ひろたか》にも中を覗くことができた。

「ううーん……」

呻き声を発しているのは、卓袱台《ちゃぶだい》に向かってあぐらを掻く曾我と、同じように腰を下ろして頭を抱えている次郎《じろう》と呼ばれた坊主頭の青年の双方だった。

卓袱台の傍らには折り畳んだ布団が積まれている以外に、あまり生活臭はなかった。

以前から何度もここに足を運んでいるのだが、曾我がいる場面に遭遇するのは初めてだ。

「だめだ曾我さん、ちっとも読めやしねえ」

ついに次郎が音を上げ、読んでいた書類の上にばっと突っ伏す。

「情けない奴だなあ」

「だって俺、漢字もまともに読めねえのに」

曾我を見かけて嬉しくなったのもつかの間、彼ら二人は顔を突き合わせて何らかの書類を真剣に読んでおり、とても声をかけられる雰囲気ではない。

どうしたものかと考え込んでいると、曾我がふと顔を上げ、戸口に佇む弘貴に気づいて瞬時に渋い顔になった。

「曾我さん、何か？」

「……まーたおまえか」

次郎の問いを無視し、うんざりとため息をついた曾我が立ち上がるより先に、弘貴は屋内にするっと入り込んだ。

「あれ、この子、知り合いじゃないんですか？」

「知り合いってほどじゃねえよ。この前からうろちょろしてる餓鬼だ。次郎、こいつをどっかにやってくれ」

曾我は顎を乱暴にしゃくって弘貴を排除しようとしたが、青年は遥かに現実的だった。

「いいけど、その前にこいつを読んじまわないと。ジョーンズの奴、来ちまいますよ」

「そうだった……」

曾我は舌打ちをし、再び卓袱台に座り直したので、すかさず弘貴も上がり框《かまち》に腰を下ろした。

「今は忙しいんだよ、さっさと帰れ」

しっしっと犬の子を追い払うような手振りをされたけれど、弘貴は怯まなかった。

「今じゃなければ、いいですか？」

「いつ来てもだめに決まってんだろ」

この闇市には、地に足を着けようと這い回る人々の生活がある。猥雑で俗悪だが、嫌いにはなれない。

「だってまだ、下の名前聞いてないし」

「どうでもいいだろ、そんなのは。俺は忙しいんだ」

確かに最前から曾我は卓袱台の上で何やら書類を

広げて、真剣な顔つきでそれを眺めている。

「なに？　説明書？」

「仕入れる予定の物資についてだ。おい、勝手に見るなよ」

「……そうだけど……フランス語？」

「ドイツ語かロシア語ならいいんだがな」

曾我が答えたところで、からりと戸が開いた。

「曾我、決まったか？」

英語で声をかけてきたのは、いかにもはしっこそうな顔つきの赤毛の米兵だった。雀斑《そばかす》だらけで緑の目、人懐っこそうではあるものの油断のならない雰囲気をしている。

「まだだ」

「それでは困る。おまえがさっさと買い取らないなら、新宿《しんじゅく》へ持って行くぞ」

「だから、俺は込み入った英語は……」

くそ、と曾我が吐き捨てる。

「次郎、どうにかしろ」

「無茶言わないでくださいよ」

苛《いら》ついた顔になり、曾我は短い髪を掻き毟った。

「だいたい、何を売りつけようとしてるのかわからないんだから、買い取りようもないだろうが」

「見本はないんですか？」

「あったらこんなに困らないだろ」

それもそうだ。

弘貴はすうっと深呼吸をしてから、意を決して米兵に話しかけた。

「ものは何ですか？」

「何だって？」

「商品です。曾我さんは説明書が読めないので、それがわからない限りは買い取りができないと言っています」

「なるほど」

頷いた米兵は、弘貴に向かって説明を始めた。

要するにアスピリンと胃腸薬で、そういう医薬品は貴重なはずだ。

「ＰＸに流れるはずだった頭痛薬と胃腸薬だそうですが、どうしますか？」

「ＰＸから三国人じゃなくてこっちに流れてくるのは、貴重だな。よし、買っておこう」

曾我は一瞬考えてから、弘貴の言葉に頷いた。

「わかりました。いくらかって聞いてます。ドルで計算しろって」

「ああ、金勘定は俺がやる」

曾我はこうしたことで使う英語には不自由しないようで、生き生きと会話を始めた。

二人が紙に数字を書いて何やら話し合いを始めたので、暇になった膝を抱える。次郎なる青年も、曾我に言われて何か書き取りをしていた。

「旦那」

甘い女性の声が響き、粋《いき》な着物に身を包んだ妙齢の美女が戸口から顔を覗かせた。

「おう、倫子《のりこ》。ちょっと取り込み中だ」

「みたいねえ。あら、あなた迷子？」

倫子と呼ばれた二十代半ばと思しい女性は、弘貴を見てやわらかく微笑む。

「駅までなら教えてやれるわよ」

「いえ、僕はそうじゃなくて……曾我さんに会いに」

倫子は弘貴の返答に意表を突かれたらしく、目を丸くした。

「旦那に？　弟……じゃないわよね」

「うるせえぞ、俺にそんなお上品な弟がいるかよ。うるさくしてんなら、外に出てろ」

「はあい」

色っぽく微笑む女性に「行きましょ」と促され、弘貴は困惑しつつも首肯した。

途端に、闇市特有の活気と喧噪が二人を包み込み、何となく背筋が伸びる。

倫子さん、か。

着物だから街娼には見えないけれど、いったい誰なんだろう……？

「……あの」

「綺麗な子ねえ」

身を屈めた倫子は艶めいた紅唇を綻ばせ、弘貴の顔をじろじろと眺める。

「膚もつやつやだし、あんたどこの子？　まさか旦那に手を出されたんじゃないだろうね」

「えっと……いえ……」

さすがに意味を解した弘貴が真っ赤になると、彼女は口許に手をあてて笑った。

「冗談よ。その制服、学習院《がくしゅういん》でしょ。お坊ちゃんがこんなところに来ちゃだめよ」

それくらいわかっているけれど、でも、曾我に会いたかったのだから仕方がない。

どんなに和貴《かずたか》や家族を心配させるとわかっていても、胸に一度灯《とも》った火は消せない。

「それとも曾我さんに興味あるのかしら？　あの人、男にも女にももてるから」

「そうなんですか!?」

「やっぱりあんたも旦那を狙ってるのねえ。まったく困ったもんだわ」

どことなく色めいたため息を漏らす様に、もしかしたら彼女は、曾我のいい人ではないのかとの疑問に襲われた。

よくよく考えれば曾我のような男前に、恋人がいないほうがおかしいのだ。

ただ、相手を好きな一念で弘貴は闇市に通っていたけれど、そういう可能性があるとすっかり頭から抜け落ちていた。

だとしたら、自分に入り込む余地はない。こんなに綺麗な人より自分を選んでもらえるなんて不遜《ふそん》な自信は持てなかった。

帰ったほうが、いい。これ以上傷つく前に。

なのに、鉛にでも変わってしまったかのように、足が動かない。

そこでからりと戸が開き、中からえびす顔になった先ほどの米兵が出てきた。彼は弘貴の肩を叩いて「サンキュー」とおどけて歩み去る。

「倫子、入りな。おまえは帰れ」

ついで顔を覗かせた曾我の台詞は、大層冷たかった。

「でも」

「ほらよ」

彼はそう言って、弘貴の手に一円札を押し込む。

「これは……？」

「駄賃《だちん》だ。ああ、手切れ金とも言うな」

「どうしてですか!?」

信じ難い宣告に、弘貴は声を上擦らせた。

「もうここには来るな」

「何度も来ます！」

「同じ話を何度も言わせせんなよ。何か面倒が起きるかもしれねえだろ。ここはおまえの住む場所じゃないんだからな。さ、帰った帰った」

さも面倒臭そうな物言いに、弘貴はしょんぼりと肩を落とす。

迷惑がられているのはわかっていたけれど、そこまで拒絶を露にされるのは、悲しかった。

「まあまあ、曾我さん。手伝ってもらってそいつはないでしょう。せめてお茶の一杯くらいは」

後ろに立っていた次郎が取り成すように言ってくれたので、曾我は舌打ちをする。

「仕方ねえな」

曾我はむっつりとした顔で、さも大儀そうに「上がれ」と弘貴に促した。

「はい！」

曾我は書類を乱暴に脇にまとめ、座卓の上を片づける。それから、縁《ふち》の欠けた湯呑みを二つ出すと、やかんから水を注いだ。

「茶なんて上等なもんはないからな」

「十分です。ありがとうございます」

笑顔を向ける弘貴に、曾我は「調子狂うな」とぼやいてから頭を掻いた。

「なあに、お水だけ？　これあげるわよ」

遅れて入ってきた倫子はそう言うと、手にした包みを卓上に広げる。

大学芋だった。

「へえ！　芋なんてすごいな」

「でしょ。砂糖も使って贅沢したよ」

倫子はしなを作って曾我の胸にしなだれかかり、「じゃあ、またお店でね」と告げる。

「悪いな、わざわざ」

「いいのよ。あんたはこれが好きだから、持ってきただけ」

ふふと艶やかに笑った倫子は、「ほら、次郎ちゃんも野暮《やぼ》しないの」と次郎の腕を引き、二人で事務所を出ていってしまった。微かにいい匂いが残っているようで、弘貴はくんと鼻を鳴らす。

「食えよ」

「でも」

嗅《か》いだのは大学芋ではなく、倫子の残り香なのに、曾我は何かを誤解したようだった。

「あいつの作ったものならいいんだよ。けど、それ以外はここじゃ何も食うな」

「……はい」

曾我の言葉に一拍置いて返事をしてしまったが、彼自身は己の台詞の意味をあまり考えていないようで、人差し指と親指で大学芋を摘む。

倫子の作ったもの以外は食べるなとの指示は、この先も弘貴が闇市に来るのを、無意識のうちに肯定しているかのようだった。

それに、彼の発言の根底にあるのは、弘貴に対する気遣いにほかならない。

追い返そうとしているくせにという拗ねた気持ちだったのに、曾我の言葉は羽のようにくすぐったい。

弘貴は手を伸ばして大学芋を口に運ぶ。

囓った途端に、砂糖の甘みが口中に広がった。

向かいに座った曾我も、黙りこくったまま芋に食らいつく。

「美味しいですね」

「ああ」

……いいな。

好きな人とこうして向かい合っていられるのって、やっぱり楽しい。

言葉なんてなくても、ただそばにいられるだけで心臓がどきどきして、飛び跳ねているみたいだ。

そう考えると、深沢《ふかざわ》と和貴《かずたか》は相当我慢して彼ら自身の関係を隠しているのだろうと、申し訳ない気持ちにさえなってくる。

あれから十日近く観察していると、和貴が顕著に具合が悪そうな朝は二日ほどあった。あの夜会の翌日と、それから数日後だ。あまり丈夫でない和貴が不調そうにしている朝は以前から何度となくあったが、原因は何となくわかった。

清澗寺家《せいかんじけ》を守るために、父は深沢でない相手にもその肉体を開いているのだろうか。和貴は違うと抗っていたけれども深沢の立腹ぶりは本物だったし、真偽のほどは不明だった。

「旨いだろ」

「美味しいです！」

本当は母について聞きたいとの意図もあったのだが、こうやって曾我と向かい合って大学芋を食べているだけで、心が満たされる。

「あ」

最後の一つを取ろうとしたとき、互いの手がぶつかってしまう。

急いで手を引っ込める弘貴に、曾我が小さく笑った。

……笑って、くれた。

笑うと目許が優しく和んで、ますます男前の度合いが上がる気がした。

「おまえ、やっぱりお坊ちゃんだな」

「え？」

「遠慮がない」

ずばりとした指摘に、気の利かない真似をしてしまったとさすがの弘貴も恥じ入った。

「ご、ごめんなさいっ！」

「いいよ、そういうところ……」

言葉を切った彼は、何かを思い出すようなまなざしになった。

時々、父もこういう顔をする。

「お袋に全然似てないな、おまえ……」

「え……そうですか？」

「冗談だ」

真っ赤になった弘貴は、さすがに、最後の一欠片には手を伸ばせなかった。

「折角だから食えよ」

「い、いいですっ」

「馬鹿。遠慮するな、今更」

曾我の「馬鹿」は口癖なのかもしれないが、嫌じゃない。寧ろそこには、一種の情が込められているようで、心臓のあたりがきゅっと痛くなる。

「でも、お腹いっぱいです」

「なら、半分食え。ほら」

口を開けるように促されて、押し込まれた芋を囓ると、弘貴は雛《ひな》のようにそれに従う。押し込まれた芋を囓ると、次の瞬間にはそれが蜜の糸を引いて離れていく。

弘貴が半分囓り取ったそれを、曾我は何の躊躇もなく自分の口に放り込んだ。

「可愛いな」

何げなく呟いた彼は、親指を使って弘貴の口許についた蜜を乱暴に拭い、それをぺろりと舐めた。

「……え？」

今、何を言われた？

「何でもねえよ」

曾我は照れ隠しのように湯呑みの水を飲み干し、いきなり立ち上がって、弘貴の腕を乱暴に摑んだ。

「よし、食い終わったら帰れ」

「でも」

どうしよう。やっぱり好きだ。

好きだ。

その気持ちが、先ほど触れられたところから湧き起こるみたいだ。躰の奥がうずうずと熱くなって、溶けてしまいそうになる。

伝えたい。自分の気持ちを。

目は口ほどにものを言うとの諺《ことわざ》が、事実かどうか試してみたかった。

沈黙の果てに、根負けしたように曾我が舌打ちをする。

「……くそ。なに、色っぽい目してんだよ」

「色っぽいって、何が？」

曾我の発言の意図がわからずに、弘貴はきょとんと首を傾げた。

「おまえなあ、自分が清潤寺の餓鬼だって考えたことねぇだろ？」

「ありますよ」

当たり前のことを言われて、笑いそうになる。

「自覚があったらそんな蕩《とろ》けそうな目で男を見るんじゃねぇよ。こないだ、あの米兵に何されそうになったか覚えてんだろ？」

ウォルターの一件を思い出し、びくっと躰が竦む。恐怖を反芻して指先が一気に冷たくなり、寒気に襲われた。

あのときの恐怖に囚《とら》われて、動けない。

「まだ怖いのか」

無言で頷くと、曾我が弘貴に触れようとする。だが、思い直したようにその手を引っ込めた。

「だめ」

やめないでほしかった。触れて、あたためて、安心させてほしい。

「怖いんだろ、触られるの」

「怖くないです」

漸く動けるようになった弘貴は、曾我の着物の袖をそっと引いた。

「違うって教えてください。曾我さんは、あんな怖い人とは……」

「何だよ、それは」

ぶつくさと言いつつ、曾我が乱暴に弘貴を抱き締める。

……あ。

曾我の匂いが、近い。

きゅっと胸の奥が熱くなって、躰を支配する疼きが増えてくるようだ。

「そ、曾我さん…」

声が掠れてしまう。

こんなときになぜか、深沢に虐《いじ》められていた和貴の姿を思い出したのも、悪かったのかもしれない。

熱が出たのではないかと勘違いするくらいに、今度は逆に躰が火照っている。

どきどきとして躰が浮き上がるような、感覚。

いつも泰貴《やすたか》としているあの遊びでは、曾我が相手だと時折夢想する。もし本当に曾我と触れ合えたら、どんな気持ちになるのだろう。

「ん」

顔を上げた弘貴と目が合った次の瞬間、曾我がふいと視線を逸らす。

「――次郎！」

すぐさま乱暴に身を離した曾我が声をかけると、ずっと外で待っていたのか、次郎が戸を開けた。

「こいつを駅に送ってくれ」

「わかりました」

そう言われると、大学芋を食べさせてもらったのにこれ以上居座るとは言いづらく、弘貴は渋々立ち上がる。

「もう来るなよ。返事は？」

「嘘はつけないから、来ないとは言えません」

返答を聞いた曾我はあからさまにむっとした表情になったが、弘貴たち二人を事務所から追い出し、ぴしゃりと戸を閉めた。

「おまえ、曾我さんの何なんだよ」

曾我が弘貴に対して手を焼いていると判明したせいか、次郎も警戒しているようだ。曾我に相対するときとは打って変わって乱暴になった言葉の端々に、探るような気配を感じる。

「助けてもらったから……お礼に……」

次郎はため息をつくと、尚も名残惜しげに佇む弘貴の肩を小突いた。

「ほら、行くぞ。もう二度と来るなって言われたんだから、来るなよ」

「来ます」

駅への道を急ぎながら、次郎はぼりぼりと頭を掻いた。

「揉めごと起こして、兄貴に迷惑かける気か？」

「だって……好きなんだもの」

「そりゃ、おまえの目見てりゃわかるよ」

「目？」

また、目だ。どんな目つきなのか見てみたいけれど鏡がないので、よくわからない。

「誘ってるみたいに見えんだよ」

「誘うって、何を？」

「……えーっと……それはいいからさ」

次郎はごほんとわざとらしく咳払いをした。

「つまり、まあ、見るからに隙だらけって意味だ。

闇市の周りは子供好きな男もいるし、気をつけたほうがいいぜ？」

「……はい」

その点は反省の余地があると、弘貴は身を縮こまらせた。

「ま、気持ちはわかるけどな。あのとおり、兄貴はいい男だし」

「でしょう！」

弘貴が声を弾ませると、腕組みをしながら歩く彼はうんうんと頷く。

「憧れるのは勝手だけど、それとこれは別だぜ？それに兄貴には、ちゃーんといい人がいるんだからな」

「え……」

すぐに脳裏に思い浮かんだのは、今し方初対面を果たした倫子の麗しい横顔だった。

「ほら、電車に乗りな」

その点を究明したかったが、次郎が弘貴の背中をぐっと押したので、弘貴は人波に押されるように改札口を抜ける。

振り返るとホームに向かう弘貴を次郎が睨みつけており、引き返して今の言葉の続きを聞くのも、闇市に戻るのも無理そうだ。

初めて好きになった人はずっと年上で、おまけに恋人持ちで、世慣れぬ弘貴にはあまりにも困難が大きい相手だった。

だけど、これくらいで諦めてはいけない。

母の鞠子《まりこ》だって、皆に反対されても自分の思いを貫き通したのだし、その血は弘貴にも確実に流れているはずだった。


指示されたカフェーはすぐにわかった。

泰貴は本を読み耽る藤城《ふじしろ》を見つけて、そのテーブルに近づいた。

「先生」

「やあ、泰貴君。呼び出して悪かったね」

このあいだ泰貴を酷いやり口で抱いたのは嘘のよ

うに、藤城の顔つきは和やかで明るい。

「……いえ」

「珈琲《コーヒー》でいいかい」

「はい」

女給に珈琲を頼んだ藤城は、泰貴に向き直った。

「呼び出して、何の用ですか？」

一応は下手に出たほうがいいだろうと尋ねると、藤城は口許を歪めて皮肉な表情を作った。

「何もせずにいると、君が焦れてしまうのではないかと思ってね」

「焦れる？」

珈琲のカップに口をつけ、それを味わった彼が真っ向から泰貴の目を射貫く。

「君はあの家の人間だ。飢えているだろう？　たまには息抜きに、遊んであげないとね」

「結構です」

「突っぱねるのか？」

途端に藤城は面白そうな顔になり、顎に手をやって泰貴を観察してくる。

「それなら、あの日、どうして弘貴君のふりをして僕のところに来たんだ？」

答えられなかった。

どちらの藤城が、本物の彼なのだろう。

優しく穏やかな顔と、狡猾で冷酷な顔。

藤城は二つの顔を使い分けて、泰貴を翻弄している。その事実は、最早決定的だった。

「君は可愛いよ。あの異界に溺れないように、一人で健気《けなげ》に頑張っている」

甘く優しい労りの言葉を唐突に浴びせられ、無言を貫く泰貴はたじろいだ。

「泰貴君、君たちは二人で一人なわけじゃない。逆に、一人で二人分を演じられる可能性がある。誰にも君の代わりなんてできないんだよ。なのに君は、君の可能性に気づかずに、自分の未来を食いつぶそうとしている」

一つ一つの言葉が、心臓の一番深いところに沈んでいくようだ。

どうして、藤城にはわかってしまうのだろう。

弘貴の影ではなく、彼の代わりではなく、自分自身をそのままのかたちで愛し、認めてほしい。

そう願っていた泰貴の心に気づき、藤城は歪んだかたちで受け止め、肯定してくれているのだ。

だが、それは彼の本心なのか。

「君は君の生き方をすべきだ。僕には、それを手助けできる」

心を溶かさないでほしい。

これまで固く強張ってきた、泰貴の心を。

「君は僕を好きなんだろう？」

藤城に問われても、そうとは言えなかった。

その返答が泰貴を不利に導くであろうことは、容易に想像がついたからだ。

「もしそうなら、契約成立だ。君を僕が使ってあげよう。誰にも顧みられない、憐れな君をね」

「使う……？」

「そうだ。清澗寺家の御曹司と聞けば、味わいたがる連中はごまんといる。この時代になってもなお、清澗寺は神秘の塊だ」

彼が何を言っているのか、泰貴にはわからなかったが、流されるわけにはいかない。

「待ってください。おれは……」

「好きな相手に使ってもらえるのは、幸せだろう？」

そんなわけがない。

「それとも君は、僕にどうしてほしいのかな」

にこやかに笑う藤城に問われ、泰貴は頭をぐらぐらと揺さぶられているような気がした。

「おれは先生を好きだなんて言っていません。でも、好きな人には、自分を好きになってほしい……嫌いなら嫌いって言ってほしい。それだけです」

往生際の悪い台詞を聞いて、藤城はいかにもおかしそうに失笑する。

「普段は背伸びしているけど、君の恋愛観はまるで子供だな。躰を使うのには長けていても、恋の駆け引きは苦手科目みたいだ」

ぐうの音も出なかった。

「——先生はおれを、嫌いなんですか？」

「正確にはそれ以前の問題だな。好悪《こうお》の感情を抱く必要はない。僕にとって君は使い勝手のいい駒だ」

冷淡な言葉の連続に打ちのめされ、泰貴は殆ど思考を放棄しかけていた。

それでも、半ば意地だけで藤城に相対している。今、自分はどんな顔をしているのだろう。

惨めで情けない顔をしているのか。

「僕の望みは、君の目的に合致している。手を組むのは悪いことじゃない」

「おれの目的って……」

「弘貴君を追い落とし、清澗寺家を手に入れる」

的確な指摘に、泰貴はぐうの音も出なかった。

「僕の言うとおりに上手くできれば、可愛がってあげるよ。だから君は、骨の髄まで僕に利用され尽くすといい」

「そんなのは、嫌だ」

「拒否権があると思うなんて、随分おめでたいな」

どんなに藤城を好きでも、目的が一致していたとしても、道具として便利に使ってほしいなんて到底言えるわけがない。


「どうなんだ、泰貴君」

自分を真っ向から見据える藤城の目に宿る、冷ややかな光。

そうだ、これでなかったか。

初めて会ったそのときから、己の心を捉え続けていたのは。

あの邂逅《かいこう》の瞬間から、泰貴の目には藤城の知られざる一面の片鱗《へんりん》が映っていたのだ。

「できません」

即答だった。

「考える余地が欲しいのか？」

「考えるまでも、ありません」

「強気だな。君は僕に魅入られた意味を理解していないんだね」

藤城は微かに笑うと、「いいだろう」と頷いた。

「初手から追い詰めるのは趣味じゃない。今日はここまでだ。——帰ってもいいよ」

「わかりました」

尻尾を巻いて退散するのは情けなかったが、これ以上藤城に呑まれてはいけない。

「今日はここで帰すけれど、君にはいずれ代価を払ってもらうことになる」

「どんな？」

「僕のこちらの顔を見た代価だよ」

会話の内容とは裏腹に、藤城は甘く微笑んだ。

「それじゃ、気をつけて。珈琲は僕の奢りだよ」

明るく言った藤城は、本を手に立ち上がった。

意外にもあっさりと無罪放免されて、泰貴はほっとする。

藤城に軽く目礼し、店を出た泰貴は歩きだした。

——怖かった。

まさか藤城が本性を剝き出しにして、泰貴に道具になるよう迫るとは思ってもみなかった。

「よう、ヤスタカ」

接収された松屋《まつや》デパートを転用したPXの近くで、泰貴は米軍将校に声をかけられて足を止めた。

「どうした？　PXで買い物か？　入りたいなら一緒に入ってやるぜ」

「今から、帰るところだよ」

ささくれだった気持ちのまま、泰貴はぶっきらぼうに答える。

「へえ、デートか？」

ガムをくちゃくちゃ嚙みながら言われてその下品さに閉口したが、こんな奴ばかりなのだから仕方がないと諦めたように己に言い聞かせた。

自分の周囲にいるのは、泰貴自身に似合いの連中だけ。瑞沢《みずさわ》たち学習院《がくしゅういん》の生徒も、どうせ借り物だ。弘貴の威光を借りて、自分の手許に集めたも同然なのだから。

藤城の言い分は残酷だったが、先夜の仕打ちほどに泰貴を傷つけることはなかった。あれに比べれば、この程度の痛みはささやかなものだ。

絶対に、こんなところで負けたりしない。

弘貴と違い、育ちの悪い自分には悪いなりの胆力と底力がある。

亮太《りょうた》ら浮浪児仲間を使って藤城の身辺を探らせ、彼の弱みを握るつもりだった。

好きになってもらえないのなら、仕方がない。

こちらのほうが藤城を道具にしてやろうではないか。


その夜、泰貴はとても帰りが遅く、社交倶楽部が終わるぎりぎりの時間になって姿を現した。

おまけに顔や首には泥がついており、何があったのかと和貴を心配させたほどだ。

「…………」

今も風呂上がりの泰貴はどこかぼんやりとしており、頬杖を突いたまま教科書に視線を落としている。課題を解く手が止まっているのは、見ればわかる。

何があったんだろう。悩みがあるのなら、何でも打ち明けてほしい。

それとも、自分のほうに問題があるのだろうか。

曾我との関わりについて、弘貴は気づくと一切語っていなかった。

いつの間にか、自分たちのあいだには名状し難い距離ができていたのだ。

それを埋めなくては、家族とは言えないのではないか。

「あのさ、泰貴。相談があるんだけど」

「……なに？」

思ったとおり、彼は明らかに興味がなさそうな素振りで返事をしてきた。

そのなげやりな態度にしゅんと畏縮しかけたものの、気持を奮い立たせて怯まずに話し続ける。

「僕、その……好きな人ができたんだ」

「好きな、人……？」

「そう」

泰貴が緩慢に視線を動かし、弘貴を見つめる。彼が関心を示したのが嬉しくて、弘貴は勢い込んで続けた。

「前に僕を助けてくれた、曾我さんって人だよ」

「——ああ、闇市の？」

「そう！　どう思う？」

「どう思うも何も……」

泰貴はそこで一度言葉を切り、弘貴の双眸を凝視する。

「相手は男だろう？　本気なのか」

打って変わって、彼は弘貴の話に関心を抱いたらしく、俄然《がぜん》、身を乗り出してくる。

「それは今更だよ」

そもそも弘貴は、和貴の情事を目にしてしまったのだ。相手が男だとか年上だとか、そういう点は気にならない心境になっていた。

「じゃあ、その人のどこがいいんだ？」

「ええと……強くて、優しいところかな」

ふと、彼が表情を曇らせたような気がしたが、すぐにその微妙な変化は消え去った。

「泰貴は、反対する？」

「馬鹿だな、いいんじゃないのか」

打って変わって機嫌がよさそうな顔つきになり、泰貴は大きく頷いた。

「ほ、本当に？」

「当たり前だよ。好きな人がいるなら、諦めちゃだめだ。絶対上手くいくって信じたほうがいい」

まさか、彼が応援してくれるなんて思ってもみなかった。

大きく目を見開く弘貴に膝がくっつくくらいに近づき、彼は手を握ってくれた。

冷たい、指だった。

風呂上がりなのに。

「おれは応援するよ。父さんや深沢さんが反対しても、おれはおまえの味方だ」

情感たっぷりの泰貴の声に、弘貴は感極まった。

「ありがとう！」

それだけでは喜びを伝えきれずに、弘貴は手を伸ばして泰貴の首にしがみついた。

「おまえには、駆け落ちした母さんの血が流れてる。好きだって気持ちを強く持てば、母さんみたいにきっと上手くいくよ」

「うん！」

確かに、そのとおりだった。

誰に反対されたって、この恋を貫きたい。

その気持ちは変わらないのだ。

泰貴が優しくゆったりと背中をさすってくれる。

「頑張れよ。おれが、絶対に応援する」

「ありがとう……」

嬉しくて泣きだしてしまい、それきり、言葉は出てこなかった。

やはり、兄弟はいい。

たとえほかの誰が敵になったとしても、泰貴は自分の味方をしてくれる。それがわかったのが、弘貴には何よりも嬉しかった。

13

放課後に闇市を訪れた弘貴《ひろたか》は、坊主頭の次郎《じろう》が着流しで歩いているのに気づいた。

「次郎さん！」

上着を手に走り寄ってきた弘貴を認め、次郎は歯を見せて笑った。

「よう、坊ちゃん。また来たのか」

「うん！」

「餓鬼のくせに懲りないねえ。曽我《そが》さんは会ってくれないと思うぜ」

「わかってるけど……でも、会いたいから」

頭ではどれだけ理解していても、理屈で心を制御できるわけではない。特に恋なんてものは、理性ではどうにもならない最たるもののはずだ。

経験値の低い弘貴にさえも、それくらいの法則はわかっている。

「ま、俺はおまえが来てくれて歓迎だけどな。ちょっとこれ、訳してくれよ」

「いいよ、どれ？」

闇市の訪問自体に曾我は決していい顔をしなかったが、舎弟の次郎は弘貴と上手くつき合うこつを呑み込んだらしい。曾我とは戦中からの仲の次郎は、曾我を兄のように慕っているのだとか。

それに、次郎は相手に舐められないで歩くこつをいろいろ教えてくれた。胸を張って堂々として、きょろきょろしない。それだけでだいぶ違うのだとか。

次郎に見せられた英語の書類はそう難しいものではなかったので、辞書があれば事足りる。弘貴はさらさらと帳面に訳を書きつけると、それを破って次郎に渡した。

「どうぞ」

「おう、サンキューな」

英語を交えて冗談ぽく礼を告げた次郎は、親しみを込めて弘貴の肩を叩く。

「お礼に曾我さんの最新の情報を教えてやるよ」

「え？　なあに？」

途端にぱっと顔を輝かせる弘貴に、彼は肩を竦めた。

「まいったな……そこまで期待されると罪悪感があるよ」

「よくない話？」

「そうだ。今日はでっかい取引があるんで、兄貴もぴりぴりしてるんだよ。うろちょろするといつもより邪険にされるから、帰ったほうがいいぜ」

「そうなんだ……」

このところ、闇市を巡る動きが急だとは、弘貴でさえも小耳に挟んでいる。

露店は悪の温床と言う者もおり、政府は爆発的に増えた露天商を整理するためにマーケットを作り、そこに彼らを入居させた。だが、今度はそのマーケットの利権を巡ってやくざたちは争っているのだ。

曾我は正確には松田《まつだ》組の構成員ではないが、その人望を買われ、新橋《しんばし》の闇市の露天商を表向きはまとめている。特定の組に属するのを嫌がる者もいるからで、曾我の存在はそういう連中にとっては都合がいいようだった。

そんな事情があるため、曾我が弘貴を遠ざけようとする気持ちも、わからないわけではない。

これまでに曾我が何度も自分を助けてくれたからこそ、自分だって曾我を助けたい。でも、実際問題として自分はまだ学生で、曾我のためにできることなんて何もないのだ。

「兄貴はああ見えておまえを可愛がってるんだぜ、弘貴」

「そうなの？」

「じゃなかったら、ここに出入りするななんて言うわけないだろ。放っておいて相手にしないよ」

鈍いなとでも言いたげに、次郎はわざとらしく大きく息を吐いた。

「倫子《のりこ》姐さんも、このあいだ言ってたよ。気づいてないのはおまえと兄貴だけだ」

「曾我さんも気づいてないの？」

「ありゃあ無意識だな」

「ふうん……そうなのかぁ……」

あたたかなものが、心の中に広がっていく。

「何だよ、にやにやして。現金だな」

「だって嬉しいんだもの。ありがとう、次郎さん！」

弘貴がぎゅっと次郎の手を握ると、彼は小さく口の中で呻いた。

「ほんっとおまえって……可愛いよなぁ」

「そうかな？」

「うん、なーんか放っておけなくなるんだ。つくづく得だよな」

弘貴がにこにこ笑っていると、根負けした様子で次郎が顎をしゃくった。

「いいよ、ちょっとだけ見にこいよ。邪魔しねぇなら、兄貴も怒らないだろ」

「本当に？」

「ああ、おまえを放り出したら、また厄介ごとに巻き込まれそうだからな。それこそ兄貴に怒鳴られちまう」

次郎の後を急ぎ足でついていくと、彼が向かうのは新橋でも駅の反対側で、未だに一面の焼け野原が広がっている空白地帯だ。このあたりは松田組のシマでもなく、焼け出された人々が廃材でバラックを作り、肩を寄せ合うように生活していた。

その片隅には荷台に何かを積んだトラックが停められ、曾我が運転手らしい男と話をしている。

声をかけるより先に曾我は弘貴に気づき、あからさまな渋面を作った。

「……また来たのか」

「はい！」

曾我に辟易《へきえき》した顔を見せられても、へこたれるつもりは毛頭ない。

「次郎、何でこいつを連れてくるんだ」

「いや、放っておくと悪さでもされるんじゃねぇかと……」

それを聞いた曾我は「まったく」と忌々《いまいま》しげに吐き捨て、肩を竦めた。

「今日はちょっと取り込み中だ。さっさと帰りな」

「曾我さん、いつも取り込み中ですね」

「揚げ足を取るな。とにかく帰れ」

厳しい調子で曾我に言われ、弘貴は肩を落とす。可愛がっているなどと嬉しい言葉を次郎に言われたせいで、勝手に優しくされると期待してしまっていたのだ。

「——あー……わかったよ」

捨てられた子犬のような目をする弘貴に気が咎めたのか、曾我は次郎に「事務所で待ってろ」とぼそりと言った。

「わざわざ戻るんですか？　遠いし、この辺の屋台で待ってますよ」

「馬鹿、妙なものを食わせたら腹を壊すだろ」

「へえ！　優しいですね、曾我さん」

にやにやと笑った次郎に、曾我は「うるせえ」と本気で声を荒らげた。

「さっさとこの仕事を終わらせたいんだから、おまえらは黙ってろ」

「はい」

次郎はくいっと弘貴の学生服の袖を引っ張った。

「ほらよ、あっちに行ってようぜ」

「あの荷物、何？」

興味ありげにじっとトラックを眺めていると、次郎が「仕方ねえなあ」と笑う。

「戦災孤児の施設に送るんだってよ」

曾我と戦災孤児という言葉は、まったくといっていいほど結びつかず、泰貴はきょとんとする。

「商売で？」

「寄付に決まってんだろ」

ぷっと噴き出した次郎の言葉に、弘貴はびっくりしてしまう。

「寄付って曾我さんが!?」

「うん、一応、社会貢献も必要だってさ。食糧と衣類だから、もらったほうは泣いて喜ぶぜ」

トラックには多くの木箱が積まれており、あれだけの分量の食糧や衣類であれば、きっと子供たちは助かるだろう。

「あれで兄貴、餓鬼が好きなんだ。闇市で迷子を見つけちゃ、世話してるからな。おまえのこともその一環だな」

「僕はそこまで子供じゃないです」

「次郎、よけいなことを言うな」

曾我が釘《くぎ》を刺したそのとき、駅の方角から複数の足音が聞こえてきた。先ほど松田組との揉めごとについて話を聞いたばかりだったので、弘貴は躰を強張らせる。

同じように、曾我や次郎も硬い表情になった。

「こっちだ！」

大勢でやって来たのは、制服姿の警官たちだ。それも一人や二人ではなく、ざっと見れば二十人はいるだろうか。バラックの住民たちは怯えた顔つきで、警官と対峙する曾我たちを遠巻きに見つめていた。

「よう、曾我」

警官のうちの長軀《ちょうく》のがっしりとした男だけは背広で、彼は曾我を見て厚い唇を捲り、下品な笑みを浮かべた。

「お仕事お疲れ様です」

顔見知りらしく、曾我は生硬な声で答える。

「だいぶ繁盛してるみたいじゃないか」

「ぼちぼちですよ」

軽い口調で答えているが、曾我が警戒しているのはその目つきでわかる。

「まあ、いい。その物資は没収させてもらう」

「どういう意味ですか、林田《はやしだ》警部」

「どういうも何も、この取引に売買の許可はあるのかね？」

戦後の特殊な状況下では食糧などの主な物資の売買は統制下に置かれ、皆はある程度のお目こぼしのもとで露店を開く。

従って、警察にも賄賂などを贈ってある程度は友好的な関係を築いているはずだが、この林田警部には鼻薬は効いていないのだろうか。

「我々の取り決めは……」

「そんなのはどうだっていい」

有無を言わせぬ断定的な口調に、曾我はぴんと来たらしい。

「まさかよその組の圧力ですか？」

「どこの圧力だろうと、通報があれば動かざるを得ない」

力を込めて曾我が唇を噛み、手をぐっと握り締めた。

こんな取引に、公的な書類なんてあるわけがない。かといって、物資が没収されれば、それらは警官たちの私腹を肥やすために転売されてしまうのは目に見えていた。

何とかしなくては。

しかし曾我は黙り込んだまま、なすすべもない様子で拳《こぶし》を震わせている。

このまま、見過ごすつもりなのか。

食糧も衣類も、待ち望んでいる子供たちがいるのに。

曾我の気持ちを、彼の真心を守らなくては！

「待ってください！」

耐えきれなくなって、弘貴はトラックの影から飛び出した。

「何だ、おまえは」

訝しげな顔で、林田は制服姿の弘貴を凝視する。

「清潤寺《せいかんじ》弘貴と言います」

「清潤寺……？」

警部はきょとんとしていたが、「ああ」と面倒臭そうに頷いた。

「華族の子供が何の用だ」

よかった、彼は清潤寺家の存在をきちんと知っているらしい。これならば、話が早い。

「その物資は、清潤寺家が慈善事業を行うために、曾我さんに買いつけを依頼したんです」

「――何だと？」

ぴくり、と林田の頰の筋肉が引き攣る。

「取引の書類は、僕が家に忘れてしまって……僕は父の名代です。子細は麻布《あざぶ》の清潤寺伯爵家を訪ねていただけませんか」

「馬鹿！」

「見え透いた嘘を言うな！」

曾我と林田に相次いで叱咤《しった》されたが、弘貴は負けなかった。

曾我を守らなくては。

このあいだ、泰貴《やすたか》も言っていたではないか。

何があっても応援してくれると。

一瞬のうちに、計算は働いていた。

自分ならば、清潤寺家の威光を借りて警察から守ってもらえるだろうが、敵の多そうな曾我はこの場合は不利だ。余罪をなすりつけられて刑務所にでも送られたら、当分会えなくなってしまう。

そんなのは、嫌だ。

「嘘かどうかは、まずは清潤寺家に聞いてください」

胸を張った弘貴は、凜《りん》とした声で告げる。

自分のお節介に曾我がどんな顔をしているかわからなかったので、弘貴はただ真っ直ぐに林田だけを見据えた。

留置場はじめじめしており、膝を抱えて床に座っているだけで気分が悪くなる。檻《おり》にぶち込まれている先客は浮浪児ややくざ者ばかりで、中にはあからさまにヒロポンなどの薬を使用し、覚束ない目つきの者もいた。

「おまえ、何やったんだよ」

「何も……」

「もしかしたら、間違いでぶち込まれたのか？　運が悪いな」

透き歯の浮浪児がけらけらと笑い、垢に塗れた手足をぼりぼりと掻いた。

ただ、曾我を守りたい。それだけだった。

我ながら大胆なことをしてしまったと、気持ちが落ち込んでくる。こういう衝動的な行為をやってのけるのは、もしかしたら、母の気質を強く受け継いでいる証なのかもしれなかった。

「清潤寺弘貴、出ろ」

檻の外に立った警官が、弘貴に声をかける。

「はい」

「お坊ちゃんが何をしてんだ。親御さんを心配させるだろうが」

警官は林田などよりずっと親身なようで、ぶつくさと文句を言いつつも、弘貴を取調室に連れていってくれた。

そこでは、先ほどの林田警部が腕組みをして待ち構えていた。

「おまえ、学習院《がくしゅういん》の生徒なんだってな。とんだ不良じゃないか。曾我とつるんで、どうするつもりだった？」

曾我の動向がわからない以上は、よけいな台詞は一言も発してはならないと、弘貴は黙り込む。

「おまえみたいな手合いが、一番たちが悪いんだよ。可愛い顔して、相手を騙しやがる。特に……」

林田はそこで言葉を切り、立ち上がって威圧的に弘貴を睥睨した。

「おまえは胡散《うさん》臭い。人誑《ひとたら》しの匂いがぷんぷんする。でもな、曾我は手強《てごわ》いぞ」

「…………」

「さて、答えてもらおうか。曾我はおまえの話は嘘だと言っているが、どうなんだ？」

既に結論の出ている取り調べは無意味なものだろうが、一度ついた嘘を引っ込めるわけにはいかなかった。

「嘘のわけがありません。曾我さんは僕を庇ってるんです」

「庇う？　その意味がないだろうが」

二人の行き違いが面白いらしく、林田は腹を抱えて笑った。

「おまえも曾我に心酔してる餓鬼の一人かもしれんが、あまり真に受けないほうがいいぞ。あいつは所詮、やくざだからな」

苦境を切り抜けるのに弘貴の力なんて借りたくない、曾我はそう思っているのだろう。

だけど、少しでも彼の助けになりたいのだ。

好きだから。

好きな人のために、自分のできることをしたい。

「警部、清澗寺伯爵が着きました」

「ん、早いな」

わかっていたことではあるが、父にまで今回の失態が知れてしまったのだと、緊張に胸が震える。

「これをお見せするようにと」

警官が林田に渡したのは、何やら分厚い書類の入った封筒だった。その束をぱらぱらと捲る警部の表情が次第に険しいものになり、最後には忌々しげに「釈放だ」と吐き捨てた。

「釈放？　どうしてですか？」

「あの荷物は、清澗寺家が正式に買いつけたものだそうだ。それを証明する書類がこれだ」

ばさっと書類を机に投げ出し、林田はそれを弘貴に寄越した。

「ですが、警部！」

「ＧＨＱの……経済部の大佐のお墨付きだ。俺たちじゃ、逆らえないよ」

林田警部はぎろりと弘貴を睨んだ。

「噂は本当みたいだな。おまえの父親、色仕掛けでＧＨＱの高官を誑《たら》し込《こ》んでるんだろ？」

「な……」

弘貴は気色ばんだが、こんなところで言い争いをしているわけにはいかない。

「曾我には覚えておくようにと言うんだな！」

「伝えておきます。——お世話になりました」

深々と頭を下げた弘貴が書類を持って室外に出ると、階下には背広の和貴《かずたか》が落ち着かない様子で立っている。

「父様！」

「弘貴」

振り返った和貴はほっとした顔になり、飛びついてきた弘貴をぎゅっと抱き締めた。

「心配したんだ」

「ごめんなさい」

「闇市なんて……どうしてそんなところに出入りするんだ」

まさか、好きな相手がいるからだとは言えなかった。連鎖的に母のことを思い出して、和貴が卒倒しかねない。

「とにかく、帰ろう。外に車を待たせている。それから、深沢《ふかざわ》からたっぷりとお説教だよ。覚悟してなさい」

「……はーい」

いち早く書類を作らせたのはやはり深沢の手腕で、GHQまで動かしてしまったらしい。

こうなるのは薄々想像がついていたが、いざとなると、自分が大それたことをしてしまったのだと実感できた。

「父様にもっと怒られるかと思った」

「今日はいいことがあったからね」

「いいことって……あ！　もしかして、葉書が来たの？」

和貴は無言で、嫣然《えんぜん》と唇を綻ばせる。幸福に輝くその目に、彼がいつも待っている葉書が届いたのだと知った。

戦争が始まるずっと前から、和貴は大事な人からの手紙を待ち焦がれている。一年に数度届く白紙の手紙は、和貴にとって何よりも大切なもののようだ。何も文章が書かれていないのに、和貴はそこに込められた気持ちがわかるらしい。それらはすべて布張りの綺麗な箱に入れられているのを、弘貴は知っている。

「今後二度と、闇市になんて行かないでくれるね。約束してくれるだろう？」

「……はい」

和貴の澄んだ瞳に見つめられると、弘貴はもう逆らえなかった。

弘貴を迎えに来た軍用車は清澗寺家の離れで暮らす中将に借りたようで、運転手は米兵だ。

本当に、今日という今日は反省しなくては。

帰宅した弘貴が二階の書斎に向かうと、深沢が極めて不機嫌な顔つきで待ち受けていた。

「ごめんなさい、直巳さん。そしてありがとうございました」

最初に謝罪と礼を一度に告げると、深沢は驚いたような顔になったものの、それだけでは誤魔化されないと言いたげに、咳払いをしてからすぐさま説教を開始した。

「まったくあなたという人は……どうして闇市などに入り浸っているのです？」

「ごめんなさい」

「おまけに清澗寺家の名を不用意に出すとは」

和貴の予告どおり、深沢の説教は長々と続いた。

途中で欠伸をしようものなら、更に文句が倍加する。こんなにたくさんの言葉を知っているなんて、深沢はすごいと逆に感心しそうになる。

「……以上です。そんなことならば、和貴様の手伝いでもしてくださったほうが、よほどましです。和貴様にこれ以上迷惑をかけるようでしたら、この家から摘《つま》みだしますよ」

「もう、しません……」

ぐったりした弘貴が何とかそう言うと、深沢はやっと満足したようだ。

「結構」

深沢は眼鏡を押し上げ、弘貴を見下ろした。

「泰貴様の話では、宿題も溜まっているはずですよ。部屋に戻ってそれをなさい」

漸く解放された弘貴が子供部屋に戻ると、泰貴は蒼褪めた顔で英語の本を読んでいた。

「ただいま、泰貴」

「……ああ、お帰り」

このあいだ読み終わったと言っていた、『オリバー・ツイスト』だ。そんなに何度も読むとは、よほど好きなのだろうか。

「――心配かけて、ごめんなさい」

「いいよ、おまえらしいから」

泰貴はそう言って、弘貴の腹のあたりを小突いた。

「僕らしいって」

「いきなり暴走するところ」

「そうかな。でも、最後には父様が助けてくれるって思ってたんだ。ずるいよね、僕」

それを聞いて泰貴は顔を強張らせたようだが、すぐに微笑んだ。

「それよりも、その本、何度も読んでるね。面白いの？」

「面白いし……それに考えるんだ。あの人がこの本を、どうしておれにくれたのか」

「誰かにもらったの？」

「……うん」

考え深げに頷いた泰貴は、それから「あ」と顔を上げた。

「それより、風呂に入ってくれば？」

「風呂？」

「顔、真っ黒だよ」

そういえば、昨日からずっと風呂に入っていない。

「行ってくる」

着替えを手にして弘貴は部屋から出たものの、扉のすぐ外でへたへたと座り込んだ。

曾我を助けられたのは嬉しいものの、和貴と約束した手前、当分闇市には行けないだろう。

曾我を思うと、胸が疼く。

今すぐ、会いたい。

曾我さん……。

そのまま嗚咽を漏らした弘貴は、飽きるまで泣き続けた。

自分の幼い恋がいろいろな人に迷惑をかけてしま

っている。そう実感すると、悲しくてたまらなかった。

「泰貴、そろそろ帰らなくていいのか？」

瑞沢《みずさわ》の声に我に返り、泰貴は彼の部屋に不似合いな重々しい置時計を見やる。

時刻は六時を過ぎており、さすがに家に帰らないと心配されてしまう時間だ。

「じゃあ、帰るよ」

「ごめん、追い出すわけじゃないんだ」

恐縮している瑞沢に、泰貴は「うん」と作り笑いを浮かべた。

今日は藤城《ふじしろ》に呼び出されていたが、泰貴は無視を決め込んだ。

亮太《りょうた》からの連絡がないので、藤城については態度を決めかねている。ここで顔を合わせても、つけ込まれて面倒な事態になるだけだった。

「君の好きそうな本、また見つけておくよ」

「ありがとう」

機嫌良く答える泰貴に、瑞沢は目許を和ませた。躰の関係は結ばなくとも、こうして瑞沢と文学談義をして過ごすのも楽しかった。

泰貴が少しばかり余裕を見せているのは、弘貴がこのあいだ警察に捕まるという大失態を犯したからだ。あれで彼は和貴と深沢の信頼を損ない、毎日暗い顔で学校と家を往復している。幸い新聞や雑誌に話は漏れなかったらしいが、クラスメイトたちは弘貴の落胆ぶりを、一応は気にかけていた。しかし、泰貴が皆にあらかじめ「放っておいてやってくれ」と言ったので、弘貴はひとりぼっちで誰にも話を聞いてもらえないはずだ。

それだけでも、すっと胸がすく思いがした。

「兄さん！」

明るい声が部屋の外から聞こえてくる。瑞沢の妹の祥子《さちこ》だろう。

「どうした？」

「ねえ、清澗寺さんが雑誌に載っていたの」

部屋に飛び込んできた祥子は頬を紅潮させ、泰貴を見てにこりと笑った。

「ほら」

見開きの記事には、ご丁寧に顔写真まで掲載されている。

――特集・新世代の華族たち。

――慈善事業に打ち込む清澗寺家の継嗣。

「これ、弘貴君だね。知らなかった、こんなことしていたのか」

瑞沢が感心したように呟いた。

――四代続いた清澗寺伯爵家においては、次の当主が誰になるかはしばしば話題になっている。中でも有力なのは、双子の弟の泰貴君とともに学習院《がくしゅういん》高等部に通う弘貴君である。彼は慈善事業に注力し、清澗寺伯爵の片腕として精力的に活動している。今回の取材は、弘貴君の人となりを探るのに力を割いた。

清澗寺家の、最も有力な跡継ぎ候補。

やられた……！


落ち込んで虚しい日々を送っていると思いきや、弘貴は汚名返上のために和貴を手伝い、社会活動に精を出して点を稼いでいたのだ。

無欲な顔をしている弘貴に、すっかりしてやられた。泰貴が藤城との関係に気を取られているあいだにも、彼は跡取りになるべく地固めをしていたに違いない。

もしかしたら、弘貴は次代伯爵の座を巡る争いに、密かに参加しているのではないだろうか。

一見すると愚かしいばかりの闇市通いも、自分の味方を見つけるための布石だとしたら？

あっという間に疑心暗鬼になり、泰貴の先ほどまでの楽しい気分も掻き消されていく。

「すごいな、弘貴君は」

「そう、だね」

「どうかした？」

「……ううん。帰るよ」

玄関口まで送ってくれた瑞沢と別れ、泰貴はぎゅうぎゅうに混み合った都電に乗って家の近くで降りた。

思考の整理がつかない。

弘貴が本気で自分の敵に回れば、泰貴は負けるかもしれない。

弘貴には才能がある。人を魅了し、無条件に愛される天賦の才が。

それは泰貴には決してない要素だ。

泰貴が重い足取りで歩いていると、ちょうど人影の途切れたあたりで「ヤス」と野太い声をかけられた。いつもなら警戒して絶対に足を止めないのに、この夜だけは違った。

考えごとをしていたせいで、反応してしまったのだ。

燃え残った電柱の陰から顔を覗かせたハンチング帽の男を見て、泰貴はひっと息を呑む。

「やっぱりおまえ、清澗寺に縁のある人間だったんだな」

松本《まつもと》、だった。

このところ瑞沢や藤城に気を取られて、すっかり忘れていた……！

「似てると思って学校にも行ったが、決め手がなくてな。俺の取材は受けてもくれねぇし。で、この雑誌見て、ぴんときたよ。弟の泰貴君……か。どうなんだよ、ヤス」

答える言葉など、ない。

「黙《だんま》りかい。――まったく、見違えたぜ？　清澗寺伯爵は、自分の養子が上野《うえの》の元浮浪児って知ってるのかねえ」

それくらい誰もが知っていると言ってやりたかったが、口を利けば言質を取られてしまう。

「おまえが家に潜り込むためにあれこれ情報を買ってたってのは？　その情報を買うための金は、どう稼いだ？」

「…………」

「おいおい、石にでもなっちまったのかい？」

松本相手に、さすがに別人だとの言い逃れは不可能だろう。観念した泰貴は、静かに口を開いた。

「別段、浮浪児だったのは否定しない。あの状況で、家もないおれが生活する手段なんて限られている。それに、清潤寺は名門華族だ。逆恨みされてたたき出されるのも嫌だし、前もって内情を調べておいたって、父は問題視しないだろう」

「さすが、浮浪児どもを束ねてるだけあって口は達者だなあ」

　男はくっくっと笑って、それからわざとらしく肩を竦めた。

「まあ、いいか。本題に入るぜ」

「………」

「ちょっと金が入り用なんだよ。用立ててくれるだろ？」

「子供のおれに、そんな金があると思うか？」

「それだったら、稼いでもらうしかねぇなァ」

　男は下卑た顔で笑うと、泰貴に一歩詰め寄った。

「嫌だ！」

　揉み合っているところに、強かに頬を張られて泰貴は呆然とする。殴られるのは滅多にないことで、痛みに顔が痺れた。

　泰貴の抗いがなくなったのを見て取り、「やっとおとなしくなったな」と松本はにっと笑った。

「さあ、来い」

「困るな。僕のものに手出しされるのは」

　闇の中で静かに響くのは、聞き間違えようのない、藤城の声だった。

「！」

　驚いて肩を跳ね上げた松本が、背後を顧みる。

　街灯を背に藤城が立っており、「こんばんは、泰貴君」と優しく微笑んだ。

　安堵すればいいのか、怯えればいいのか、泰貴は複雑な気分でその場に佇む。

「何だ、てめえ」

「僕はこの子の家庭教師だ」

　にこやかに微笑んだ藤城の右手に握られていたのは、ありふれた軍用拳銃だ。どこで手に入れたのか、護身用にしているらしい。

「そんな玩具《おもちゃ》……」

「玩具に見えるなんて、心外だな」

優雅に答える藤城は、腕を伸ばして男の眉間に狙いを定める。

「先生、だめです!」

「害虫が一匹消えても、大勢には影響がない」

藤城は艶やかに笑み綻んだまま、凍りついたように動けない松本の額に銃口を押しつけた。

男の頭が西瓜のように弾ける様を想像し、泰貴はぞっと身震いした。

「どうせはったりだろ!」

松本が忌々しげに吐き捨てるが、それは誤りだ。

藤城なら、撃つだろう。そう直感した。

この男の真性は、おそらく邪悪。

藤城の心には、ないのだ。

罪悪感というもの。人を殺す躊躇というものが。

あるいは、心そのものが。

でなくては、こんなに優しく笑ったままで引き金を引けるわけが——ない。

「先生!」

かちり。

小さな音がして、一歩踉《よ》蹌《ろ》めいた松本がその場に膝を突いた。

アンモニアの異臭が、つんと鼻を突く。

松本は、恐怖のあまり失禁したのだ。

「ああ、運がいいね。これは弾倉に一発だけ銃弾が入っている。当たりが来る前に、君が考えを変えてくれると有り難いんだが」

死を目前にし、呑まれたように動けなくなった男のこめかみに銃口を突きつけて、藤城は再度引き金を引く。これも、不発だ。

「君は運がいい」

「わかったよ! もう、こいつには金輪際近寄らない! 約束する!」

「では、今回だけは信じてあげよう。だけど、また何かあったら次は弾倉に全部弾を込めていくよ」

半ば腰が抜けたままの松本は尻で後退り、何とか逃れようとする。そして電柱を支えに立ち上がると、停留場の方角へ一目散に駆けだした。

その背中を無感動に見送った藤城は鞄に拳銃を収

め、平然とした顔で泰貴に向き直る。

「まだ怯えた顔をしているね。ああいう手合いほど、実力行使で仕返しする勇気はないよ。何かあれば、そのときは本当に始末すればいい」

「先生、あの……どうして」

漸く、泰貴は掠れた声を紡ぐのに成功した。

「君が約束をすっぽかしたから、迎えにきたんだ」

助かった安堵よりも、今は、藤城という得体の知れない男に相対する恐怖心のほうが大きかった。

「助けてくれて、ありがとうございました」

早口で礼を言った泰貴は一礼し、その場を去ろうとする。しかし、それよりも早く、藤城の指が蛇の如く腕に絡みついてきた。

「君はこの週末、つまり今夜から、僕の下宿に泊まり込んで勉強する予定になってる。君の父君の許可も取りつけた」

「な…」

「勉強が嫌で逃げ出すなんて、父上に嫌われてしまうかもしれないよ。努力しない人間が次の伯爵になれるほど、あの家は甘くない」

あくまで穏やかな声は、それでいて拘束力がある。ここで彼を振り切って逃げ出せば、藤城はあることないことを和貴に平然と吹き込むだろう。

そうでなくともあの雑誌記事を見た直後で、弘貴に差をつけられたことへの焦りはあった。

どちらが信用されるかなど、目に見えている。

「さあ、おいで」

蛇に睨まれた蛙のような心境で、泰貴は藤城の下宿に連れられていった。

「先生……」

玄関の鍵《かぎ》を開けて、彼はずかずかと室内に上がり込む。泰貴も慌ててそれに倣った。

「今日は大家さんはいないんだ」

唇に笑みを浮かべたまま、藤城は泰貴を自分の部屋に引き摺り込む。

「べ、勉強って……何の科目ですか？」

「え？　ああ、真に受けたのか。強いて言うなら、僕に相応しくなるための礼儀作法かな」

想定外の答えに、泰貴は「え」と目を瞠った。そういう
「君は狡猾なわりには間が抜けているね。そういう
ところで、詰めが甘い」
笑いを含んだ声で言ってのけた藤城は、身を翻そ
うとする泰貴の足をさっと払った。
「わっ」
畳に前のめりで倒れ込んだために胸と腹を強く打
ちつけ、息ができなくなる。
苦痛に打ち震えている泰貴を後ろ手に括《くく》ると、そ
のまま藤城は乱暴に制服のズボンと下着をまとめて
脱がせた。
「嫌だ！」
何とか声を荒らげたが、冷ややかな哄笑を浴びせ
られ、泰貴ははっと躰を強張らせた。
「君に選択の余地はないんだ」
背後から泰貴の腰を摑んだ藤城が、強引に尻を掲
げさせる。肩を突いて尻を突き出す体勢を強いられ、
羞じらいに頬を染めたものの、藤城ががっちりと腰
を摑んでいる。彼はそこに、いきり立つものをひた
りと押しつけた。
恐怖に自分の蕾が収縮するのがわかった。
「っ」
藤城の、熱だ。
準備すらしていない襞に切っ先を押しつけられ、
躰が竦む。
「やはり君は清潤寺だな」
蔑む声音に、心臓が痛む。
「乱暴されるとわかってるのに、いたぶられる愉し
みを躰が覚えてしまって動けないんだろう？」
「違う…違います…」
そうじゃない。
この忌まわしい躰くらい、どうあっても律してみ
せる。
「往生際が悪いな」
頭上から笑いを零した藤城が、この前のように、
いきなり秘蕾《ひらい》に性器を突き立てた。
「いたい……ッ」
鋭い悲鳴を上げたが、それさえも彼は無視した。

強引に腰を進め、易々と泰貴を征服してかかる。

「痛い…先生、やめて……」

穏やかな藤城とは真逆の凶暴な熱が、遠慮会釈なく肉と肉のあいだに沈み込む。躰を裂かれる激痛に悲鳴が溢れたが、藤城は「いいね」と笑うばかりで頓着《とんちゃく》しない。

「は、あ…っ……痛ぃ……」

痛いのに、苦しいのに、全然思いやってくれない。この男にとって泰貴は、ただの肉だ。

征服すべき、一片の肉。

そう意識すると、泣き喚《わめ》く声も次第に掠れてしまう。

「あれ、もう諦めるのか？」

「く、ぅう……」

肉の塊が、敏感な襞と襞をずぶずぶと強引にこじ開けていく。閉じていられない口から、喘ぎと唾液が同時に零れていくようだ。

「全然拒んでいないよ。思ったとおりだな」

「い、嫌だ…痛い……」

思い出したように訴えるけれど、次第に思考そのものがぼやけて麻痺していく。

「うあッ」

いきなり奥深くまで突き込まれ、声が上擦った。

「自分ではわからないだろうけどね。君はなかなかいい躰をしている。これが清澗寺の本質なのかな」

問われたところで、応える余裕は欠片もない。

「…ん…う……くぅッ……」

苦しい。苦しくて、苦しくて、たまらない。

「熱くてなかなかいいんだけど、まだつらいのか？」

「先生、もう、やめて……」

「つまり、気持ちはよくないというんだね？　少しよくしてあげないと、さすがに可哀想か」

ほら、と。

囁いた藤城が突然腰を引き、尖端《せんたん》だけを残して逃げていく。あ、と物欲しげな声を漏らしそうになった次の瞬間には、逆に入り口から最奥まで一気に貫かれた。

「ひぅ！」

悲鳴に近い声が溢れ、泰貴はぴくぴくと震える。

痛みではない、激しい快楽が泰貴の神経を貫いたのだ。そう知覚するのに、暫しの時間を要した。

「気に入った？　もう一度しようか」

藤城はそう言って腰を引く。同じことをされるのかと身構える泰貴を弄ぶように、今度は浅瀬をじっくりと雁首《かりくび》のあたりで擦ってきた。

「ひん、ぅう…あ…あっ…」

焦らすようなやり口に、ひ、ひ、ひ、と喘ぎとも息ともつかぬ音が漏れる。

「気持ちいいか？」

「あ、あ、っ」

そうだ。これが快楽の定義だ。

思考がぼやけて、既に、下半身から生み出される感覚にのみ従順になっている。痛みもあったが、それを凌駕《りょうが》する快感に翻弄された。

乱暴にされているのに、藤城のする一つ一つが快楽に繋がる。入り口を焦らすように擦られるのも、奥深くまで突き込まれるのも、今みたいにぬくぬくと抜き差しされるのも。

気持ちいい。気持ちいい、気持ちいい……。

「あ、あっ……あふ……」

藤城が腕を解いたので、両腕がぱたりと畳の上に落ちた。

それでも、逃げられない。逃げるために動く気力が出なかった。

「僕を殴るか？」

挑発するような口調に、顔を横に向けた泰貴は目線だけを動かして否定する。

暴力など、藤城のような人物には無意味だ。

それに、最早逃げられないのはわかっていた。ここまでの快感に染められては、身動ぎするのも億劫《おっくう》だった。

それくらいに、理性が麻痺しかけている。

「いい子だ。これはどうかな？」

浅瀬でゆるゆると腰を動かされ、頭が痺れる。唾液が呑み込めずに溢れ、泰貴は短く息をした。

「そんなだらしない顔じゃわからないよ。口で言ってごらん」

「気持ちいい…ッ……」

「いい子だ。僕の言うことを聞く気になったね？」

「嫌だ……」

それを聞いた藤城は、それとわかるほどに大きなため息をついた。男の反応に合わせて性器が動くものだから内壁が引き攣れ、躰がひくついてしまう。

「君はもう少し教育が必要みたいだね」

「ひ…ッ……」

性器の尖端の小さな孔《あな》を指でくりくりと弄られ、恐怖に喉が鳴った。

「ここで快感を制御されないと、言うことを聞けないようだ」

先走りでぬめる花茎を軽く握り込まれ、潰されるのではないかという不安に胸が軋む。

「やっ！」

藤城が亀頭を手に包み込んだまま、軽く押すようにして力を込めてきた。

「せ、せんせい…痛いッ……」

「痛くしているんだよ。躾《しつけ》には飴と鞭《むち》が必要だ」

「でも……う、ぅう……」

もう自分でも何を言っているのかわからない。毛羽立った畳を力なく引っ掻くが、その程度は抗いですらなかった。

「さあ、いい子だ。僕の玩具になると誓ってごらん。それだけで許してあげよう」

「嫌…です……」

「気持ちよくしてほしいのに、拒むのかい？」

「でも、嫌……」

犬のように短く呼吸をしながら、泰貴は必死でその誘惑に抗う。

「ふうん。僕は構わないけどね。一晩くらい、君を責め立てるのはわけない」

「う……」

「君が玩具になると認めたら、朝までずっと気持ちいいことだけをしてあげよう」

藤城が躰を倒して上体に覆い被さり、優しく耳打ちをする。

「気持ちいいことは好きだろう？」

「すき…」

反射的に、甘えるような声が漏れてしまう。

好きだ。

何の脈絡もないはずなのに、藤城の口から「好き」という言葉が聞けるのは幸福だった。

それとも、もう、自分はとっくにおかしくなっているのだろうか。

「僕に抱かれるのが気持ちいいと言ってごらん」

「…………」

「僕を悦ばせてくれるだろう？　たまには可愛いところを見せてほしいな」

可愛い……？

弱みを握られ、苦痛を与えられ、それでも可愛いと褒められる。見事なまでの飴と鞭だとわかっているのに、藤城の甘言に縋らずにはいられない。

「嘘じゃないなら、言えるね？　君は勉強は得意なはずだ」

耳朶にかかった藤城の息はまるで愛撫のように心地よく、だめ押しされた泰貴は躰を捩った。

「さあ、言って。終わりにしたいだろう？」

これは、嘘じゃない。自分の気持ちに嘘をついているわけではないから、正直に言ってもよさそうだ。そうすれば藤城を悦ばせるし、この状態が終わりになる。

そうだ……終わりにしてもらえる。

「——先生、に抱かれるの、気持ちいい……」

「いい子だね。もう一度言いなさい」

「先生に抱かれるの、気持ちいい……抱かれるの、気持ちいいです……」

唇が震える。

脳が、被虐の悦楽に急速に染まっていく。

気持ちいいと白状するたびに、快感が募るような気がした。

「先生、気持ちいい…先生にしてもらうの……」

今の自分は、和貴と同じ顔で喘いでいるのだろうか。

こんなものは間違っているのに、止められない。

「君は虐められているのに、さっきからとてもよくなっているね？」

「は、はい……」

「それなら、虐められるのが気持ちいいと認めてごらん」

　できない。そう言おうとすると、また、敏感な性器の尖端を今度は爪で軽く引っ掻かれた。

「ほら、痛くされているのにまた感じているよ」

「ち、がう……、ああ、あっ」

　怖くて縮こまりかけている花茎とは真逆に、蜜壺を捏ね回されれば快感が募る。

「言いなさい」

「虐められるの、気持ちいい……先生に虐められるの、好き……」

　疲れきった思考の中で漸く泰貴がそう白状すると、背後で藤城が笑った。

「やっぱり君はいい子だ。恥ずかしい言葉を言うたびに、中が締まる。一度ご褒美をあげよう」

「あっ！　あ、あっ……先生、だめ……いく、いくっ」

　指を緩めた藤城が、ゆっくりと突き上げてくる。これだけの刺激では普通なら物足りないのに、極限まで敏感にされた襞は違った。

「いく、いくっ……いく……！」

　白濁を撒き散らした泰貴の髪をぐっと摑み、藤城は「出してほしいか？」と冷ややかに問う。

「出してほしい…です…」

　信じられないくらいに従順に、泰貴はそう懇願していた。

　考えるのを放棄してしまっているのに、いや、そうだからこそ、肉体は痺れるような快感に小刻みに襲われている。

「それなら、ねだるんだ。臓腑まで穢してほしいと」

「お、お腹まで汚して……先生で穢して…っ…」

「いいだろう」

　肉の代わりに指先まで快感を詰め込まれたみたいで、全身が重くて怠い。もう殆ど動けないくらいに快感に支配されているのに、ずぶずぶと深く突き上げられれば、己のものとは信じられぬほどの甲高い嬌声《きょうせい》はやまなくなった。

「あ、そこ…いい、いいっ！」

媚びるためなのか、煽るためなのか、それとももともと自分に羞恥心などなかったのか……。

はしたない声を上げるたびに、快感で下腹部が爛《ただ》れるように痛んだ。

「君は本当に才能があるな」

皮肉を込めた冷酷な声も、今は泰貴の快感を煽るばかりだった。

藤城がご褒美を注《そそ》ぎ込むときには、泰貴はもう一度達していた。

学生服を白濁で汚した泰貴を改めて畳に横たえ、藤城は冷えた目で睥睨する。

「さて、これからが躾の本番だ」

額に微かに滲んだ汗を拭い、藤城は薄く笑んだ。

もう指一本動かせないほどに疲れているのに、藤城はいったい何を言っているのか。

「大丈夫だ。今から手加減をするよ。君には作法を学んでもらわなくてはいけない」

「作法……？」

咳払いをして何とか問いを口に出すと、藤城は傲《ごう》然《ぜん》と首肯する。

「清潤寺の血を引く肉は、魅力があるそうだ。確かに君の肉体はそれなりに美味だが、所詮はその程度だ。未熟すぎて、賞味には到底耐えない」

「……どういう、意味ですか」

質問を吐き出す気力があったのを、我ながら褒めてやりたかった。

「君には僕の事業に協力してほしいんだ。君が清潤寺家の人間であるのは、僕には有り難い」

「信用や、金が欲しいってことですか……随分、小物っぽいことを言うんですね」

泰貴の精いっぱいの嫌みでさえも、藤城には何ら痛痒《つうよう》はないようだった。

「金はいらないが、君の躰は利用価値がある」

「まさか……」

売春でもしろというのか。

「金のために、好きでもない男と寝ることだって時には必要だ。それが世の中の摂理だ。君が娼婦に相応しくなるまで、僕が仕込んで上げるよ」

　愁然とする泰貴を見下ろし、藤城が甘い笑みを口許に浮かべた。

　まる一日嬲《なぶ》られてから解放された泰貴は、浅草《あさくさ》まで出向くことにした。躰が軋むように痛かったが、亮太に探らせている内容が気になっていた。支払いは後日まとめてしていたが、報告自体は浅草公園六《あさくさこうえんろっ》区《く》にあるカフェーに手紙を残してもらっていた。

　ここは戦前から軽演劇や女剣劇などで有名で、様様な劇場や映画館、飲食店が所狭しと建ち並んでいる。戦後も娯楽を求めた庶民たちが訪れ、町の雰囲気は以前と変わらないのだと聞いた。

「いらっしゃいませ」

　泰貴の姿を認め、顔見知りの店主は「ああ」と頷いた。

「いつものだね」

　珈琲と一緒に、小さなメモが運ばれてきた。

　有り難いことに、亮太からの新しい報告書が無事に届いている。

　その手紙を開封すると、藤城に関しては調査が進んでいないが、次に会うときまでにどうにかしておくと走り書きがされていた。

　調査には時間がかかるだろうし、亮太と会うのは二週間後だと決めていた。

　そのときには彼が藤城の何らかの弱みを握っていてくれることを、願うほかない。

「…………」

　気持ちが落ち込んできて、テーブルに両手を突いた泰貴は脱力して項垂れた。

　本当に自分は、藤城を好きなのだろうか。

　人が矛盾せずに持ち合わせた善良さと、邪悪さ。

　その二つが蛇のように絡まり合い、藤城という奇矯な人間を作り出しているのだ。

　二つの面に矛盾がないというのなら、藤城の優しさはまた本物なのだろうか？

――知りたい……。

もう自分は、藤城の歪で底知れぬ魅力に囚われているのかもしれない。

彼の指摘したとおり、泰貴の恋愛観はその処世術に比して幼稚で純情なものだと痛感していた。

好きな人から、好かれたい。愛されたい。

愛し合い信頼し合う両親を見てきた泰貴にとって、愛とはそれくらいに貴いものだった。愛と肉欲は常に切り離されていたがゆえに、藤城の豹変は泰貴には衝撃的だった。

だから、藤城との関係が望み薄だとわかった以上は、もう深追いはするつもりはなかった。

あとは己の野望に向かって邁進《まいしん》するだけだ。

ただ、今は従順にしておかなくては、和貴に告げ口されたりと面倒な事態が起きかねない。

もう少しだけ、藤城の暴虐につき合う必要があった。

いっそ、嫌いになれたらどれほど楽だろう。

だけど、演技であったかもしれないが、藤城が自分のために本を選んでくれたのも、気にかけてくれたのも、この野望を見抜くほどに見つめてくれていたのも、何もかもが事実なのだ。

藤城を憎むまでの変化には至らず、泰貴は己の思いを持て余していた。

14

「このとき、キケロは……」

　子供部屋に響く藤城《ふじしろ》の声は涼やかで乱れ一つないけれど、泰貴《やすたか》にはそれに聞き惚《ほ》れる余裕など皆無だった。

「ん、んっ……んー……」

　机に寄りかかる藤城の性器に舌を這わせ、泰貴は奉仕の最中だったからだ。

「聞いているのかい、泰貴君」

「は、はい……」

　顔を離した泰貴が、唾液に塗れた唇を動かして答えると、藤城は「結構」と冷ややかに言う。

　藤城は、欲望すら理性で律せるのではないだろうか。そう思えるほどに、彼は切り替えが早い。

　弘貴《ひろたか》は風邪気味で学校の帰りに病院に寄るそうで、まだ帰宅していない。それだけにいつ彼が戻ってくるのかわからないので、こんなことはしたくなかった。

　けれども、藤城は魔法のような手管をもって、抗う泰貴を従わせた。

　——もし君が嫌なら、何もしなくていい。ただし、代わりに弘貴君を抱くよ？

　その言葉は、泰貴を竦み上がらせるには十分だった。

「出してあげるから、ちゃんと呑むんだよ」

「……はい」

　泰貴の後頭部を押さえ込んだ藤城が、腰を動かして口腔を犯し始める。このときは舌を使わないでいいと言われていた。

　自分の口は性器の代わりなのだと。

　教えられたとおりに舌を伸ばして歯列に被せ、歯が男の性器にあたらないように工夫を凝らす。ややあって特有の味がする体液が口腔に広がり、泰貴はそれを嚥下《えんか》した。

「美味しい……」

藤城への奉仕を覚えてから、それを美味しいと味わうのを強要された。はじめは嫌だったのに、男の体液に慣れてくるうちに、だんだんそれが本当に美味しく思えてくるから不思議だった。

半ば無意識にうっとり呟くと、藤城が低く笑う。呑むごとに、藤城の細胞が自分の中に満ちる気がした。指も、舌も、髪も、全部に……藤城が浸透していくようで。

あんなに男に抱かれるのを嫌っていたのが、我ながら嘘みたいだ。

「さあ、授業を再開しよう」

「あ、あの」

放っておかれたままだった下肢がきつくて、泰貴は思わずねだり声を上げる。

「ああ、これくらいで感じたんだ」

「……はい」

「君は何度やっても慣れないな」

揶揄《やゆ》するように笑った藤城は、泰貴の下腹部を爪先《つまさき》で押した。

革靴の靴底で刺激され、悦楽より痛みが先に走る。だが、暫く足裏で転がされていると、じわりと愉悦が体内から湧き上がってきた。

「あっ……ふ……」

「ちゃんと言ってごらん？　靴で踏まれて感じてますって」

「……ッ」

――こんなことを許すのも、今だけだ。

絶対に藤城の尻尾を摑んでやる。こんな惨めな目に遭わされてすごすごと負け犬のように引き下がれるほど、泰貴は甘くはない。

そう強く心を持っていないと、絶望的なまでの快感に引き摺られてしまいそうで。

「――いい目だね、泰貴君」

ふと藤城は笑うと、泰貴の額に戯れに唇を押しつける。

「君のそういうところは、なかなか悪くない」

それだけでざわりと胸が騒ぐのだから、自分はまだ藤城に抗するだけの力が足りないのだ。

「……ヤス。ヤス、いるんだろ」

暗がりから、亮太《りょうた》の声がする。

焼け跡で塀を一枚挟んでの会話は、手紙以外の唯一の通信手段だ。

「ああ」

絶対に顔を見ないという条件で、時折こうして廃墟の暗がりで彼と待ち合わせて金を渡していた。

今日は待ちに待った、逆転の糸口を掴んでやると、藤城の調査の結果報告をしてもらう日だ。張り切って待ち合わせの場所に来たのだ。

「どうだった？」

「――あいつ……相当、まずい奴だ。おまえ、どういう関わりなんだ？」

言いたくなさそうな調子で、彼は声を落とした。

どこか具合が悪いのか、息苦しそうなのも泰貴には気がかりだった。

「どうした？　体調でも悪いのか？」

「感づかれたんだ。あいつを調べてるの」

ぼそぼそとしゃべる亮太はひどく怯えているらしく、落ち着きがなかった。

「殴られたのか？」

「それならまだいいよ。あいつを調べてるのに、ハルが気づかれた」

「それで？」

「捕まっちまって、脅かされて、撃たれるのか飛び降りるのか、どっちか選べって言われたんだ」

「……飛び降りる？」

信じ難い言葉に、泰貴はつい鸚鵡返しで聞いた。

「そうだ。飛び降りれば許してやるって。たかだか五階からだけど、あいつは飛び降りた」

「ハルはどうしたんだ！」

泰貴が思わず声を荒らげると、亮太は「怪我だけで済んだよ」と沈んだ口調で告げた。

「ほかにも、うちのちびの目の前で、金を借りに来た連中をいたぶったりして……あいつ、調査に行かせてから三日は俺のそばを離れなかった。一人になるのが怖いって泣くんだ」

浮浪児たちの中にはひ弱なものもいるが、己の才覚で一冬を越えた曲者揃いだ。そんな連中が揃いも揃って怯えているとは、藤城は相当悪辣《あくらつ》な真似をして仲間たちを脅したようだ。

普段は仲間意識など欠片も感じないくせに、それでも藤城の仕打ちは許せない。亮太たちをいたぶられたのだと思うと、怒りに握り拳が震えた。

「それだけじゃない」

「まだ何かされたのか？」

「——誰に頼まれて調べてるのかを白状しないと、あの地下道に火を点けるって言われたんだ」

「まさか」

藤城は残虐な人物だが、自分の手を汚すような真似はしないはずだ。しかし、他人に実行させかねない。

「言ったのか？」

「言わないよ。ヤス、おまえがくれた金で俺の仲間たちは、一人も死なずに冬を越せた。おまえを売り飛ばしたりするもんか」

友情に篤《あつ》い亮太らしい言葉に、泰貴は彼らを利用していることにさすがに罪悪感を覚えずにはいられなかった。

「いつまでに答えろと言われたか？」

「それが……今日まで、なんだ」

「——約束はしてるのか？」

「夜、あいつの会社に来いって」

言いづらそうに、それでも亮太が教えるのを聞いて、泰貴の覚悟は決まった。

「……わかった。おれが話をつける」

藤城の始めた会社は『新星利殖《しんせいりしょく》クラブ』なる名前で、低金利の融資と高利率の債券販売を謳《うた》っている。所在地は銀座《ぎんざ》の路地裏にある小さなビルディングで、そこが藤城の仕事の舞台になるはずだ。

これまでしばしば藤城の姿を銀座で見かけたのは、ほかの貸金業者でアルバイトをしていたせいだ。彼はそこで金融の知識を学び、この仕事の準備をしていたのだとか。

会社を始めるにあたって大きく打ち出した新聞広告の効果はあり、問い合わせが米始めているらしい。

泰貴が想像するよりもずっと、藤城は底知れない男だった。

仕事に打ち込んでいるが、藤城が金に執着しているのかといえば、そうでもないようだ。

おそらく、藤城にとってはこの世の中の出来事はすべて手遊びの遊戯なのだろう。

その一環としてはもっと手広く貸金業をやりたいらしいが、資金力と信用がない。人々から信用を得、より多くの出資者を集めるためには、有名な華族である清潤寺家《せいかんじけ》の看板が不可欠なのだ。

あの財閥が背後について金融業を営んでいますと言えば、それで安心する者は多い。信用されなければ、泰貴が出ていって少し話でもしてやればいいのだ。

また、こちらは冗談なのか本気なのかは知らないが、泰貴には娼婦のように肉体を使った接待をさせようとしているらしい。

米兵に言われても売春などしなかったのだ。今更、藤城の陳腐な目的のために他人に脚を開くなど御免だ。

「悪かった。これが謝礼だ」

ひび割れた塀のあいだから、金の入った封筒を差し出す。

「ありがとな。どうするつもりだ？」

「これから銀座に行って、話をつけてくる。調査は打ち切りで、いつもどおりの華族の調べだけにしてくれ」

「助かるよ」

「当然だ」

じゃあな、と別れを告げた亮太の足音が、遠のいていく。

人の気配がなくなったのを確認してから、泰貴は歩きだした。

都電を乗り継ぎ、銀座へ向かう。

「ここか…」

目的地の前で見上げると、ビルディングの三階にある藤城の会社と思しき部屋の灯りは点いている。

そこにいるのが藤城かどうかは不明だが、行くだけ行ってみよう。

三階までの階段を駆け上がった泰貴は、ドアノブに手をかける。藤城にしては不用心なことに鍵がかかっておらず、ノブを摑んだ手に力を込めて、回しながらぐっと右手を引いた。

――藤城は、確かにいた。

帝大の制服を身につけた彼の長軀は、薄闇の中で仄かに浮かび上がる。

「!」

彼は一人ではなかった。

それはいい。問題は、その腕に抱かれて唇を重ねていた人物が、義兄の貴郁《たかふみ》である点だ。

信じ難い光景に、泰貴は呆然と立ち尽くす。

接吻は深いもののようで、二人はまるでそのかたちに作られた彫像のようだった。

――この家は君の心を蝕む。


そう言った貴郁の台詞が、脳裏に谺《こだま》する。

誰もが蝕まれているあの家で、義兄がただ一人正気でいるわけがなかった。

自分の手の中から鞄が落ち、その音を聞いた藤城が顔を上げる。彼は艶やかに笑んで口を開いた。

「何だ、泰貴。君も可愛がってほしいのか？」


「どうしたのかなあ……」

今宵に限って、泰貴も貴郁も帰ってこない。和貴《かずたか》は例によって将校の相手、おまけに深沢《ふかざわ》は書斎で来客を迎えている。

曾我《そが》とは、もう二週間も会っていない。

淋しくて淋しくてたまらなかった。

書斎に近づくと微かに開いていたドアの向こうから話し声がし、弘貴は足を止めた。

「それでどうなんですかね、真偽のほどは」

「真偽？」

凍えた深沢の声が、鼓膜を撫でた。

「あの清潤寺伯爵が、闇市の元締めと結託していたなんて記事が出ちゃあ、そちらの商売にも問題がありそうだ」

相手は新聞記者か何かを装い、明らかに彼は深沢を脅しにかかっているのだ。

「しかもお相手は、伯爵家の行方不明の長女と関係があった人物と来てる。この家も、叩けば埃が出るんじゃありませんかね」

関係があったって、どういう意味だ？

曾我はただ鞠子《まりこ》に救われただけではなくて、もしかしたら——鞠子を好きだったのだろうか。それならば、彼が時折自分に慈しみ深さを見せるのも納得がいく。

曾我は自分ではなく、その後ろに別の人を見ている。

そんな疑念を抱いた刹那、心臓が壊れそうなほどに激しく脈打ちだした。

「帰っていただけませんか」

厳しい深沢の声に、相手が「わかりました」と立ち上がる気配がした。

今の話をもっと詳しく聞きたい。

だが、深沢が素直に教えてくれるとは思えない。名刺があれば訪ねていくことも可能だが、その点でも深沢の協力は望めなかった。

ならば、訪ねてきた人物に聞くほうが近道だ。先回りをして、相手を待ち伏せしよう。

意を決した弘貴は足音を忍ばせて階段を下り、執事の箕輪《みのわ》に見つからないよう外へ出る。

車寄せを全力疾走し、歩哨に挨拶して門から飛び出すと、ぴたりと塀に貼りついて身を隠した。

ややあって、足音が聞こえてくる。

暗がりで顔は見えないものの、背広の男が門を出て、弘貴の潜む方角へ近づいてきた。

よし。

一歩踏み出そうとしたそのときだった。

「どうだった？」

弘貴より先に記者を呼び止めたのは、大通りからやってきた二人連れの男たちだった。

訪ねてきた記者は一人だが、待ち構えていたのは二人。しかも背広など着ておらず、清潤寺家への訪問者にしては明らかに異質だ。

「てんでだめ……おい、待て」

つかつかと記者が近づいてきて、弘貴は竦み上がった。心臓が早鐘のように脈打ち、息が荒くなってくる。

「誰かいるぜ」

「こんなところに？　誰だよ」

抗うまでもなく乱暴に腕を摑まれ、弘貴は道の真ん中に強引に引きずり出される。

「！」

顎を持ち上げられ、街灯の下で乱暴に顔を晒された。

「へえ、こいつ、清潤寺の餓鬼だ」

「そいつは好都合じゃねえか、柏木《かしわぎ》」

月明かりでよくよく見れば、相手に見覚えがあった。確か、闇市で自分に因縁をつけて外套を奪おうとした破落戸《ごろつき》ではないか。あのとき恥を掻かされたことを恨んでいたのか、記者のふりをして、相手は清潤寺家に入り込もうとしていたのだ。

「曾我のことで話があるんだ。ちょっと来てもらおうか。あいつには恨みがあるからな」

襟首を摑まれ、シャツが破れそうになる。

平和的に話を聞けるのならまだしも、見るからに怪しい連中を相手にしてはいけないと、弘貴でさえも判断がつく事実だ。

「乱暴な目に遭わされるよりは、ちょっとくらい可愛がってほしいだろ？」

「嫌だ！」

暴れだす弘貴の背筋を氷のような恐怖感が滑り落ちる。男たちは下卑た笑い声を上げながら、弘貴の華奢な躰をしっかりと抱き込んだ。

（下巻へ続く）

蜜の果実

1

昭和《しょうわ》四年　冬。

「貴郁《たかふみ》、お庭に出てみようか」

清潤寺《せいかんじ》和貴《かずたか》ができるだけ優しい口ぶりで話しかけるが、タイル張りの床に座り込んだ幼子はどこか怯《おび》えたようなまなざしで俯《うつむ》くばかりだ。

「お庭は嫌い？」

三角形の黄色い積み木を摑んだ清潤寺貴郁は、視線を落としたまま「怖い」とだけ答える。

言われてみれば枝ぶりの立派な木々は、子供には恐ろしいのだろうか。とはいえ、和貴にとって庭は、いつも楽しいものだった。兄の国貴《くにたか》に手を引かれて歩いた、明るい思い出が多いからだ。

だが、この家に来てから、貴郁は一階のサンルームで積み木をしたり絵本を読むばかりだ。

「父様が一緒でも怖いかい？」

返答を迷うように、貴郁が視線を彷徨《さまよ》わせた。

昨年、和貴は特別に宮内省《くないしょう》に願い出て、清潤寺家の当主を冬貴《ふゆき》から継ぎ、伯爵を襲爵した。

そして、ある思惑から和貴が貴郁を養子にしたのは、三か月ほど前のことだ。

清潤寺家にもいくつかの分家があるが、そのうちの一軒から和貴は貴郁を引き取ったのだ。

まるで犬猫のように子供をやりとりする自分の醜悪さに和貴は自嘲《じちょう》すらしたものの、どうすれば清潤寺家をそれに相応《ふさわ》しい着地点に持っていけるのかを考えた末の結論だった。

当の貴郁はあまり子供らしからぬ利発さで和貴と接し、果たして自分が同じ年齢の頃はこんなに利口だったろうか、と和貴は疑念に駆られる。

でも、四歳のときに和貴は知ってしまった。

あの夏の日。むっと膚に纏《まと》わりつく、湿度の高い空気。汗で貼りついたシャツの不快感。蟬時雨《せみしぐれ》。離れから切れ切れに聞こえる、父の淫哇《いんあい》。

目を閉じても、耳を塞いでも、それは消えることがない――。

「父様？」

上目遣いにこちらを見上げる貴郁に蚊の鳴くような声で問われ、和貴ははっとする。

いけない。

やり直すと、決めたのだ。

この子と一緒に、何もかも、一からやり直そうと。

「貴郁には怖いかもしれないけど、昔は庭にぶらんこを作ったりして遊んだんだよ」

「ぶらんこ？」

「そう。妹が欲しがったみたいでね」

和貴の言葉を聞いて、貴郁が「ぶらんこってなあに」と問うた。

「――和貴君」

会話を遮ったのは、懐かしい人物だった。

「小父様《おじさま》！」

慌てて振り返った和貴は、着物を身につけた老人に頭を下げる。

伏見義康《ふしみよしやす》。

父である冬貴の情人にして、和貴にとってはあらゆる意味での保護者にあたる大切な存在だ。

「すぐ会えると思ったんだが、こちらで用があってね。この子が貴郁君か。赤ん坊のとき以来だ」

「わざわざありがとうございます」

久々に清澗寺家を訪問した伏見を小応接室《サロン》に通し、和貴は改めて貴郁に挨拶をさせることにした。

「さあ、貴郁、小父様に挨拶をしてごらん」

和貴がなるべく穏やかな調子で促すと、俯いてもじもじしていた貴郁が微《かす》かに視線を上げて、その双眸《そうぼう》で伏見を捕らえた。

「……貴郁です」

甘い、幼子特有の声音。

「よろしく、貴郁君」

こくりと頷《うなず》く貴郁に、伏見は穏やかに笑う。

「ここに座ってごらん」

「はい……小父様」

和貴が折に触れて会話で小父様と言うのを聞いて

いたせいか、貴郁は的確に呼び名を選ぶ。彼は早足で伏見のところへ向かい、傍らに座ろうとした。

「こちらだよ」

伏見が自分の腿《もも》を叩《たた》いたので、貴郁は目を瞠《みは》ってから、羞《は》じらった様子で首肯する。彼はもじもじしながら、それでも嬉《うれ》しそうに伏見の腿に座った。躾《しつけ》の甲斐《かい》あり、貴郁は行儀がよい。落ち着いているし、四歳にしては上出来だろう。

「いい子だ」

破顔した伏見が貴郁の髪を撫《な》でると、彼は楽しげに笑ってそのまま伏見に寄りかかった。

「小父様、あったかい」

「それはよかった」

あったかいと言いつつ躰《からだ》を捩《よじ》る様は、まるで子猫がじゃれているようだ。

微笑《ほほえ》ましげに見守る伏見のまなざしに不吉なものが混じったように思え、和貴は眉を顰《ひそ》めた。

「どうなさったのですか、小父様」

「ああ、気づいたのか。何でもないよ」

言葉を濁した伏見は膝に載せたままの貴郁の髪をもう一度撫でる。声を上げてくすぐったそうに身を捩る貴郁は、どこからどう見ても普通の子供だ。

「貴郁君は、君を慕っているのかい」

「ええ。僕が会社から帰ってからは、寝るまでずっと一緒にいます。深沢《ふかざわ》のことは苦手なようですが、僕には懐いてくれているんですよ」

「この家に馴染《なじ》みすぎてはいないのか」

何を見越しての指摘か、伏見の言葉に和貴はぴくりと表情を強張《こわば》らせた。

「ご存じのとおり、貴郁は清澗寺の分家の出です。ここが居心地が悪いとは思えません」

「私の言いたいことはわかっているだろう？　君の不安の種を話してごらん」

窘《たしな》めるような伏見の台詞《せりふ》に、和貴は我ながらそうわかるほどに悔しげな表情になり、唇を噛《か》んだ。

「――貴郁は確かに、清澗寺家に馴染んでいます。僕を慕っていますし、母親がいないのに、何もかも忘れたように振る舞ってくれる」

「それはじつに、よくできた子だ」

「……ええ」

微かに言い淀《よど》んだ和貴の思いに気づいたらしく、伏見は声を落とした。

「だが、それが不安の種というわけか」

「そうです」

貴郁は伏見に抱かれたまま、くすぐったそうな顔をしているだけだ。そこには当然、性の匂いも何もないのに、和貴は密《ひそ》かに怯えている。

いつか貴郁もまた、抗《あらが》えぬ肉の悦《よろこ》びに目覚めてしまうのではないか、と。

なぜなら、伏見も知るとおり、貴郁に流れる血もまた濃厚だからだ。

「君の運命を分かち合う相手ができたのだと思えばいい。不安を感染させて、この子を悲しませるよりはいいはずだ」

「そんな相手を欲してはいません」

きつい口調で発してしまってから、和貴ははっと自分の口を手で塞いだ。幸い貴郁は聞いておらず、伏見の胸に凭《もた》れて船を漕《こ》いでいる。

運命を分かち合う相手を探しているわけでは、ない。ただ、知りたいだけだ。この一族の終焉《しゅうえん》の日を。

「――ですが、もう一人養子をもらうべきかもしれません」

「やめておきなさい。貴郁君が可哀想《かわいそう》だ」

「まだ四歳ですよ。弟でもいたほうが楽しいはずです。この家は大人が多すぎる」

「深沢君が嫌がるんじゃないのか」

相手の気質を見透かした発言に、和貴は思わず苦笑する。

「でしょうね。深沢は子供が嫌いみたいです」

「彼にも思うところがあるのだろう」

和貴の伴侶ともいうべき深沢直巳《なおみ》は、和貴以外の人間のこととなると、とことん冷淡だ。貴郁にどのような意地悪をするか、わかったものではない。

四歳児相手であったとしても容赦しないし、どんなときでも和貴を最優先にする姿勢は変わらない。

黙り込んだ和貴に、伏見は諦め顔でため息をつく。

「……まあ、いいだろう。ここは君の家だ。好きにしなさい」

「はい」

「だが、子供たちの人生は子供たちのものだ。親にできるのは、助言と見守ることだけなのだと――それを決して忘れてはいけないよ」

「ええ、小父様」

笑顔で頷いたものの、心中には苦い思いが広がる。

痛いところを突かれた。

如何《いか》に老獪《ろうかい》な伏見であれど、たかだか四歳の幼子の資質を見抜けるわけではないだろうが、それでも和貴の恐れていたところを気取られた。

伏見の膝の上で安心して寝入っている貴郁を見つめ、和貴は複雑な心境で俯いた。

2

伏見《ふしみ》の突然の来訪を、暫《しば》しのあいだ和貴《かずたか》は忘れた。

それから数か月が経過し、この日は春の嵐《あらし》というにぴったりの一日だった。

朝から分厚い雲が帝都を覆い、小雨がぱらついていたが、夜半には激しい雨になっていた。

「貴郁《たかふみ》、そんなところで寝ては風邪を引くよ」

和貴が優しく声をかけると、小応接室の長椅子に寝転がっていた貴郁は「ん」と声を上げる。しかし眠気が勝るらしく、それきり動こうとはしない。

「仕方ないな」

微笑んだ和貴は貴郁を軽々と抱き上げた。子供は体温が高いせいか、和貴にはとてもあたたかく感じられる。無意識に服を摑む彼の仕種《しぐさ》に、父親である自分に懐いているという誇らしさが胸を満たす。

二階に上がり、和貴は自室の寝台に彼を寝かせた。

「和貴様」

そこで戸口に立った深沢《ふかざわ》に話しかけられ、和貴はふっと顔を上げた。

「どうした？」

「今夜も一緒に寝るんですか？」

「当たり前だ。まだ四つなのに、一人なんて可哀想だろう。サヨも明日にならないと戻らないし」

つかつかと近づいてきた深沢は物言いたげだが、彼の意向に左右されるつもりはない。貴郁が折角心を開いてくれたのだから、このまま友好的な関係を築きたいというのが、和貴の希望であった。

「あと半年もすれば、淋《さび》しがらなくなる。おまえもそれまでの辛抱だ」

「強がりますね。独り寝が辛《つら》くて夜泣きするのは、あなたのほうなのに？」

深沢に喉のあたりを指先で擽られ、和貴は眉根を寄せる。

「子供の前で悪戯《いたずら》はよせ」

返事の代わりに深沢が微笑し、和貴の唇を自分のそれで塞ぐ。食《は》むように下唇を軽く噛まれ、引っ張られるだけで、頭の芯がつうんと痺《しび》れてくる。

深沢は自分の肉体を熟知している。

そのくせ彼はたかだか一度の接吻《せっぷん》であっても、おざなりにはしない。どうすれば相手の性感を煽《あお》れるかを探り、常に新しいやり方で和貴を翻弄《ほんろう》する。

「だめだ……」

何とか声を出して抗おうとするけれど、深沢の手練手管からは逃れられるはずもない。

「情操教育に悪いと…」

「いつもそうおっしゃいますが、無知でいるのも罪深い。適度な馴致《じゅんち》は必要です」

尻を揉《も》み込むように手を動かされ、和貴は熱い息を吐く。こうされると、頭に靄《もや》がかかる。舌も凍りついてろくな言葉が出なくなり、深沢の言いなりになって快楽を受容する肉塊になってしまうのだ。

「ン」

「感じてきましたね」

ぬめってきた部分を服の上から撫でられ、和貴は羞じらいに身をくねらせた。

「あ、は……」

これまでに貴郁の前で愛撫《あいぶ》されたことはあったが、いずれも性交には至らなかった。和貴が拒絶したからだ。けれども、いつ深沢が本気で仕掛けてくるかわからないという、怖さはある。

「このところお預けで、私もそろそろ堪忍袋の緒が切れそうです」

「だから、外で……してる……」

「ええ、あなたは外でだととてもいやらしくて可愛《かわい》くなりますね。家ではいい父の仮面をつけて、それが苦しいのではありませんか」

もう何を言われているのか、よくわからない。

性感により理性を薙《な》ぎ倒されかけたそのとき、俄《にわか》に階下が騒がしくなってきたため、すんでのところで踏み留《とど》まった和貴は深沢を押し退《の》けた。

「……見てくる」

首を傾《かし》げた和貴は貴郁をちらりと一瞥《いちべつ》し、彼が起きないことを確認してから扉を開けた。階段を足早に下りると、玄関ホールに誰かが立っている。

薄暗いホールに佇《たたず》む女性の背格好を、見間違えるはずがない。

「お兄様!」

まだ鍵《かぎ》を持っていたのか、彼女は自力でこの家の扉を開けたようだ。

「鞠子《まりこ》……」

家出して一年半になる鞠子の姿に、和貴の顔は明るくなった。飛び出して以来まるで音信がなかったので、心配でならなかったのだ。

——しかし。

「その子は……?」

階段を下りきった和貴の視界に飛び込んできたのは、御包《おくる》みに包まれ、嵐ものともせずに鞠子の腕の中ですやすやと眠る赤子の姿だった。

「産みたいって言ったでしょう」

「………」

そもそも鞠子が家を出たきっかけは、彼女の妊娠にあった。最後まで堕胎を主張した和貴と、鞠子は決して相容《あいい》れなかったのだ。

「双子だったの。でも、今の私には二人を育てきれないの。こんなことを言うのはずるいけど……お願い、この子はお兄様が育ててちょうだい」

捲《まく》し立《た》てる鞠子に、和貴は自分でも意外なほどに早く冷静さを取り戻していた。

「それなら何もかも水に流そう。鞠子、おまえが戻ればいい。親子三人、うちで暮らすんだ」

「戻れないわ。私には夫がいるのよ」

鞠子はきっぱりと言い切った。

「あんな男……！」

「お兄様、ごめんなさい。もう一度、私の我が儘《まま》を聞いて」

哀願を一蹴《いっしゅう》され、無理して浮かべていた和貴の笑みが凍りつく。これまで鞠子は和貴の共犯者でいてくれた。それなのに、肝心のときに彼女は逃げだしてしまうのだ。

「嫌だ」

言葉とは裏腹に、赤子を鞠子に押しつけられ、和貴は咄嗟《とっさ》にそのぬくもりを抱き留めてしまう。

「鞠子、子育てをするなら尚更《なおさら》運動は無理だ。子供には母親が必要だ。それに、双子を引き離すのは可哀想だろう」

「彼を愛しているの！」

鞠子は珍しく声を張り上げた。

愛という言葉に、和貴はぐっと黙り込む。

それを免罪符にする鞠子は、ずるい。

「怖がっても逃げてもだめ。今のお兄様はまだ逃げている……恐れているわ。この子はきっと、お兄様を救ってくれる」

「………」

謎《なぞ》かけのような言葉に、答えられなかった。

鞠子は何度か瞬《まばた》きをし、そして泣きだす寸前のような微笑みを浮かべた。

「名前は弘貴《ひろたか》、一歳になったばかりよ。可愛がってあげてね」

「鞠子！」

現れたときと同じような唐突さで身を翻し、鞠子は闇の向こうに消えていく。

彼女を追うために赤子を背後の深沢に預けようとしたが、彼は受け取らなかった。

「いけません。鞠子様は追われる身。下手に追いかければ、この子にまで危険が及ぶかもしれない」

「でも……」

かつて和貴が妹の結婚を反対したのは、彼女のためを思ってのことだった。鞠子が選んだ相手は共産主義運動に身を投じる運動家で、貴族階級である清澗寺家とは到底相容れない立場だった。

しかし、それ自体は大したことではない。

問題は、相手が清澗寺の血を引く男だった点に尽きる。どうしてもそれを許せずに和貴は反対し、鞠子はそれを苦にして家を出てしまったのだ。


面倒なことになった。

深沢が抱いたのは、そんな非人道的な感想だった。


まずは弘貴の処遇をどうするか、そこから考えなくてはいけない。子供を二人育てるのは和貴には無理な話で、彼の脆《もろ》い精神が潰れてしまう。

薄明かりの下で見下ろした赤子は、目がぱっちりとして可愛らしい。髪の色もやわらかそうな茶で、紛れもなく清澗寺の血統だろう。

玄関でのやりとりに気づいたらしく、遅れて執事の箕輪《みのわ》がやって来た。

「和貴様、その子はいったい⁉」

「ああ、箕輪……預かったんだ」

気を取り直した和貴の声には、既に張りが戻っている。それもまた、深沢には厄介ごとの前兆だった。

「箕輪さん。申し訳ありませんが、この子の寝床を用意していただけませんか」

和貴と話をするには、赤子は邪魔だった。

「かしこまりました。揺り籠《かご》か何かが必要ですね。確か、貴郁様をお迎えするにあたって納戸を整理しましたので、すぐ見つかるはずです。生憎《あいにく》、使えるかまではわかりませんが」

「仮に使えるとして、布団はどうですか？」

「夏掛けを折り畳めば、今夜は凌《しの》げます」

「結構、布団はお任せしましょう。和貴様、ここにいては冷えてしまう。上に行きましょう」

　本当は女中に面倒を見せたかったのだが、適任者がいないので仕方がない。

「うん。可愛いな、深沢。弘貴だって」

　部屋に戻って改めて見つめると、和貴の頬にはわずかに赤みが差し、彼が立ち直り、既に赤子に夢中になりかけているのがわかる。

　まずい兆候だ。

　半年前に貴郁を引き取った和貴は、彼との生活に慣れることを第一義にした。子供を引き取るのに同意した手前、深沢はそれも仕方がないと思って我慢していた。だが、どう考えても弘貴は乳飲み子だ。和貴に面倒を見られるはずがなかった。

　彼が弘貴に兄弟が必要だと考えているのは知っていたが、もう一人など言語道断だ。仮に提案されても許可しないつもりだったが、鞠子はなんて厄介なことをしてくれるのか。

「まだ母親が恋しい年頃です。可哀想なことをする」

　最初に和貴を責めては、彼が意固地になって弘貴を引き取ると言い出すのは目に見えている。ここは、やんわりと諦めさせるほかない。

「だから、僕が可愛がってあげなくては」

　和貴がそう言った瞬間、くしゃみを一つしたあとに、弘貴は火が点《つ》いたように泣き始めた。

　おかげで、舶来の熊のぬいぐるみを抱えて眠りについていた貴郁が、寝台の上でぴくりと反応した。

　この子供もまた、深沢にとっては我慢のならない、煩わしい相手だった。

「父様……？」

　とうとう目を擦《こす》りながら起きだした貴郁が、寝床にぺたりと座って和貴を胡乱《うろん》な目で見上げる。

「ああ、起こしてしまったね。この子を預かったんだよ。——心配しないで寝ているといい」

　和貴は貴郁に声をかけ、それから懸命に子供をあやそうと試みる。

「どうした？　何で泣く？」

和貴が「よしよし」と言いつつ赤子を揺すってみたものの、弘貴は泣きじゃくるばかりだ。貴郁は両手で耳を塞いでいるし、和貴が困り果ててちらりと深沢の顔を見たのを機に、渋々手を伸ばした。

「貸してください」

「貸してって、子供はものじゃない」

少し反発をする和貴が可愛かったので、深沢もまあ仕方ないだろうと少々機嫌を直す。それに、今は降って湧いた闖入者《ちんにゅうしゃ》をどうにかしなくてはならず、和貴と争っている場合でもなかった。

「わかっていますよ」

言いつつも深沢は弘貴を寝台に寝かせると、手早く御包みを解く。おむつを替えるために両脚を持ち上げたところで、一度、その手を止めた。

「どうした？」

「いえ」

訝《いぶか》しげに深沢の手許を覗き込んだ和貴は、「あ」と小さく声を上げる。


気づかれてしまった、と深沢は苦い思いになる。

おむつは鞠子の浴衣から作られていたのだ。

家を出るとき、着物は持っていけないからと一着だけ持ち出したのは知っていた。何度も洗ったらしくすっかり色褪《いろあ》せてしまっていたが、それを丁寧に解《ほど》いて子供のおむつを作ったのだろう。今や模様が微かに判別できる程度であるのを見ると、鞠子の苦しい境遇がわかるようだ。

それでも、鞠子は新しい生活を選んだのだ。

たとえ茨の道であっても、苦難に耐え忍び愛する人と暮らす生活を。

「濡《ぬ》れてますね」

和貴の気持ちをよそに、深沢は淡々と告げる。

「あ、ああ、本当だ。だから泣いていたのか」

「基本はおむつが濡れているかです。それすらわからないあなたに、赤子の面倒を見るのは無理ですよ」

深沢の一撃に、和貴は沈黙を守る。

深沢は鞠子に託された荷物の中に入っていたおむつを取り出すと、箕輪が先ほど持ってきた手拭いで

尻を拭いてやり、慣れた手つきでおむつをさっさと替えてやった。

「すごいな、おまえ」

案の定、和貴は感心しきった様子を見せる。

「昔取った杵柄《きねづか》です。養父母のところでは、子供の面倒も見ていましたから」

己の過去を匂わせたせいか、和貴は口を閉ざした。

黙り込む和貴を見やり、深沢は「今夜はもう寝ましょう」とだけ告げる。

明日からはこの子を預ける家を探そう。和貴を説得できなければ、不本意だが、彼の肉体に言うことを聞かせるのも検討しなくてはならなかった。


翌日。

耳に突き刺さるほどの泣き声に叩き起こされ、和貴は目を覚ました。

もぞもぞと起きだした和貴は寝台から下り、昨晩の深沢を見習っておむつに触れてみたが、まだ乾いている。寝台には既に深沢も貴郁もいないので、朝食にでも起きたのだろう。

「どうした、弘貴。今朝はなぜ泣いてる？」

抱っこしてみても、弘貴は泣き止《や》まない。鞠子が持たせてくれた荷物から玩具のがらがらを取り出し、顔の前で振ってみる。しかし、今度は烈火の如《ごと》く泣き喚《わめ》かれ、和貴は文字どおりに途方に暮れた。

その泣き声が聞こえたのか、扉がノックもなしに無遠慮に開き、深沢が顔を覗かせた。

「おはようございます、和貴様」

「悠長に挨拶なんてしている場合か？」

顔をしかめる和貴を見やり、それから深沢は顔を真っ赤にして泣き叫ぶ弘貴を睥睨《へいげい》した。

「確かに、とてもうるさいですね」

「この子は、どうして泣いてるんだ」

「わからないんですか？」

呆れたような声音に和貴は腹を立てかけたが、この程度で怒っていては仕方がないと我に返った。

「おしめは濡れてない。だから空腹に違いない」

和貴にしては理性的な推理のはずだったが、深沢は素っ気なく肩を竦《すく》めた。

「食事なら先ほど、あたためた牛乳を与えました。粥《かゆ》も作らせていますが、まだ乳離れはしていないでしょうが、粥も作らせています」

貧しい家では特に、できるだけ長く乳を飲ませるのが普通なので、一歳ではまだまだ母の乳房が恋しい頃に違いない。

「それなら、なぜこの子は泣いているんだろう」

和貴の問いに対し、深沢は当然のように答えた。

「不安なんです。抱かれたときの躰の固さも、匂いも違う。これまで自分を慈しんでくれた相手とは別人なんですよ。幼ければ幼いほど、怯えて当然だ」

「……手厳しいな」

項垂《うなだ》れる和貴からごく自然に赤子を取り上げ、深沢がしっかりと抱き締めてその背中をぽんぽんと叩く。すると、ぐずっていた弘貴が漸《ようや》く泣き止んだ。

「まだ一歳の子供をよりによってあなたに預けるなど、思慮深い鞠子様のなさることとは思えません」

深沢はいつも鞠子の味方だったはずなのに、今日に限ってひどく辛辣だ。

「思慮深いはずのあの子が駆け落ちしたんだ。心に決めたことがあるなら、思い切った手も使うだろう」

「——あなたは鈍感ですね」

「どこが」

相変わらず弘貴を抱いたままの深沢に問うと、彼はさも面倒臭そうにため息をついた。

「いえ……まあ、いいでしょう。それであなたはどうしたいのです？」

「弘貴の戸籍の件は、おまえがどうにかしてくれ」

「手伝うつもりはありません」

深沢はにべもない。

「どうして！」

「和貴様。親に子が必要なように、子には親が必要です。親に捨てられたという記憶は、生涯その子を苛《さいな》むでしょう。それを忘れさせるためには、あなたはその子に過不足ない愛情を与えなくてはいけない。それがおわかりですか」

冷ややかだが、落ち着いた声音はひどく静かだ。

深沢は責めているわけではなく、和貴の覚悟を問うているのだろう。

それだけの責を負って子供を育てられるのか、と。

「貴郁のときは、そんなことを言わなかった」

さりげなくはぐらかした和貴に、深沢は口を噤《つぐ》む。顔つきこそ平素と変わりないが、文句があるのは見て取れた。

「――ええ、貴郁様は賢い子です。それに、あのような家にいてもろくな目には遭いません。引き取ったのは正解です」

「二人にどんな違いがあるんだ」

断定的な深沢の口調が、気に入らない。

「貴郁様のときとは、あなたの目の色が違う」

「もしかしたらおまえは、妬《や》いているのか？」

「妬く？」

「僕が弘貴を育てるようになれば、この子に時間を割いてしまうからな」

それを聞いた深沢がまさに失笑したので、和貴はむっとしてしまう。

「残念ですが、そこまでおめでたくはありませんよ」

淡々としているが、深沢に何か思うところがあるのは透けて見える。文句があるのなら、今のうちに理由を言ってほしい。そうでなくとも弘貴を引き取ることになれば、ますます多忙になるのは目に見えている。そんなときに深沢と揉めるのは嫌だ。

「どうして、怒る理由を言わない？」

「あなたは何も、わかっていない。あなたが自ら絶望の淵《ふち》に向かっていることにも」

芝居がかった台詞で自分のやり方を否定され、和貴は唇をきつく嚙んだ。

「弘貴は僕の希望だ」

「いいえ。いつかあなたは気づく。ご自分がしたことが間違いだと」

「やめてくれ！」

鞠子は兄妹で唯一、冬貴の血を引いていない。

それに、誰よりも和貴自身が妹の健全さを信じている。

決して清潤寺には呑み込まれぬ鞠子が産んだ弘貴こそが、和貴に福音をもたらしてくれるはずだ。

　この幸運を逃す手はない。

「——あなたはやり直したいだけだ。あなたが持っているのは愛情ではなく、エゴイズムだけです」

「酷《ひど》いことを言うんだな。僕は、この子たちに幸せになってほしいだけだ」

　言葉の刃《やいば》によって深々と傷つけられ、和貴は肩を落とした。

「事実ですから」

　さらりと言ってのけた深沢は懐中時計で時間を確かめ、「さあ」と和貴を促した。

「これ以上の話し合いは時間の無駄です。着替えて出社の準備をなさってください」

　本当は弘貴が慣れるまでついていてやりたい。休みたいのはやまやまだったが、今日は重要な会議がある。子供のせいで休めば深沢が嫌な顔をし、どこかに養子に出そうと言うのは目に見えていた。

3

——眠い。

昨晩も弘貴《ひろたか》に夜泣きをされていたので、和貴《かずたか》は寝不足だった。

最初はまだ新しい家に慣れてくれないのだろうと思ったものの、そうではないようだ。鞠子《まりこ》もせめて夜泣きが終わってから託してくれればいいものを、そこまで斟酌《しんしゃく》する余裕がなかったということか。

「今日は真《ま》っ直《す》ぐお帰りになりますか？」

「ん」

眠気に襲われ、和貴は出迎えの自家用車に乗り込んだ瞬間からうつらうつらしていた。

このところ接待は減らしてもらったのだが、このままでは仕事に差し支える。早く弘貴との関係に慣れて、社会復帰しなくてはいけない。

「雑司ヶ谷《ぞうしがや》にでも行きましょうか、和貴様」

「え？　どうして？」

「鬼子母神《きしもじん》ですよ」

子供の守り神のところへ行けとは、普段は真面目で無口な彼にしては気が利いている。

「いや……神頼みは最後の手段にするよ」

「かしこまりました」

和貴が子育てに疲れ切っていると、運転手にさえ気づかれてしまっているのだ。だが、まだ数日しか弘貴と暮らしていないのだから、諦めるのは早い。

「お帰りなさいませ」

「父様、お帰りなさい」

和貴を出迎えたのは、泣きじゃくる弘貴を負ぶった箕輪《みのわ》と不安そうな顔つきの貴郁《たかふみ》だった。

「ただいま。その格好はどうしたんだ、箕輪」

「先ほど乳母が帰ってからというもの泣きだして、止まらないのです。和貴様、どうか泣き止ませてください」

「どうかって言われても……」


弘貴の乳母は通いで夜には帰宅してしまうし、住み込みは無理だと釘を刺されたばかりだ。新しい乳母を雇いたいが、慎重な人選が必要で、当分は探す余裕もなかった。

「ですが、和貴様がお父上なのですから」

「……わかった」

弘貴を受け取った和貴は小応接室へ向かう。長椅子の上で弘貴の御包みを解いておむつを探ってみたが、濡れている様子はない。今度は弘貴を抱き上げ、「ほら、いい子だね」とあやしてみたものの、その程度では泣き止まない。それどころか、和貴の覚束《おぼつか》ない手つきでは、彼を落としてしまいそうだ。

「お腹《なか》でもおむつでもないなら、何が問題なんだ？」

聞いたところで、弘貴は答えてくれない。さすがの和貴も途方に暮れ、彼を抱いたまま長椅子に座り込んだ。わんわんと泣きじゃくる弘貴を見ていると、こちらまで泣きたくなってしまう。

「頼むから、もう泣き止んでくれ」

「何をしているんです」

至極不機嫌そうな地を這《は》うような低音に問いかけられ、和貴はそれでも安堵《あんど》した。

深沢《ふかざわ》の後ろから覗《のぞ》き込《こ》むように、幼い貴郁も見守っている。貴郁の表情はどこか硬く、生気がない。

「助けてくれ。この子が泣き止まないんだ」

「もっとしっかり抱いてあげないと、怖がらせるだけです。安定が必要なんです」

相変わらず慇懃《いんぎん》な口調で促されて、和貴はなるべく両手に力を込めてしっかりと弘貴を抱く。

少し、弘貴の泣き声が弱まった気がした。

「どうした、何が怖い？　僕が……お父さんがここにいるだろう？」

父という言葉に、今更のように、胸がずきんと震えた。そう、自分は彼の父となるのだ。

「泣かないで、弘貴」

背中を優しく撫でているうちに、弘貴が漸く泣き止む。それでもまだ昂奮《こうふん》しているらしくひくひくとしゃくり上げており、それになぜか憐《あわ》れさを誘われた。


この子を守らなくてはいけない。

こんな小さい子なのだから、大事にして、可愛がって、大人になるまで面倒を見てやりたかった。

その有様を、貴郁が椅子に腰かけたまま黙って眺めている。彼には既に年長者の自覚があるようで、和貴は密かに貴郁に感心していた。


「今夜は面白い話を仕入れてきたんだが」

料亭に着いた深沢を見るなりにやにや笑いだした久慈武光《くじたけみつ》を見やり、深沢は眉根を寄せた。

「……どんな？」

「清澗寺伯爵《せいかんじ》は、とうとう子育てに目覚めたとな」

「馬鹿馬鹿しい」

一刀両断にした深沢だったが、久慈は尚《なお》も面白そうな表情をしている。あれこれ因縁のあった久慈だが、今はこうして彼とも友達づき合いをする程度にはなった。彼はさる子爵家の令嬢を嫁にもらい、華族と縁続きになるという野望を叶《かな》えたのだ。

実際、久慈には才能がある。こんな男なら、清潤寺家の血を引く赤子を欲しがるのではないか。

「そうだ、あなたならいいかもしれませんね」

「何が?」

「清潤寺家の血を引く子供を育ててみませんか? 一人余っているんです」

深沢の発言に、さすがの久慈もぽかんとした顔つきになる。

「乳離れはしており、なかなかの器量です」

「本気か?」

「ええ、私は冗談を好みません」

「うちの家内だって妊娠してるんだぜ? 連れて帰れば外で浮気をしたとでも思われかねない」

「代わりに釈明いたします」

「そこまで嫌いなのか?」

久慈の問いに、深沢は答えなかった。

「いいじゃないか、真面目に働いている和貴君の、たまの我が儘くらい許してやれよ」

すぐに仲居が熱燗《あつかん》の徳利《とっくり》を持ってきて、酌をしてくれる。

「真面目に、ですか」

「そうだ。清潤寺紡績の業績はそれなりに堅調だ」

先付けは菜の花、この時期はまだ珍しいものだ。独特の苦味が舌先に残り、それもまた美味《おい》しい。

「建前上はそうですが、それですべてが済むと思われるのは釈然としません」

「君も相当意固地だな」

感心したような口ぶりに、深沢は首肯した。

「これでも心配しているんです。和貴様の重荷を取り除こうと心を砕いているのに、あの人は次から次へと荷物を増やそうとする」

「諦めろよ。その厄介なところにも惚《ほ》れてんだろ?」

「……そういうことになりますね」

深沢は不承不承頷いた。

実際、和貴の舞い上がり方は相当なものだ。慣れると弘貴が可愛くてたまらないらしく、仕事から帰るとつきっきりだ。そのくせ不器用なためにいつまで経《た》ってもおむつは替えられないし、食事を与えるのも下手で、中途半端に冷まして食べさせようとするものだから、結局は泣かせてしまう。

彼自身の可愛いところなど、和貴は深沢だけに見せればいい。一歳児にまで嫉妬する己の欲深さに驚くが、深沢には和貴しかいないのだから仕方がない。

そして、それを知っているくせに放置しておく和貴が一番悪いのだ。

「度が過ぎるようなら話し合いでもしたほうがいいぞ。お互いに嫌な思いをしてからでは遅い」

「もう、していますよ」

冗談めかした深沢の言葉に、久慈は「そうかそうか」と気にするふうもなく笑い飛ばした。


「貴郁様！」

「お坊ちゃま、どこです!?」

二本続けての会議をこなして遅い帰宅をした和貴を出迎えたのは、走り回る女中や使用人だった。

「どうした？　何があった？」

血相を変える箕輪の様子に、和貴がただならぬものを感じて問いかけると、彼は「貴郁様が……」と言った。

「貴郁様のお姿が見当たらないのです」

「いつから？」

「おやつはいつもどおりに召し上がったので、そのあとからです」

「どうして目を離したんだ！」

和貴が苛立《いらだ》ちからつい責めてしまうと、箕輪は「申し訳ありません」と頭を下げた。

「弘貴様が引きつけを起こしたものですから、皆がそれに気を取られて……」

そう言われると、ぐうの音も出なかった。

「僕も捜してみる。外へ出た様子は？」

「正門は門番が見ていましたが、特に気づかなかったとのことです。勝手口は鍵がかかっております」

「そうか。庭はどうだ？」

敷地の中にいるのなら多少は安心だが、敷地は広く離れや使用人の住まいもある。納屋には子供には危ない道具など積んであるし、何かの下敷きにでもなっているかもしれない。

「一応は呼んでみたのですが、貴郁様は庭はお嫌いです。怖がって外にお出にならないので、ざっと捜した程度で……」

「わかった。ならば、僕が行くよ」

昔ながらの角灯《ランタン》を用意させ、和貴は薄暗い庭に足を踏み出した。夜の森はまるで静かな海のようで、それを疎む貴郁の繊細さは和貴によく似ている。

「貴郁！　貴郁、いないのか？」

どこへ行ってしまったのだろう。

和貴が弘貴にかまけているのに、貴郁は文句一つ言わなかった。だが、子供には子供なりに、言いたくても言えないことがあるのではないか。それを和貴が気を利かせて、あらかじめ掬《すく》い上《あ》げてやるべきだったのかもしれない。

弘貴に夢中になるあまり、自分はすっかり貴郁を蔑《ないがし》ろにしてしまっていたのだ。

「貴郁！」

しゃくり上げるような細い泣き声が聞こえた気がして、和貴ははっと目線を上げた。

聞こえるのは、離れの方角だ。

今や無人になったその小体な屋敷へ向かうと、確かにか細い啜《すす》り泣《な》きのようなものが聞こえている。

「貴郁、こっちなのか？」

小さな門を開けて入口の戸に手をかけたが、鍵がかかっている。ならば仕方ないと庭のほうに回ると、灯籠《とうろう》の下に蹲《うずくま》る小さな人影があった。

「貴郁！」

「父様」

ほっとしたように表情を緩め、貴郁は呟《つぶや》いた。

「よかった、心配したんだ」

「……ごめんなさい」

弱々しく謝られると、よけいに胸が痛くなる。

「どうした？　何かあったのか？」

暫《しばら》くその場で膝を抱えていた貴郁が、極めて言いづらそうに口を開いた。

「あのね、弘貴が泣くから、ここに来たの。でも、暗くて怖くて」

戻れなくなってしまったというわけか。

「もう大丈夫だよ、貴郁」

手を伸ばしてぎゅっと貴郁を抱き締めたが、彼はまだ躰を縮こまらせている。

「弘貴は、弟になるの？」

「そうだよ。仲良くできそう？」

「……うん」

彼がまだ何かを言いたそうなので、和貴は辛抱強く続きを待った。

「ぼく、いらない子になるの？」

「え？」

想定外の言葉に、和貴はつい聞き返してしまう。

「弘貴がいれば、ぼくはもういらない？」

「そんなことはないよ、貴郁。僕はおまえを可愛がるって決めたんだ」

そこで漸く、貴郁がゆるゆると躰の力を抜く。

「だから、安心してくれていいんだ」

これはきっと、大いなる実験になるだろう。すべてが和貴の我が儘と妄執から始まっているのだ。

今夜は、彼が眠りにつくまでは一緒にいよう。

そう思いつつ和貴が貴郁の髪を撫でてやっていると、漸く、彼が安らかな寝息を立てるのがわかった。

ややあって、ドアを叩く音とともに深沢が入ってくる。彼は微かに眉を顰め、ベッドの真ん中で眠る貴郁と、揺り籠に納まった弘貴を見つめた。

「今日は面倒が起きたようですね」

深沢に黙っていろと箕輪には口止めしたのに、どこから漏れてしまったようだ。

「誰がそんなことを？」

「箕輪ではない者です」

箕輪に口止めしたことさえお見通しなのが、いかにも深沢らしくて口惜しい。

「覚悟は決まりましたか？」

「ああ。弘貴を正式に引き取ることにした」

刹那、深沢の顔が微かに強張ったように思えた。

「だから、手続きをおまえに頼みたい」

「協力はできかねます」

事務や根回しに長《た》けた深沢に頼めばすんなりいくという和貴の目算だったが、彼は呆気《あっけ》なく却下した。

「やはり、弘貴を引き取るのは反対なのか？」

「貴郁様ですらまだ慣れていないのに、これ以上荷物を増やせば、あなたは潰れてしまう」

「子供は荷物じゃない」

まるで無機物のように子供を表現する態度に、和貴は神経を逆撫でされる。

「あなたには同じことです」

深沢はにべもなく言ってのけ、和貴を真っ向から見据えた。

「お忘れですか」

「何を」

「あなたの手枷足枷《てかせあしかせ》になるのは私だけだと言ったたはずですよ」

「……ああ」

懐かしい。

それが二人の関係の、一つの象徴だった。

愛の記憶はいつも、少しずつ風化していく。あのときなまなましく心に刻まれた誓いの言葉でさえも、こうして聞くと、遠い昔のもののように思える。

「弘貴様は里親を見つけて、預けるべきです。あなたに父親が務まるとは到底思えません」

「貴郁は僕に懐いている。弘貴も、きっと同じだ」

「貴郁様は一番大変な時期を、分家のご両親が引き受けてくださったからです。あなたは美味しいところを掠《かす》め取っているだけだ。これから、弘貴様はもっと多くのことを吸収しなくてはいけない。貴郁様とは端《はな》から条件が違うんです」

深沢の言い分は正しいのかもしれない。だが、和貴だって努力しているつもりだ。それを頭ごなしに否定されると、腹が立つばかりだった。

「僕にはできる。僕は……僕は、この子たちを愛せるつもりだ。あの人とは……父とは違う！」

冬貴《ふゆき》を引き合いに出すと、深沢がそれとわかるほどに冷ややかなまなざしになって和貴を見据えた。

そして、大儀そうに息を吐いた。

「わかっています。あなたは、冬貴様とは違う」

「だったら、どうして認めてくれないんだ」

「あなたが人の親になどなれるはずがない。父である前に、欲望に忠実な獣《けだもの》でしかないのですから」

ざっくりと胸に突き刺さる、冷酷な宣告だった。

思えばこの男の立場は、常に一貫していた。子供たちを決して可愛《かわい》がりはしなかったが、粗末にはしない。殊更に傷つけることもない。彼らには清澗寺家の男としてのある程度模範的な姿を見せる。

そのうえで、和貴を抱くことで深沢は残酷なほどにはっきりと示すのだ。和貴は子供たちの父親にはなれはしない。ただの肉塊でしかないのだと。

「しますよ」

酷薄な口調で告げた深沢が、和貴の腕を取る。

摑まれた腕に込められた力が強すぎて、和貴は痛みに顔をしかめた。

「え？」

「鈍いですね。それとも誘っているんですか？」

一歩詰め寄られて、和貴は躰を緊張させる。寝台では既に貴郁が寝息をたてており、傍らの小さな揺り籠には弘貴が眠っている。

こんなところでは、嫌だ。

今まで一度だって、子供たちの前で深沢との情交に耽《ふけ》ったためしはないのだ。

「あ……」

逃れられずに結局は壁に追い詰められた和貴に、深沢が更に詰め寄る。彼の筋肉質の腿が脚と脚のあいだに入り込み、和貴の中枢をぐっと押した。

「…は…ッ……」

過敏な器官を押し上げるように腿が動き、それから、次に緩く円を描くように回される。

男の意図を察した脳が、昂奮に痺れ始めた。

いけない。ここで感じては。

だが、劣情で飼い慣らされた肉体は脆く、深沢の腿の動きに合わせて自《おの》ずと腰が揺れてしまう。

「あ、あっ……だめ…よせ……」

か細い声で和貴は訴え、貴郁を起こさないように口を噤む。今も目を開けていると、視界には貴郁の安らかな寝顔が飛び込んでくる。

「そう言って私を拒みきれたこともないあなたに、父親が務まると？」

からかうような、貶《おとし》めるような物言いが和貴の心に深くざっくりと突き刺さった。

性器への緩やかでぞんざいな愛撫と、こんな状況では子供たちを起こしてしまうという焦燥。それらが複雑に絡み合い、いつもとは違う刺激となり、和貴の脳を直《じか》に攻撃し、最早、抜き差しならぬほどに和貴は反応しきっていた。

「ほら、感じてきた。あなたはすぐに思考を放棄する」

「なに、言って……」

「追い詰められるといつも、あなたは快楽へ逃げてしまう。いいえ、追い詰められるのが気持ちいいんでしょう？　子供たちも、このときばかりはあなたの快感の道具だ。酷い父親もいるものだ」

「違う……」

否定しようにも、舌すら上手く動かせない。

嫌だ、こんなのは。子供たちの前でなんて、耐えられない。

——なのに。

「だめだ……濡れてきて……」

膚と布が擦れて、くちゅくちゅと音がしている。濡れていると意識した瞬間に、先走りがどっと溢《あふ》れたような気がした。

「濡れるようにしてるんです」

「い、嫌だ……」

こんなところを見たら、子供たちが傷つく。かつての自分と同じ目に遭わせるのは、絶対に嫌だ。

性器へのぞんざいな愛撫が止んだと安堵したのも、つかの間だった。

深沢は抵抗できなくなった和貴の衣服を緩め、下着ごと一気に足許まで引き下ろす。

「う、ぅう…ッ……」

今度は乾いた指を秘められた部分に捻《ね》じ込まれて、和貴は圧し殺した喘《あえ》ぎを溢れさせた。

「ひ……ン……」

敏感な襞《ひだ》と襞を楔《くさび》で押し広げ、伸ばすような動きが狂おしいほどにつらい。なのに、その愛撫にも似た甘い感覚を、全神経で追ってしまう。

「嬲《なぶ》られているのに、抵抗一つできやしない」

低い声を注ぎ込まれ、和貴はぴくぴくと震えるほかなかった。それがひどく惨めだった。

「やめて……」

掠れた声で哀願しても、深沢はやめてくれない。

「ふ」

弘貴が一瞬声を上げた気がして、和貴はぎょっとした。

幸い、彼はまだ眠っている。

だが、いつ目覚めるかわからないという恐慌に駆られ、和貴は必死で声を圧し殺した。

声を殺し、存在を殺すほどに快感が跳ね上がる。

気持ちがいい。

こうして翻弄され、いつ目が覚めるともわからぬ子供たちの前で犯され、恥辱に震えるのが。

いや、それだけではない。

深沢が普段は押し隠している、和貴への情欲。それが歪《いびつ》なかたちで噴出し、自分を捕らえてやまないからこそ、感じてしまうのだ。

「ん、んっ」

自然と和貴は腰をくねらせ、深沢が与える快感を享受する。

触れられてもいないのに和貴自身も昂《たかぶ》り、ぱたぱたと先走りを床に零《こぼ》していた。磨き込まれた床だけでなく、透明な雫《しずく》は和貴の革靴をも穢《けが》している。

ずぶずぶと容赦なく肉茎《にくけい》を突き込まれると、理性が消えて身も世もなく喘いでしまいそうだ。それを踏み留まらせるのは、子供たちの存在だった。

「いっそ教えればいいんです。あなたがただの雌だと」

「いやだ……っ」

この子たちには何も悟らせてはいけない。歪《ゆが》めてはいけない。どこまでも真っ直ぐに生きてほしい。

けれども、果たして和貴にそんな子供を育てるだけの力があるのだろうか。

「あなたは私のものだ」

首筋に顔を埋め、深沢が熱く囁《ささや》く。軽く犬歯があたり、噛みつかれているのかもしれない。

「私のものだ。男でも女でも、父でも母でもなく。あなたは私だけのものです」

それでもいいと、思っている。思っているのに、自分は欲張りだ。

「な、直巳……」

直巳と彼の名を呼んだ瞬間に、体温が跳ね上がった気がした。同時に、自分を背後から抱く腕の力が、強くなったようだ。

「和貴」

囁かれると、躰が蕩《とろ》けていきそうになる。

自分のものだと、言ってくれた。深沢はこんなにも激しく、和貴への独占欲を露《あらわ》にする。

嫌だったはずの行為でさえも反転して、今度は一気に愛《いと》しさが込み上げてきた。

「ああっ、あ、ふっ」

全身が鋭敏になり、深沢を求めてしまう。

何とか右手で己の口許を押さえ、腰に回された深沢の手に自分の左手を重ねた。

快楽と苦痛を伴う行為は、あたかも愛する男に罰されているようだ。

深沢一人の愛では満足しきれない、欲張りで弱い自分自身を。

立ったままの体勢では、深沢が奥まで突いてくれないのが物足りない。もっと深く、もっと熱く、もっと激しく苛んでほしい。

だが、粗暴な愛撫であっても和貴には毒だった。

「はぁっ……あ、あっ」

小刻みに息が漏れ、気づくと和貴は絶頂に達していた。

きりきりと締めつけたことで深沢もまた達したらしく、短い息を吐いてどっと熱いものを腸に浴びせてくる。

下半身を剝《む》き出しにして腰を下ろした和貴は、ぐったりとその場に座り込んだ。

「声を抑えて、よく頑張りましたね」

言葉こそ労《ねぎら》ってはいるものの、声音にはまったく思いやりがない。

「では、掃除をなさい」

口を開けた和貴は、機械的に男の欲望を口腔に迎え入れる。早く終わればいい、何もかも。一秒でも酔わせて、心に兆した願いを打ち消してほしい。

自分は間違えていない。

これは子供たちのためになることだ、と。

すべてが終わったあとに身を起こした和貴は、衣服を直して潤んだ目で深沢を見上げた。

きっと、深沢はまだ怒っている。それがわかるからこそ、この不穏な空気が嫌だ。

最中に直巳と呼んだときに、和貴と応《こた》えてくれた。あの声に宿るものは、彼の愛情だと知っていたのに。

4

「……ん」

目を覚ました和貴《かずたか》は、寝台で自分の傍らにいるのが貴郁《たかふみ》だけなのに気づいて眉を顰めた。

「深沢《ふかざわ》……？」

慌てて起き上がろうとしたが、昨夜の無茶は行為ゆえの痛苦に躰が軋《きし》む。動いた拍子に寝台が揺れ、貴郁も目を覚ました。

「おはよう、ございます」

「おはよう」

深沢がいない。

彼が寝ていたはずの寝台の窓際も冷たく、和貴は狼狽《ろうばい》してあたりを見回した。

立ち上がって弘貴《ひろたか》の顔を確かめると、ガウンを引っかけて急ぎ足で階下へ向かう。

「深沢！」

玄関ホールいっぱいに、和貴の声が響いた。

「深沢、いないのか」

すぐに箕輪《みのわ》が気づき、和貴に近づいてくる。

「おはようございます、和貴様」

「深沢は？」

挨拶も省略して尋ねると、箕輪は怪訝《けげん》な顔つきになった。

「お部屋にいらっしゃいませんでしたか」

「目を覚ましたらいなかった」

「そうでしたか」

深沢の予定はだいたい把握しているが、今日は日曜日だ。どこかへ出かける予定があるとは、聞いていない。

まさか、彼は出ていってしまったのだろうか。

「……父様？」

やわらかな声で呼びかけてきた貴郁が、和貴のガウンのベルトを引っ張る。貴郁にしては珍しく積極的な仕種だった。

「あ、何だ？」

「弘貴が泣いているの」

「今、行くよ。ありがとう」

貴郁の髪の毛をそっと撫でてやってから、和貴は重い足取りで階段を上がっていく。

妙な胸騒ぎがした。


所用を済ませた深沢が何気なく雑司ヶ谷《ぞうしがや》に立ち寄ると、鬼子母神ではちょうど縁日が開かれていた。

「あっ」

駄菓子を手にはしゃぎ回る子供たちが、どすんと勢いよく深沢にぶつかってくる。

「ご、ごめんなさい、おじちゃん」

「いいんだよ」

おじちゃんという幼子の発言に苦笑したが、外から見れば三十代の深沢は立派なおじさんだ。

和貴には手酷《てひど》い真似をしてしまったが、怒っているだろうか。

けれども、深沢は自分の意見を曲げるつもりはまったくない。和貴には悪いが、子供をどこかへ譲るつもりだった。

そもそも子供の世話をすれば、和貴の時間が減るのは自明だ。そのせいもあり、深沢の苛立ちは頂点に達し、立ったまま和貴を犯してしまったのだ。

昨日の無体な仕打ちについて、反省はしているが謝罪をするつもりは毛頭ない。

二人のあいだにある大事な原則を忘れて、子育てなどという不毛なものに没頭する和貴が悪いのだ。

どのみち、和貴と深沢のあいだには子供など生まれようもないのに。

——大人げない、か。

和貴はわかっていないのだ。

深沢には和貴しかいないし、和貴にも深沢しかいない。なのに、和貴は己に負荷をかけるような荷物を増やそうとする。互いのあいだに異物を挟み込みたいとは思えない、深沢自身の気持ちなど、お構いなしなのだ。


「ほら、弘貴、あーん」

「ぅう…」

「もういらないのかい?」

「………」

ぷいと顔を背けた弘貴は、もう満腹のようだ。

こうして弘貴に食事をさせていると和貴自身が昼食に時間を割けなくなるが、それも仕方のないことだ。貧しい中、鞠子《まりこ》は双子をどれだけ苦労して育てていたのかと思うと、胸が痛む。

陽《ひ》が翳《かげ》ってきてもなお、深沢は戻らなかった。

深沢はどこへ行ったのだろう。どうして、戻ってきてくれないのだろう……?

不安にいても立ってもいられず、起立した和貴が弘貴を抱いて外へ出ると、暗い面持ちで貴郁がついてきた。

貴郁は庭が怖くないのだろうか。そう思ったけれど、彼は唇をきゅっと結び、何も言わない。

「貴郁、中にいてもいいんだよ」

「……ぼくも行きたい」

「そうか」

それならば止めない。

和貴は庭の中央で足を止める。新緑が彩る葉と葉の隙間から光が零れ、下草に模様を作っていた。

ここに深沢がいるはずはないのに、なのに、どこに行けばいいかわからなかった。

一際明るい場所に腰を下ろし、和貴は弘貴を傍らに寝かせて空をじっと眺める。

視界の端で、何かが揺れた。

「？」

枝から垂れ下がった蔦《つた》のようだ。何気なく目を凝らした和貴は、その正体に気づいてはっとした。

ロープだ。

こんなところにロープをつるした理由は、たった一つ。

あれは、どれくらい昔のことになるだろう。

少女だった鞠子が深沢にぶらんこをせがんだ、あのときの光景が胸に甦《よみがえ》ってきたからだ。

「……っ」

——鞠子……。

途端に何かが堰《せき》を切って込み上げ、和貴は胸中を荒れ狂う海嘯《かいしょう》の如き感情の爆発を必死で堪《こら》えた。

たった一人の可愛い妹。

彼女はいつも和貴を助けてくれた。深沢を家に引き入れるための愛のない婚約、そんなものでさえも彼女は笑って許してくれたのだ。

「父様……？」

貴郁がぎゅっと和貴の手を握ってくれる。

そのぬくもりが、胸に満ちていく。

貴郁も弘貴も自分の子供だ。自分こそが彼らを慈しみ、愛してやらなくてはいけない。

それが和貴に与えられた義務だ。

そこまで自覚しているくせに、和貴には深沢の不在が耐えられない。

欲張りだとわかっていながらも、恋人も家族も両方欲しいのだ。

「直巳《なおみ》……」

たとえば和貴がどこかへ出かけたとき、深沢はすぐに居場所を当ててしまう。

深沢は和貴のことなら、おそらくは何でも知っている。和貴自身の知らないような、もっと心の奥底の動きまで。

なのに、和貴はどうだろう。和貴はどこまで深沢のことを知っているんだろう。

「父様、どうしたの？」

「僕は……あいつのことを何も知らない……」

こんなときに深沢がどこに行くのか、そんな単純なことすらも。

だから、斯《か》くも不安なのだ。

「知らないままで結構です」

不意に頭上からそんな声が聞こえ、和貴ははっと目を見開く。

「深沢……！」

急いで立ち上がった和貴は、自分を見下ろす彼の腕をぎゅっと摑む。こうして摑んでいないと、逃げられてしまいそうな気がしたからだ。そんな和貴の気持ちに気づいたのか、貴郁も急いで深沢の上着の裾を小さな手で摑む。

「どうしたんです、このようなところで」

彼は外出着で、手には鞄を持っている。

「おまえこそ、どうしたんだ」

「所用と買い物を済ませてきました」

「買い物だと？」

不審げな和貴に、深沢は「ええ」と笑んだ。

「弘貴様の着替えと、玩具です。それから、貴郁様の靴を」

「靴？」

「大きさが合っていないようで、いつも痛そうにしているんです。気がつきませんでしたか？」

時折、貴郁が顔をしかめるのは、家が恋しくて淋しいせいだと思っていた。けれども、彼には彼なりに言えない不自由さがあったのだ。

「子供の足はすぐに大きくなるので、本当は草履か下駄《げた》がよいのですよ」

「――また、出ていったかと思った」

俯いた和貴の声を耳にし、深沢は息をついた。

「何を今更」

「だって」

「あなたが愚かなのはよくわかっています。私のことを何も知らないのも」

「褒められている気はしないな」

「褒めていませんから」

涼しい顔で言ってのけた深沢は、それから続けた。

「ですが、そんな愚かなあなたが私にはとても可愛く思える。だから、戻ってこない道理はありません。――さあ、手を…」

離してほしいと言おうとする深沢の言葉を皆まで言わせず、和貴は逆にその手を引いた。

「!」

驚く深沢の躰を片手で抱き留め、和貴は彼の唇に自分のそれをぶつけた。唐突な接吻に深沢は目を瞠り、そして、小さく笑ったようだ。

「……私が帰ってきたのが、嬉しいですか?」

低く囁く深沢の声が、既に欲望に掠れている。

それに途轍《とてつ》もない色香を感じ、和貴の心は震えた。

「当たり前だ」

唇と唇は少し離しただけ、だから、互いの息が膚にかかる。なのに、そのくすぐったささえも今は心地よい。

「もうどこにも行かないだろう?」

「それはわかりません。あなたは私の望まない行動に出たくせに、不満を許さない」

さも不本意そうな調子なのが、深沢にしては珍しく可愛げが感じられた。

「僕の人生は、おまえのものだ。残された時間もすべておまえに捧《ささ》げる。だから、ほんの少しだけ僕の分が欲しいんだ」

「――それを、子供たちに回すと?」

「そうだ」

「言ったはずです。あなたは絶望するだけだと。それでもやめないのですね?」

本当は、どこまでもわかっている。

やり直すことなどできない。人はいつも、神の采配の前に敗北するのが道理だ。それでもほんのわずか、髪の毛一筋ほどの希望に賭けずにはいられない。

「やめない。その代わり、おまえも子供たちを受け容れなくていい。僕を罰してくれればいい」

真剣な面持ちで和貴が言い募ると、深沢もまた峻《しゅん》厳《げん》な顔つきで口を開いた。

「わかりました。あなたの勝ちです、和貴様」

「え？」

「私は子供たちを可愛がりませんが、排除もしません。彼らがどこにいようと、いつもどおりにあなたを扱います。それが私のルールだ。あなたにも曲げさせはしない」

和貴の顎を両手で包み、深沢が唇を塞ぐ。

おそらく、それが深沢なりの唯一の妥協点なのだろう。

「ん、んっ」

舌を乱暴に捻《ね》じ入れられても、抗《あらが》わない。貴郁や弘貴が見ているのはわかっていたが、それでも止められなかった。

黙って接吻に身を任せていると、深沢がからかうように小刻みに舌を抜き差しさせる。それが繋がれたときの彼の花茎の動きを彷彿《ほうふつ》とさせ、和貴は欲望に駆られて躰を捻《ひね》った。

「…ふ…ぅッ…」

最後に深沢の舌は、糸を引きながら離れていく。

躰が熱い。下腹が張り詰める、疼いてくる。

深沢がいる限り、自分は模範的な父親になど絶対になれない。それをほかの誰が許さなかったとしても、きっと深沢だけは許してくれる。

その構図は大いなる矛盾を孕《はら》んでいるが、同時に、そうでなくてはならないのだ。

「たまには父親らしくないことをしましょうか」

「子供たちは？」

「乳母と箕輪に任せましょう。今日は日曜日だ。あなたも、父親業を休んでいい」

耳を軽く囓《かじ》られ、和貴は頬を染めて頷いた。

深沢の部屋がいいと言ったのに、彼が選んだのは和貴の寝室だった。シーツを取り替えていないのでまだ貴郁の匂いがするし、揺り籠だってある。

なのに、キスをされると躊躇の大半が吹き飛び、膝が震えて立っていられなくなった。

「脱ぎなさい。一枚ずつ、私に見せて」

ベッドに座った深沢に頷いた和貴は、自分のシャツに手をかけようとして口を開いた。

「——見て、ください」

「何を？」

「おまえに……はしたないことをされたくて、たまらなくて……すごく敏感になってる……僕の、すべてだ」

「結構です。どうぞ」

赤くなった和貴は、一枚一枚服を脱いでいく。急ごうとしたが、「もっとじっくり見せなさい」と指示が飛び、仕方なく時間をかけて服を剝ぎ取った。

恥じ入るまでもなくそこはすっかり反応し、先走りを滲ませている。孔からねっとりと糸を引きながら雫が床に零れ、和貴は羞恥に真っ赤になる。

「もう限界みたいですね」

早いと揶揄《やゆ》されているようで、恥ずかしかった。

「う、うん」

「ご褒美をあげましょう」

漸く深沢が自分を押し倒したので、和貴はすかさず彼の首にしがみついて甘えるように訴えた。

「今日は……その、しゃぶらせて……」

「このあいだもしたくせに」

からかう声が憎らしいけれど、だからといって妥協するつもりはない。

「仕方ないですね」

深沢は一度身を起こして己の服を脱ぎ捨て、躰の向きを変えてくれた。

互いの口で愛撫し合う体勢だ。

自分のことも快《よ》くしてくれるつもりなのだと思うと、嬉しくて胸が震える。

深沢のずしりと重いものに触れ、和貴は真っ先に頬擦りをした。少し濡れているのは、彼もまた昂奮して先走りを滴らせたせいだろう。

「とても濡れていますね、和貴様」

「うん……さっきのキス、気持ちよかった……」

　和貴はうっとりと応じ、大きく口を開けて深沢のものを呑み込んでいく。

「あなたの先走りが、ここまで濡らしていますよ。これではすぐに達してしまう」

　囁いた深沢に蕾《つぼみ》を撫でられて、既に深沢のもので口を塞がれていた和貴は小さく息を詰めた。

「いけない人ですね。子供を追い出して、雄を欲しがって縋《すが》りついて……」

「ん、んくぅ……んふ、は…む…ッ…」

　もう何も言えずに、和貴は口腔に納めたものを必死で味わう。無心になってそれを吸う姿は、まるで赤子が乳を求めるときのようだ。

「呑みたいですか？」

「の、呑みたい……白いのちょうだい……」

「では、合わせられますか？」

　そう言われても制御できずに、和貴は深沢の口腔に呑み込まれたまま腰を振ってしまう。こうするともう、射精のことしか考えられなくなるのだ。

「もう、いきそ……だめ…熱いの、くる……」

「舌をもっと繊細に動かして、吸って」

「んー……んんッ！」

　深沢の指示どおりに更に圧をかけてそれを吸い上げると、彼のものが大きくなる。よかった、感じてる——その悦びとともに電気のような痺《しび》れが躰を駆け抜け、和貴は絶頂に達していた。深沢もまた和貴の頭を押さえつけ、口内に体液を注いできた。

「は…いっぱい出た……美味しい……」

　濃い精液を呑んだ悦楽を反芻しているのをよそに、深沢は和貴の性器を再びあやしながら、今度は長い指で秘蕾《ひらい》をぬぷぬぷと抜き差ししてきた。

「ン、んっ……あふ……美味し、おいしい……」

　負けじと深沢のそれに舌を這わせ、和貴も彼に更なる快楽を与えようとする。やがて深沢自身が再度力を漲《みなぎ》らせ始めたので、喜びに胸が躍った。

もっとしたい。もっとよくしたい。よくなりたい。

「いいですよ、今日はとても上手におしゃぶりしますね。弘貴様の真似ですか？」

「む、ふ……んぅふ……」

言葉を交わすよりもできるだけしゃぶっていたくて、和貴はとろりとした表情で頭を夢中で動かす。

「襞もすっかり緩んで、食べ頃のようだ」

「うん……欲しい……」

男のものに鼻面を擦り寄せて匂いを嗅《か》ぎ、和貴は甘い声で訴えた。

「何を？」

「直巳の、太いの……お尻に嵌《は》めて……奥まで、食べさせて……」

「今日は珍しく素直だ」

笑いを含んだ声で言った深沢は、躰の向きを変えると、和貴が跨《また》がる体位を選んだ。

「私の上で動いてもらいましょう」

「……うん」

深沢の上位になった和貴は、硬くいきり立つそれに手を添えて、慎重に腰を落としていく。

「あーっ！」

このところいつも声を抑えていたが、今日は我慢しなくていいのだと、派手に声を出してしまう。

視界に飛び込んできたのは弘貴の揺り籠やぬいぐるみ、玩具のたぐいだ。

子供を預けている手前、あまり長く睦《むつ》み合えないという切迫感と、こんなことに耽っているのだという背徳感に、躰が普段よりも過敏になっている。

「や、いく、いくっ！」

和貴は躰を仰《の》け反らせ、白濁を振りまいてしまう。べっとりとした濃い体液が、自分や深沢の膚だけでなく敷布にまで飛び散った。

「あふ、あ、はあっ、おっきい…かたぃ……」

逞《たくま》しい屹立《きつりつ》で溶けきった襞をぐちゅぐちゅと掻《か》き混ぜられると、もう、たまらない。すぐに自分が動いていいのだと思いだした和貴は、「あ、あ」と小さく声を上げながら、腰を上下左右に揺すった。こうするのが和貴には一番心地よく、そして感じる部

分を抉《えぐ》られる気がするからだ。

「もっと動いて、私を感じなさい」

「感じ、てる……おまえで、いっぱいで……はちきれ、そう……」

見下ろした深沢も快楽を堪えているらしく、表情には甘美さと苦痛めいたものが浮かんでいる。

繋がっている。深沢の性器を咥《くわ》え込《こ》んでいるだけで、心が満ち足りていく。

「きもちい、きもちいい…いい、いいっ」

熱に浮かされるように喘ぎ、歯止めが利かない。

腸《はらわた》の一番奥深いところを深沢の雄蘂《ゆうずい》に穿《うが》たれ、そこから生じた快感が一気に背筋を貫く。

浮遊感に耐えかねて手を伸ばすと、深沢が両手を差し伸べてくれる。その上に手を載せると、彼がしっかりと握ってくれた。

「あつい、熱い…あ、動くの、だめ……とける……」

次々押し寄せてくる法悦に微笑みすら浮かべ、和貴はうっとりと行為に耽る。

こんなに幸福な気分で抱かれるのは、いったいどれくらいぶりだろう。

快美感と幸福感に、心も躰もふわふわしている。

「自分で動いているくせに、相変わらず責任転嫁がお得意ですね」

「わかんない、きもち……きもちイイ……」

意地悪な言葉に、和貴の胸はきゅんと刺激されてしまう。同時にそれが蕾を締めたらしく、深沢が微かな懊悩《おうのう》を表情に忍ばせた。

「好き…好き…な、直巳……」

繋がっている。どこもかしこも、同じ体温で。

それが心地よくて愛おしくて、和貴は微笑む。

すると、深沢もそれに応えるように笑ってくれる。

「愛してます、和貴」

「僕も……愛してる、直巳」

見下ろした深沢の目が優しく和んだ気がして、和貴は胸を撫で下ろした。

「直巳…僕の、だ…」

「ええ。和貴、あなたも……私の、ものだ」

かくかくと腰を上下させ、和貴は虚ろな目で訴える。

「おまえの……だから……出して、中に……っ」

「たっぷり出しますよ。一滴残らず搾り取って、呑みなさい」

囁く深沢が腰を軽く突き上げ、和貴の柔肉《やわにく》を存分に掻き乱す。

「あ、あ、あっ、あんっ、ああ……ーっ！」

もう言葉を紡げないほどに乱れきり、和貴は理性を手放した。


子供の泣き声で目を覚ました深沢は、弘貴をそっと抱き上げる。

和貴と深沢で貴郁を挟むように眠っていたのだが、幸い、二人ともまだ起きていない。

「よく泣く子だ」

呟いた深沢は、弘貴を抱っこして自分の肩に顔を載せる体勢にする。そうすると安定し、赤ん坊も安心するからだ。

弘貴のことは好きでも嫌いでもないが、長々と睦《むつ》み合ったせいで、和貴の負担が大きかったという自覚はある。代わりにあやすくらいなら、罰はあたらないだろう。

背中を数回ぽんぽんと叩いてやると、弘貴の泣き声がすぐに小さくなっていく。

だめ押しに今度は弘貴の眉間のあたりに指を数回往復させると、彼は一転してきゃっきゃっと声を上げて笑いだした。

我ながら子供をあやすのが上手いと一人悦に入ると、上機嫌になった弘貴を揺り籠に戻し、また眉間を擽る。

それまで泣いていたのが嘘のように、弘貴はすうっと眠りに落ちていった。

——これでいい。

深沢が弘貴との同居を、快く受け容れるわけがない。今日は外出し、新しい乳母の手配を済ませてきたところだ。鬼子母神の近くに斡旋《あっせん》所があり、ちょうどいい条件の女性が見つかったからだ。

弘貴を里子に出すまでの短期の契約のつもりだったが、和貴の決意によれば暫く子育ては続く。長期の契約に変更してもらわなくてはいけない。

子供用の玩具は餞別《せんべつ》にくれてやるつもりだったが、餞別という名目ではなくなりそうだ。

さすがにそれは忸怩《じくじ》たるものがあるとはいえ、和貴のためならば仕方ない。

所詮は、男四人の歪な家族だ。二人の子は、蜜の滴る幸福な生活の末に実った果実のようなものだ。

深沢を除けば彼らは血が繋がっており、いずれは仄《ほの》かな連帯感すら生じるかもしれない。

だが、血などというものから生じる絆《きずな》など深沢にはどうでもいい話だ。

自分には和貴しかいない。

だから、和貴を傷つけ苦しめるとわかったら、その時点で子供たちのことも葬り去るだろう。

寝台に戻った深沢は、和貴の額にくちづける。

次の休みには子供用のぶらんこを作ってやろうか。それで和貴が喜ぶのならば、安いものだ。


深沢にとっては、一番手がかかる愛しい子供は、じつは和貴なのかもしれない。

笑みを浮かべた深沢は、貴郁と和貴の掛け布団を直し、それから愛する人の額に軽くくちづけた。

あとがき

こんにちは、和泉桂《いずみかつら》です。このたびは『暁に濡れる月』上巻をお手に取ってくださって、ありがとうございました。こちらは清澗寺家《せいかんじけ》シリーズの第二部となりますが、主人公の世代を変え、シリーズの前作を知らなくても読めるようにしたつもりです。未読の方も、今作をきっかけに第一部や外伝にも興味を持っていただければ大変嬉しいです。

本作は親の思惑で引き離されて育った双子が再会し、それぞれに影響を及ぼし合いつつ愛を見つける物語……を目指しました。戦後の難しい時期なので書くのに苦労しましたが、混沌とした時代の雰囲気などが少しでも伝わるといいなあと思っています。愛も憎悪も人一倍強い双子というのは萌える関係性なので、彼らがお互いにどう変わっていくかもお楽しみいただけると嬉しいです。

弘貴《ひろたか》と泰貴《やすたか》のその後は下巻のネタバレになってしまうので触れられなかったため、今回の短編は親世代となる和貴《かずたか》編を書き下ろしました。彼らの物語はシリーズ第一部を読んでいただけると幸いです。

最後に、お世話になった皆様にお礼を。

あとがき

世界観を彩る麗しい挿絵を描いてくださった、円陣闇丸《えんじんやみまる》様。双子が本当に可愛くて、雑誌掲載時と合わせて双子萌えを堪能しました。この時代ならではの大人のストイックな学ラン姿が好物なので、カラーイラストの藤城を拝見したときは狂喜乱舞しました。次巻の曾我《そが》×弘貴もとても楽しみです。お忙しい中をどうもありがとうございました。次巻もどうかよろしくお願いします。

どうやって直せばいいのか途方に暮れる中、いつも励ましてくださった担当編集の内田様をはじめとした、編集部の皆様。それからスーパー校閲のA様及び印刷所の皆様にも、心より御礼申し上げます。

そして何よりも、この本を読んでくださった皆様に最大級の感謝の気持ちを捧げます。

清澗寺家シリーズは、最初の作品を雑誌に掲載していただいてから今年で十周年です。自分の作家生活十五周年と合わせて、個人的には今年は記念の年になりました。上巻がシリーズ九冊目、下巻が十冊目というのも区切りがいいなあと一人で悦に入っています。皆様の応援なしでは、ここまで書き続けられませんでした。本当にありがとうございます！

全力投球したこの作品を、少しでも楽しんでいただけますと嬉しいです。

それでは、また下巻でお目にかかれますように。

和泉　桂

初出
暁に濡れる月　上 ———— 2009年 小説リンクス10・12月号掲載作品を大幅に改稿
蜜の果実 ———— 書き下ろし

この本を読んでの
ご意見・ご感想を
お寄せ下さい。

〒151-0051
東京都渋谷区千駄ヶ谷4-9-7
(株)幻冬舎コミックス　リンクス編集部
「和泉《いずみ》 桂《かつら》先生」係／「円《えん》陣《じん》闇《やみ》丸《まる》先生」係

リンクス ロマンス

暁に濡れる月 上

2012年11月30日　第1刷発行

著者……………和泉《いずみ》 桂《かつら》
発行人…………伊藤嘉彦
発行元…………株式会社　幻冬舎コミックス
〒151-0051　東京都渋谷区千駄ヶ谷4-9-7
TEL 03-5411-6434（編集）
発売元…………株式会社　幻冬舎
〒151-0051　東京都渋谷区千駄ヶ谷4-9-7
TEL 03-5411-6222（営業）
振替00120-8-767643
印刷・製本所…共同印刷株式会社
検印廃止

ISBN978-4-344-82677-9 C0293
Printed in Japan

幻冬舎コミックスホームページ　http://www.gentosha-comics.net

本作品はフィクションです。実在の人物・団体・事件などには関係ありません。